무채색

여자

무채색 여자

이재연 소설

문학나무

돌아가야 할 고향 같은 문학

겨울이 가고 봄이 왔다. 새 계절 앞에서 뭔가 바라며 설렌다. 소설집을 준비하는 동안 지나온 신고의 세월들이 파노라마처럼 스쳐갔다. 직장암으로 이년째 투병하고 있을 때였다. 오른쪽 무릎의 거대세포종양이 23년 만에 두 번째로 재발했다. 이불을 뒤집어쓰고 울었다. 두 가지 병과 싸울 힘이 없었다. 절뚝거리며 길을 걸으며 읊조리곤 했다. 내가 믿는 신은 어디에 있는 것일까. 이렇게 철저히 버릴 수가 있을까. 시간은 흘러가고 안개가 걷히듯 육체와 싸울 힘도 생겼다. 자신의 운명을 받아들이기로 했다.

투병이란 육체의 허약한 부분을 붙잡고 생기를 불어넣기 위해 질리도록 되풀이하는 것이다. 특히 정형외과 분야는 그렇다. 또다시 재발할 것인가. 믿어야 하는데 인간인지라 의심이 줄줄 따라다녔다. 그런 와중에 무거운 다리를 들어 처음으로 한 발씩 땅을 밟을 때의 환희는 지난날의 탄식과 슬픔을 한방에 날려 보냈다. 살아있어 걷는 것 자체가 기쁨인 것이었다. 한 걸음 한 걸음이 모여 가고 싶은 저 만큼 가고, 오월의 꽃 냄새가 떠다니는 동네의 길을 걸을 때는 삶은 신비한 축제가 되었다. 그러면서 고통과 환희가 되풀이되는 많은 세월이 흘러갔다. 그 사이사이에 멀리 떠났던 하나의 낱말, 하나의 구절이 다가와 글을 쓰라고 유혹했다. 낱말과 구절은 미완성인 채로 덮어둔 이야기들을 완성시키겠다고 나섰다. 내가 돌아가야 할 고향 같은 문학이 있다는 사실이 기적처럼 느껴졌다.

2002년 '한민족복지재단'을 통해 평양을 방문할 기회가 있었다. 북한은 사방 문이 닫혀 있는 일인 독제체제의 컴컴한 나라였다. 갇혀있는 혼이 울고, 굶주린 산야에서 붉은 피가 동해로 서해로 흘러가고 있는 것처럼 느껴졌다. 피골이 상접한 몰골이 왜소한 사람들은 슬픈 눈빛으로 도와달라고 신호를 보내고 있는 것 같았다. 칠십여 년이 되도록 하나의 나라가 되지 못한 것은 그 어떤 이유에서든 부끄럽게 여겨졌다.

집 뒤 관악산 아래 밤나무 산책길엔 수령 429여 년의 보호수인 튼실한 은행나무가 있다. 오랜 세월 동안 인고 속에서 햇빛과 바람과 눈비에 견디어온 애환의 날들이 갈색 두꺼운 수피와 줄기에 스며있는 듯하다. 가을이면 그 많은 가지마다 노랑 열매가 주렁주렁 열린다. 산책길, 오래된 친구 같은 그 나무 앞을 지날 때는 발길을 멈춘다. 나무를 버티게 해주는 푸른 기운이 온몸으로 스며드는 듯하다. 나무를 닮고 싶다는 바람을 안고 발길을 옮긴다.

나의 예술과 삶의 멘토이기도 한 조각가 언니가 삽화를 맡았다. 항구도시 부둣가에서 자유스럽게 유년시절을 보낸 자매가 글과 미술로 만났다.

지금까지 병약한 나를 위해 기도하고 따스한 손길로 붙잡아준 가족과 힘과 용기를 준 고마운 사람들에게 감사를 드린다. 그리고 다섯 번이나 수술할 때마다 일으켜주신 능력의 신께 감사를 드린다.

속사람은 고목이 아니라 산책길의 은행나무를 닮으려 안간힘을 쓰고 있는 이때, 사랑해야 할 대상은 하나씩 늘어나고 있다. 사랑하는 마음으로 이른 아침 해와 나무와 하나의 우주 같은 사람들을 대하면 또 다른 깊고 오묘한 세계가 열릴 것이다. 이제 그 새벽별 같은 세계를 향해 글을 쓰며 나가고 싶다.

2018년 봄, 관악산 기슭 감나무 집에서
이재연

차례

결혼을 일주일 앞둔 오월 초순의 어느 날, 박진수와
나는 인사동으로 해서 비원에 갔다. 자신의 지난날
에 대해 그가 말을 하고 있을 때였다. 어디선가 가슴
을 뭉클하게 하는 향기가 몰려왔다. 나는 그의 말을
듣다가 잃어버린 아기라도 찾듯이 주위를 둘러보며
걸어갔다. 어딜 가? 하고 그가 물었고, 나는 몽롱한
얼굴로 그를 보며 말했다. 냄새가 나. 어디선가 향기
로운 냄새가 풍겨와. 향기로운 냄새? 그가 반문했
다. 응, 살아 있는 냄새가 향기로워.
나는 오랫동안 내 속의 감미로운 것, 아름다운 것,
여성적인 것을 누르며 살았다. 여름이면 즐겨 입었
던 미니스커트를 입지 않고 바지만 입었다. 내 몸에
서 풍겨나가는 여자 냄새를 죽이기 위해 무덤덤한
무채색의 여자가 되도록 나를 억압했다. 그것이 남
동생을 사랑하는 일이었다.

시공간. Collages. 46×38cm

무채색 여자

*

밖은 바람이 세게 불고 있다. 거실 유리문엔 앙상한 나뭇가지들이 하늘을 향해 몸부림치듯 흔들린다. 하늘은 흐리고 풍경은 을씨년스럽다. 몽롱한 의식 속에서 나를 따라다니는 내 속의 그림자가 뛰쳐나올 것 같다. 문득 창문가 책상 위의 검은 전화기가 눈에 들어온다. 유혹하듯 전화기에선 반짝 빛이 난다. 나는 님 같은 전화기를 깜박 잊고 있었다. 책상 앞으로 가 수화기를 집어든다.

A상담기관은 통화중이다. 말하고 싶을 때 말할 수 없는 허기의 탈출구, B상담기관으로 다시 전화를 건다. 사랑하는 사람이 다가오고 있는데, 어떻게 해야 하나요? 나의 질문에 조금 당황한 듯한 목소리가 들려온다. 다가오고 있다니요?

처음 듣는 생경한 목소리에 말하고 싶은 의욕이 사라져버린다. 머릿속에서요. 나의 말에 습관적인 상상놀이네요, 취미생활을 하든지 산책을 하세요, 하고 상담자는 거칠고 메마른 목소리로 빠르게 말을 한다.

상담자의 교과서 같은 말에 고맙다고 말한 뒤 나는 수화기를 내려놓고 실내를 자박자박 걸어다닌다. 지나간 시절의 기억이 살아나면서 의식을 조이는 듯한 순간, 상담자의 단조로운 말은 갈증을 일게 한다. 그래도 A상담소가 제일 수준이 높다. B와 C는 가슴에 구멍이 뚫려 있는 듯한 비오는 날이나, 외로움이 목구멍까지 차오를 때 찾곤 한다.

나는 안방과 작은방을 습관적으로 왔다갔다하다가 창문을 본다. 어린이놀이터엔 푸른 사철나무들이 빙 둘러서 있고, 그중 이층 창문 높이까지 자란 갈색 플라타너스 나무가 따뜻한 눈길로 나를 보고 있다. 사계절의 변화를 누구보다 먼저 알려주는 저 정다운 나무가 오래된 친구 같다. 나무는 말이 없다.

사람 목소리가 다시 듣고 싶어진다. 외부와 곧바로 통하는 저 검은색 물체가 또다시 유혹한다. 방금 전에 했는데, 하는 생각에 자제하려고 하지만, 혼잣말하는 모습을 묵묵히 지켜보고 있는 저 검은 것이 나를 보고 손짓하고 있는 듯하다. 나는 사람 목소리가 그리워 책상 앞으로 가 수화기를 든다. 이번에는 A상담기관이다.

사랑하는 사람이 다가오고 있는데, 어떻게 해야 하죠? 언제부터인가, 먼데 어디선가에서 희미한 실루엣의 사람이 나를 향해 다가오고 있는 환상이 나를 따라다니고 있다. 아, 선생님이시군요. 힘을 주는 그런 환상은 좋은 거예요. 저 목소리 기억하시죠? 한 십 년 넘게 선생님 전화를 받아서, 이제는 목소리만 들어도 잘 알아요. 부드러운 바람과 같은 목소리이다. 좋은 일이라고요? 네, 그래요. 이제 선생님에 대해 많은 걸 알게 되었어요. 독일로 유학을 가 신혼 초에 감당할 수 없는 아픈 기억을 갖고 있다는 것까지. 그 뒤 곧바로 귀국해 이혼하고 정신병원에 입원했다는 것까지. 퇴원한 지 얼마 지나서부터 방안에 혼자 있으면서 상담기관에 전화하기 시작하셨죠. 그때부터 선생님 전화를 받았어요. 보름에 한 번씩 세 시간 반을 상담하는데, 한 달에 한 번 정도는 선생님 전화를 받았어요. 여긴 박스가 세 개 있어요. 그러니 선생님이 얼마나 전화를 자주 하는지 알 수 있어요. 내가 너무 말을 많이 했네요. 오늘은 저도 울적해서…… 상담자의 진솔한 목소리가 나를 끌어당긴다. 다 선생님들 배려 덕분이죠. 저는 지금도 병원에 상담을 받으러 다니는데요. 한 달에 한 번 독신자 모임에 나가는 것 외에는 별로 가는 데가 없어요. 거기 모인 사람들은 상처 있는 사람들이라 그런지, 정이 많고 포근해요. 내 말이 끝나자 기다렸다는 듯이 상담자는 말한다. 우리 한번 만나요. 원래 내담자하고 밖에서 만나면 안 되는데, 선생님은 꼭 한번 얼굴만이라도 보고 싶어요. 목소리를 들으면, 사람을 끌어당기는 묘한 매력이 있는 분 같아요. 저는 상처투성이인 자신을 치유하기 위해 상담을 합니다. 이상하게 선생님과 대화를 하고 나면 되려 내가 치료 받는 것 같은 느낌이 들어요. 상담자의 진솔한 목소리가 내 속으로 파고든다. 선생님 목소리는 따뜻한데, 고통이 있다고요? 나는 오른손으로 송수화기의 잘록한 허리 같은 곳을 꽉 쥐며 묻는다. 고통이 부드러운 사람으로 만드네요. 오늘 상담 마치고 만나요. 정말 이런 느낌은 처음입니다. 집이 상계동이라고 했죠? 수유전철역 교보빌딩 앞에서, 저녁 여섯 시에 만나요. 난 하얀 외투에 검은색 목도리를 했는데, 선생님은요? 상담자가 진지한 목소리로 묻는다. 검은색 외투에 붉은 목도리. 나는 엉겁결에 끌려가듯 말을 하고 만다. 그럼, 이따 여섯 시에 만나요.

화장실로 들어가 거울을 본다. 갑자기 입이 벌어지면서 웃음이 쏟아져 나온다. 지금 저 여자는 나뭇가지가 신음하듯 떨고 있는 것이다. 연극 1막은 좋았지만, 실제 만나서 벌어지는 2막은 자신이 없다. 이럴 때는 진정제가 필요하다. 나는 잽싸게 화장실을 나와 책상 앞에 서서 검은 님을 응시한다. 교보문고 앞으로 나가야 할지, 말아야 할지, 누군가의 교통정리가 필요하다. 이 작은 물체에 끌리는 마음은 누구를 그리워하는 마음과 같다. 살아가는 힘을 안겨주는 그리움, 붙잡을 수 없는 마음의 파도. 나는 세상 속으로 들어서기 위해 하나하나 또박또박 수화기의 숫자를 누른다. 책상의 파란 탁자시계의 작은 바늘은 하루를 둘로 나눠주는 듯한 4에 가 있다. B상담기관도 C상담기관도 통화중이다.

검은 외투에 붉은색 목도리를 목에 두르고 잿빛 거리로 나선
다. 봄이 오기 전의 2월의 거리는 쌀쌀한 바람 속에서 메마르고
황량하다. 발가벗은 나무들은 거리의 사람들을 내려다보고 있
고, 늦은 오후 쓸쓸한 거리의 행인들은 무대의 배우들처럼 보인
다. 한바탕 연기한 뒤 각자의 처소를 향해 오가고 있는 듯하다.
지금 나는 의사의 말대로 마음의 중심을 잡고 교보문고 쪽으
로 가고 있다. 인간 속엔 천사도 악령도 들어있고, 하늘과 바다
와 같은 광대한 세계가 들어있다. 인간은 하나의 우주다. 그러므
로 나는 하나의 우주다. 의사가 자주하는 말을 따라하며 버스정
류장을 향해 걸어가고 있는데, 청바지를 입은 다리 긴 청년이 나
를 힐끗 보며 지나간다. 그의 눈빛이 사납다. 저 사람은 나를 미
행하는 사람일까. 나는 아랫배에 힘을 주고 빨리 걸어간다.
거리는 점점 짙은 회색으로 포위당하고 있다. 핸드폰을 귀에
대고 몽롱한 얼굴로 지나가는 아가씨와 주유소 모퉁이에서 손가
락을 기계처럼 빨리 움직이며 문자를 보내고 있는 듯한 젊은이
가 외계인처럼 낯설다.
정류장에는 서너 명의 사람들이 버스 오는 쪽을 보고 있다. 갈
까 말까, 다시 그네를 타고 있는데, 버스 오는 쪽을 보고 있던 남
자가 눈을 돌려 이번에는 나를 찬찬히 뜯어본다. 그의 눈빛이 나
를 내리칠 것처럼 섬뜩하다. 이 사람도 나를 미행하는 것일까?

공포가 온몸으로 퍼져나가면서 가슴이 빨리 뛰기 시작한다. 사람들이 많은 곳에 가면 누군가 쫓아올 것 같고, 나를 보고 비웃는 것 같은 강박관념이 따라다닌다. 기다렸다는 듯이 때 없이 나를 덮치는 아득한 수렁에 빠지면 문도 없는 어두운 공간 속으로 갇혀버린다. 그런 순간의 절망이 무섭고 두렵다. 나는 방향을 돌려 검은 님이 기다리고 있는 집을 향해 빠른 걸음으로 걷기 시작한다.

*

봄이 오기 전의 거리는 어수선하고 스산하다. 길모퉁이를 돌아서자 어린이 옷집과 약국 가운데 있는, 어딘지 어둡게 보이는 이층 붉은벽돌 정신병원이 보인다. 암갈색의 담쟁이 넝쿨줄기가 벽을 타고 앙상하게 뻗어있고, 그 아래 사철나무 잎은 화사한 엷은 햇빛에 싸여있다. 그 빛이 병원입구의 저 안쪽까지 깊숙이 들어와 하나의 건물에서 두 얼굴처럼 밝음과 어둠을 동시에 느끼게 한다. 저 속을 들어갔다 나오면 달라질 것 같은 설렘이 일고, 어디선지 싱그러운 꽃냄새가 밀려오는 것 같다.

대기실엔 두 명의 남자와 여자 환자가 멀뚱한 표정을 하고 마주보고 앉아있다. 같은 요일의 오후 시간대라 그런지 두 사람을 자주 만난다. 나는 그들에게 알은 체 하고 건너편 빌딩이 내다보이는 여자 옆으로 가 앉는다. 여자의 얼굴엔 어딘지 상한 그늘과 생기가 묘하게 어울려 있다. 바바리를 입은 홀쭉한 남자는 생긴 것도 반듯하고 어두운 그늘도 없는데, 왜 병원에 오는지 모르겠다. 여기는 대기실이다. 정신을 차리고 앉아 있으면, 내 이름이 낯설게 들려올 거다. 두려워하지 말고, 내 속에 뭉쳐져 있는 것이 무엇인지 풀어놓기만 하면 된다. 나는 자신에게 최면을 걸며 건너편 빌딩에서 반사되는 눈부신 오후의 햇빛을 보고 있다. 누군가 나를 보고 있는 듯해 얼굴을 돌리자, 맞은편 남자가 나를 보고 있다. 그가 어색하게 미소짓는다. 어딘지 거울 속 자신의 안타까운 미소 같다.

카운터의 간호사가 큰 목소리로 환자 이름을 부르자, 여자가 진찰실로 들어가고, 또 한 명의 모자 쓴 나이든 남자가 얼굴을 숙이고 출입구 쪽으로 들어와 자리에 앉는다.

오늘은 환한 얼굴이 좋습니다. 무슨 좋은 일이 있나요?

의사의 인사말에 사철나무 잎의 반짝거리는 그 향기로운 햇빛이 속에서 꿈틀거리는 듯하다.

똑같아요.

할 말이 많은데도 나는 짧게 말한다.

지난번엔 어디서 사랑하는 사람이 다가오고 있다고 했죠? 누굴 그리워하는 것은 좋은 일예요. 무의식적인 현상을 의식적으로 누를 필요가 없어요. 살아가는 원동력이기도 하니까요.

오늘 의사는 무슨 좋은 일이라도 있나보다. 웃는 얼굴로 나를 찬찬히 보다가 갑자기 정색하고 어려운 낱말을 넣어 말한다. 원동력이라니…… 의사의 말은 무슨 암호와 같다. 의사는 말로써 나를 한 꺼풀 벗기려 하고 있고, 잃어버렸던 나의 흐릿한 얼굴은 기억의 수면 위로 떠오른다. 나는 그의 시선이 무거우면 의자 뒤 유리책장 쪽을 보곤 한다. 지난 여름엔 파리채가 의학원서들을 배경으로 하고 유리책장 안에 놓여 있었다. 파리나 모기를 잡듯이 그는 사람의 심리를 벗기려 하고, 나는 말을 할수록 점점 발가벗겨진다.

대개 어느 때 그 사람이 다가오나요?

의사의 머릿속에 입력된 나의 이미지가 뚜렷해지면서 이제 어떤 말을 해야 하는지 느낌을 잡았나보다.

집안을 걸어다닐 때나, 사람이 그리울 때요.

나는 내 속의 은밀한 것을 보호하려는 듯 짧게 말한다.

누굴 그리워하는 마음은 살 힘이 되니까, 좋은 거지요.

상담실 한쪽엔 작은 냉장고가 있고 창가엔 세 그루의 난 화분이 놓여 있다. 창문엔 회색 하늘이 나의 내부처럼 담겨져 있고, 벽에는 환자들이 선물한 그림들이 액자에 담겨 있다. 길쭉한 원통 속에 눈이 초롱초롱한 아이가 누워 꿈꾸고 있는 듯한 그림은 어린시절의 기억을 되살려준다. 검은 선으로 윤곽만 그려진 한 사람 옆에 그 몸에서 이탈해 나간 듯한 희미한 그림자가 비켜 서 있는 그림은 볼 때마다 눈길을 끈다.

사는 것이 따분해요. 확 달라지고 싶어요.

눈에서 빛이 나는 의사를 보며 말한다. 소탈한 성격 때문에 그 앞에서는 마음이 편안해져 똑바로 그를 볼 수 있다.

따분하다고요? 저는 사는 것이 기쁜데요. 지난 주일엔 학회 일로 오스트리아 빈에 갔는데, 비가 자주 왔죠. 그렇게 비가 어울리는 도시는 처음 보았어요. 주위가 어둠침침하니까, 강렬한 것이 그립던데요. 해가 얼마나 보고 싶던지…… 이른 아침 해는 치유하는 힘이 있어요. 습관처럼 해를 보도록 하십시오. 그러면 생기가 돌 거예요.

의사는 나에 대해 많은 것을 알고 있다. 빈으로 신혼여행을 갔던 것도 말했던 것 같다. 의사는 어쩌다 한 번씩 자신의 체험을 말하곤 한다. 강렬한 것이 그리웠을 때와 이른 아침 떠오르는 해는 무슨 연관이 있는 것일까. 그의 상징적인 말들을 이어가면 잃어버린 나의 얼굴이 한 조각씩 떠오른다.

이제 자신의 삶을 스스로 바꾸도록 하세요. 집 밖으로 조금씩 멀리 나가보기도 하고. 병원에서 집으로 돌아오는 길엔 다녀보지 않은 시장 길로 가보기도 하고, 동창생에게 전화를 걸어보기도 하고. 처음 보는 사람이 말을 걸어오면 말도 하고요.

의사의 말엔 암시와 상징이 출렁거린다. 나는 그동안 일어났던 안개 속 같은 흐릿한 기억을 펼쳐놓는다. 그럴 때 그는 마음속 깊은 곳에 도사리고 있는 표현되지 않은 것까지 이해하려는 듯이 열심히 듣는다. 17평의 공간에서 뱅글뱅글 걸어다녔다는 것과 창문으로 나뭇가지의 새나 구름 모양이나 거울을 보며 웃어댔다는 말을 하면, 표정이 굳어지며 실망한 듯한 눈으로 나를 본다. 독신자 모임에서 회원들이 데리고 나온 아이들 이야기나 음식 만들었다는 말을 하면, 좋아지고 있다는 암시처럼 입가에 미소가 번진다. 그는 날개를 펴서 나의 고통과 기쁨의 샘에 닿으려는 파닥거리는 새와 같다.

병원에서 퇴원한 뒤로는 아무것도 남은 게 없었어요. 대학교 땐 친구가 없었고요. 어머니는 성악가의 꿈이 좌절되자, 나를 강하게 키우려고 했어요. 그러나 난 강하지 못했어요.

그만이 슬픈 날들을 환한 날들로 바꾸어줄 것 같은 믿음 때문에, 나는 내 삶의 슬픈 역사를 말한다.

그동안 정새나 씨는 아주 좋아졌어요. 이제 어딜 가도 사람들이 좋아할 겁니다.

하얀 가운을 입은 의사는 부드러운 목소리로 안경 속의 눈을 반짝이며 한 걸음 다가오는 듯한 말을 한다. 한 번도 밟아보지 않은 나의 한계 밖으로 탈출하는 듯한 묘한 기분에 싸인다.

어머니를 사랑해서, 어머니 말을 거역할 수 없다고 말한 적이 있어요. 언젠가 어머니 인생을 이해하고 객관적인 눈으로 볼 때, 같은 여자로서 친구처럼 행복해질 겁니다.

육개월간 정신병원 있다가 퇴원하고 친정으로 왔을 때 결혼 전에 내 방이었던 작은 방만이 나를 환영했다. 내가 누구인지 나도 몰랐을 때, 그 작은 방에 있던 사물들이 흐릿한 기억을 살아나게 해주었다.

어머니의 꿈은 노래 부르는 것이었어요. 결혼하고 아이들 키우면서 허덕이며 끌려다니듯 살았죠. 어머니의 좌절이 저를 슬프게 만들었어요.

어머니의 인생이 슬픈 강물이 되어 어디 먼 곳으로 흘러가는 것 같다. 딸의 강물은 거슬러 흘러가 두 영혼은 만날 듯하다 만나지 못하고 있다. 서로에게 손을 내밀지만 붙잡지 못하고 각자 운명의 강줄기를 따라 외롭게 흘러가고 있다.

요즘은 하루에 몇 번씩 상담전화를 하나요?

의사는 컵을 들어 물을 한 모금 마신 뒤 왼쪽으로 비스듬하게 앉는다. 그의 얼굴이 더 잘 보여 가슴이 두근거린다. 그가 나의 중심으로 한 걸음 바짝 다가온 듯하다.

어떤 날은 세 번 걸 때도 있고, 어떤 날은 하루 한 번 걸 때도 있어요.

전화라는 말이 내 입에서 나오자, 지난 일주일 동안 상담자들과 나누었던 많은 말들이 떠오른다. 남자와 여자와 돈과 고독과 배신과 자살과 사랑과 결혼과 꿈에 대한 여러 사람의 말들이 내 속에 담겨져 있다가 터져나온다. 사랑하다 배신하고, 넘어졌다 일어서고, 일어섰다 죽고, 유혹하고 유혹당하는 삶의 파노라마에 대해 들은 풍월대로 말한다.

요즘은 인터넷과 스마트폰 때문에, 더 고독하고 바빠졌대요. 지하철에서 보면 사람들이 핸드폰을 애인처럼 손에 꽉 쥐고 있어요. 그걸 들여다보면서 웃기도 하고, 쓰기도 하고. 나 같은 사람이 많은지 상담전화는 언제나 만원예요. 지금 우리나라는 일인 가구가 제일 많다고 하던데요.

의사는 뭔가 생각하는 듯한 얼굴로 나를 보고 있다가 말한다.

많이 아시네요. 요즘도 시를 쓰나요?

언젠가 시를 쓰겠다고 말했는데, 그 뒤로 의사는 나를 시인으로 대접한다.

사는 것 자체가 하나의 시가 됐으면 좋겠어요. 사랑하는 사람을 만나 새롭게 살고 싶어요.

의사는 나의 말이 방향도 없이 흘러가면 매듭을 지어서, 다음 말로 넘어가게 해준다.

좋습니다. 일기나 글을 꾸준히 써보세요.

그는 인간의 마음을 다루는 마법사이다. 나는 인사하고 진료실을 나온다.

집으로 가는 길엔 재래시장으로 가는 길과 상점들이 즐비한 한길과 주택가 골목길이 있다. 나는 늘 다녔던 은행과 큰 빌딩들이 있는 번화가로 가지 않고, 의사 말대로 익숙하지 않은 재래시장 쪽으로 걸어간다. 어디로 가고 있는지, 때 없이 불어대는 모래바람 속에 마스크를 쓰고 모자를 눌러쓴 행인들이 오가고 있다. 뿌옇고 탁한 날씨 속에서 일찍 피어나는 개나리와 진달래꽃이 거리에 꿈을 뿌려주고, 비상하기 전의 새 같은 하얀 목련은 하늘을 향해 만발할 때를 기다리고 있다.

시장 안은 사람들의 생기로 파닥이는 생선 같다. 다닥다닥 붙어 있는 과일가게와 생선가게와 철물점과 떡볶이집과 옷집과 순대 파는 천막 아래의 엇비슷한 가게 앞을 지나간다. 의사의 얼굴이 어른거린다. 가게 앞을 지나고, 배추와 무 다발이 쌓여 있는 빈터를 지나자, 시끄럽고 어수선한 한길이 나온다. 시장 길을 지나 어디로 더 가란 말일까. 어떤 인생길을 지나서, 자신의 한계 너머, 그 어디로 어떤 모습으로 나가라는 말일까.

*

결혼식이 끝난 다음날에 유럽으로 신혼여행을 떠났다. 첫 도착지인 빈에는 비가 내리고 있었다. 흐린 시가지의 암울한 풍경에 그림자처럼 따라다니는 우울증이 꿈틀댔다.

나는 호텔의 창가에서 비 내리는 잿빛 거리를 보며 눈물을 흘리고 있었다. 남편이 어느새 뒤로 와서 나를 껴안았다. 왜 그래? 뭐 불편한 게 있어? 세심하고 자상한 그의 말은 더욱 가슴을 아리게 했다. 밤이면 그와 나 사이엔 무거운 바윗덩어리가 놓여 있는 듯했다. 나는 그 바위를 치우려고 발버둥쳤다. 어느 순간 바위는 정이 많고 순진한 남동생이었다가, 어느 순간 남자로 변했다.

그날 나는 학교 강의가 빨리 끝나 집으로 와서 덥고 너무 피곤해 옷도 갈아입지 않고 소파에 앉아 텔레비전을 보고 있었다. 덕

망있는 검사 아버지는 언제나처럼 집에 없었고, 어머니는 문화 센터의 수필반에 가고 없었다. 집안공기는 늘 썰렁하고 무거웠다. 방향도 모른 채 떠가는 밤배 같았다. 고등학교 2학년인 남동생 지훈이가 시험이라 일찍 집에 왔다. 나는 토스트를 만들어 준 뒤 다시 소파에 앉아 텔레비전을 보고 있었다. 지훈은 자기 방으로 들어갔다가 옷을 갈아입고 간식을 먹은 뒤 내 옆으로 와 앉았다. 누나만 좋아. 우리 집도 학교도 다 지옥 같아. 사는 게 숨막혀! 탈출구가 없어. 어머니는 무슨 한이 있는지, 자식한테는 너무 엄격해. 죽어버리고 싶어.

유독 나를 따르는 착한 동생의 말에 안타까움을 느꼈다. 농구를 좋아하고 공부도 잘하는 지훈은 키가 크고 하얀 얼굴에 말이 별로 없었다. 어쩌다 그의 방에 들어가 보면 팝송을 틀어놓고 무표정한 얼굴로 창 밖 뜰의 나무를 보고 있었다. 가끔 그는 학교생활의 중압감을 나에게 털어놓곤 했다. 어떤 때는 학원에 가지 않고, 버스를 타고 시내를 일주한다든지, 극장에 가서 영화를 보고 온다고 말했다. 누나에게 기대려는 동생의 떨리는 마음이 측은하게 느껴졌다.

어머니가 성악 전공한 것 알고 있지? 어머니는 우리를 위해 최선을 다하고 있어. 우리를 위해 희생하고 있는 거야.

나는 같은 여자로서 어머니 편을 들어 말하면서 텔레비전의 흘러간 명화를 보고 있었다. 물결이 센 바다의 보트 위에서 젊은 남자와 여자의 정사 장면이 화면에 펼쳐지고 있었다. 남동생의

손이 내 손을 만졌다. 어린시절 둘이서 손잡고 돌아다녔던 장난
기어린 순진한 그때의 추억어린 손이었다. 밤바다의 어둠이 무
서워 환한 등대 불빛을 찾고 있는 듯한 막막한 손이었다. 너 외
로웠구나, 나도 위로웠어…… 그 손을 잡고 잔잔한 바닷가로 나
가고 싶은 마음이 꿈틀댔다. 그 안타까운 마음이 닿은 것일까,
그의 얼굴이 언뜻 남자의 얼굴로 비쳤다. 민소매 속으로 그의 손
이 어느새 들어와 유방을 만지며 한 손은 스커트 속의 팬티를 벗
기려 했다. 지난날의 정겨운 추억이 숫구쳐 한 순간 경계 너머
운명의 구렁텅이로 처넣어버리는 것일까. 모든 것이 안개 속에
서 일어난 듯 희미하고 흐릿하지만, 그 기억의 흔적만은 나를 다
른 사람으로 바꾸어버렸다.

　그날 그 시간 뒤로 남동생 앞에서 여자로 보이기를 거부하는
마음이 돌멩이가 되어 나는 다른 사람이 되어갔다. 아름다움을
느끼려는 감각을 죽여 스스로 황량한 길로 들어섰다. 날이 더워
도 바지와 소매 있는 면티를 입고, 집안 어디에서 남동생과 부딪
치면 짧고 간단하게 말하곤 했다.

　그때 졸업반이었던 나는 좋아하는 남자가 있었다. 고등학교
때 학원에서 만나 아는 사이로 지내다가, 대학에 들어가서 삼 년
선배인 철학도 박진수를 만나기 시작했다. 그를 만날수록 가슴
속 돌멩이가 치워지는 것 같았다. 그도 자신을 비쳐주는 맑은 우
물 같은 여자의 중심으로 가까이 다가왔다. 그는 대학원을 졸업
하고 일 년간 유학준비했다. 봄비 내리는 날 우리는 결혼했다.

신부의 가슴에도 눈물 같은 비가 내렸다.

*

　함부르크의 겨울은 길고 추웠다. 주말의 늦은 저녁이나 비 오고 찬바람이 불어대는 저녁이면 따뜻한 것을 그리워하는 듯 진수는 침대 속으로 들어와 나를 껴안았다. 그는 공부의 압박감에 늘 입술이 부르터 있었다. 능숙하지 않은 독일어로 문장을 쓰고 또 고쳐 쓰면서 괴로워하는 그에게 나는 원기와 생기를 안겨주는 샘물이어야 했다. 그를 위해 노력했지만, 물에 젖은 솜처럼 이국생활이 무거웠다. 김치는 어떻게 담그는지, 끼니때마다 뭘 먹어야 하는지, 부엌에 서면 무거운 짐을 지고 있는 듯했다. 살림살이는 서툴고 독일어는 어렵고 교포를 만나든 독일 사람을 만나든 대인관계는 힘들었다. 내 속엔 원하지 않는 검은 돌덩어리가 어느새 들어와 있는 듯했고, 그림자처럼 우울증이 따라다녔다. 언제부터인가 그도 감정을 빼고 살아야 한다고 생각한 사람처럼 덤덤하게 대했다. 박사과정의 그가 학교로 가면, 나는 어학학원으로 갔다. 독일어 실력이 좋아지면 대학에 다니면서 비교문학을 공부할 셈이었다.
　나는 햇빛과 따뜻한 것이 그리우면, 밖으로 나와 파스텔 색조의 오륙층 집들이 즐비한 북유럽의 길을 배회하고 다녔다. 공원과 주택가 정원의 색색의 튤립이나 오랑캐꽃을 보며 무언가에

홀린 듯 걸어다녔다. 어떤 때는 부둣가로 나가 상큼한 찬 바닷바람을 맞받으며 쏴다녔다. 비와 바람과 태양과 꽃들과 흐린 날들 속에서, 어디를 지나고 있는지, 어디로 가려고 그러는지, 나를 잊어버린 채 걸어다녔다.

거친 바람 속을 헤매다 들어오면 진수는 말없이 다가와 두꺼운 외투를 입고 털목도리를 두른 나를 감싸안으며 말했다. 왜 안정을 못하는 거야? 그의 품안에 있으면, 그곳이 아닌 다른 것이 나를 끌어당기는 듯했다. 공중을 떠다니는 듯한 가벼운 존재, 헛것 같은 것들이 밀려들어 나는 그의 품에서 빠져나와 소파에 앉아 몽롱한 얼굴로 그를 보았다. 창가에 서서 밖을 빨려가듯 보고 있을 때의 고즈넉한 그의 뒷모습, 자신 속에 비밀스런 얘기들이 있지만 응, 아니, 하는 간단한 대꾸만 하면서 나를 볼 때의 하얀 얼굴에 우수어린 눈빛…… 불쑥 그의 얼굴에 남동생의 얼굴이 겹치곤 했다.

결혼을 일주일 앞둔 오월 초순의 어느 날, 박진수와 나는 인사동으로 해서 비원에 갔다. 자신의 지난날에 대해 그가 말을 하고 있을 때였다. 어디선가 가슴을 뭉클하게 하는 향기가 몰려왔다. 나는 그의 말을 듣다가 잃어버린 아기라도 찾듯이 주위를 둘러보며 걸어갔다. 어딜 가? 하고 그가 물었고, 나는 몽롱한 얼굴로 그를 보며 말했다. 냄새가 나. 어디선가 향기로운 냄새가 풍겨와. 향기로운 냄새? 그가 반문했다. 응, 살아 있는 냄새가 향기로워.

　나는 오랫동안 내 속의 감미로운 것, 아름다운 것, 여성적인 것을 누르며 살았다. 여름이면 즐겨 입었던 미니스커트를 입지 않고 바지만 입었다. 내 몸에서 풍겨나가는 여자 냄새를 죽이기 위해 무덤덤한 무채색의 여자가 되도록 나를 억압했다. 그것이 남동생을 사랑하는 일이었다.

　어느 주말 오후, 나는 독일어를 익히기 위해 얇은 옷을 걸치고 낡은 소파에 앉아 텔레비전의 영화를 보고 있었다. 창문으로 싱그러운 바다 냄새가 스며들고, 방에서 공부하고 있던 진수가 나와 내 옆에 앉았다. 그의 손이 어느새 옷 속으로 들어와 젖가슴을 만지고 있었다. 동생의 얼굴이 확 스쳐지나갔다. 나는 그를 갑자기 팽개치고 일어나서 웃음을 터뜨렸다. 순간 덜커덩하고, 굵은 쇠사슬 같은 것이 내 몸을 감아버린 환영이 지나갔다.

　그 뒤로 진수의 말은 내가 남동생에게 말한 것처럼 갈수록 짧아졌다. 응, 아니, 그랬어, 하는 그의 서늘한 말은 가슴에 그대로 떨어져 고통으로 온몸을 조이며 피가 되어 돌아다녔다. 사랑하는 사람이 조금씩 멀어져가는 모습을 멀쩡한 정신으로는 감당할 수 없었다. 나는 어학학원도 그만두고, 후드티에 재킷을 걸치고 혼잣말하며 이국의 잿빛 거리를 떠다녔다. 비가 자주 내리는 북유럽의 차가운 공기에 온몸은 조여들고, 망상으로 무거운 머리는 터질 듯했다.

가끔은 화사한 태양이 얼굴을 내밀었다. 길가의 갖가지 색깔의 앙증스러운 꽃들이 부드러운 바람 속에서 춤을 추었다. 누군가 꽃향기 속에서 나를 부르고 있는 듯했다. 그런 날 내 발길은 중앙호숫가나 부둣가로 향하곤 했다. 출항을 앞둔 배들은 일어나라고 속삭여주는 듯했다. 집으로 돌아오면 영육의 고삐를 놓아버리는 듯한 순간 나도 모르는 내가 되어 웃음을 터뜨리곤 했다.

나는 이 모든 것이 연극처럼 느껴졌다. 내가 무엇을 하고 있는지조차 모르는 웃음소리만이 나의 실체를 증명하듯 가까이에서 멀리에서 들려왔다. 암울한 날씨와 태양과 꽃들과 환상 속에서 나는 넘어지고 있었다.

*

혼돈과 광기 속에서 소중한 것들을 하나씩 잃어가며 알지 못하는 분열된 실체로 어둡고 밀폐된 곳으로 들어갔다. 중얼중얼 혼잣말하는 허한 말들이 내게로 돌아와 나를 묶었다. 웃음소리 뒤에 밀려오는 공허함이 폐부를 도려내는 듯했다. 병원에서는 조현병이라고 했다. 남편과 나는 귀국해 이혼했다. 독일로 떠나기 전 마지막으로 본 그의 뒷모습은 너무나 많은 침묵 속의 말들을 쏟아놓았다. 앞으로 잘 살아요, 하고 그가 존댓말로 인사를 하고 길모퉁이를 돌아서자 나는 자리에서 쓰러져 울었다. 그는 나에게 세상의 쓴맛 단맛을 알게 해주는 잔인한 열쇠를 선물했으며, 결혼생활의 기쁨과 고통의 그네를 타다가 위태로운 절망의 꼭대기에 있을 때 나를 떠나버린 것이다. 잘 살아요, 하고 말한 그가 잘 살도록 지켜주지 못하고 떠나버렸다. 사랑이 꺼져버리자 나는 폐인이 되었다.

병원에 입원하기 전 한 달간 머문 친정집엔 젊은 날의 기억이 스며 있었다. 황혼녘의 어스름께에 나만의 작은 방에서 창밖을 보고 있으면, 어디선지 향긋한 냄새가 밀려와 아름다웠던 옛 기억이 펼쳐지곤 했다. 여름방학이면 시골 할머니 집에 내려가 매미채를 들고 남동생 손을 잡고 뛰어다닌 기억이 어제 일처럼 생생하게 떠올랐다. 어린시절 내가 가는 곳엔 늘 다정한 친구 같았던 어린 남동생이 있었다. 우리는 서로 떨어지면 무슨 일이 터질 것처럼 어딜 가나 손을 잡고 다녔다. 학원에 갈 때도 캄캄한 밀림지대로 들어가는 것처럼 무거운 걸음으로 손을 꼭 잡고 걸어갔다. 길에서 예쁜 강아지를 봐도, 엄마가 못 먹게 하는 떡볶이나 편의점에서 칼칼한 라면을 사 먹을 때도, 서로 얼굴을 보며 웃어댔다. 지훈이랑 함께 바다를 보고 기차여행을 하고 산길을 걸으면 삶은 기쁘고 즐거운 축제마당이 되었다.

나는 아침에도 자고 낮에도 잤다. 나에게 쏟아지는 연민의 눈빛과 가시가 숨겨 있는 말을 잊게 하는 잠은 달콤했다. 잠에서 깨어나면 알듯 모를 듯한 웃음을 날리며 걸어다녔다. 그러다 갑자기 머리가 맑아져 싱싱한 기운이 그리울 때나 북유럽의 암울한 공기가 밀려오면 어머니에게 울며 소리를 질렀다.

어머니는 자식들 인생을 자기 인생이나 되듯 관리하고 통제했어요. 일류대학 나오고 명문가 집안을 만나면 일류 인생이 되는 줄 알았죠? 날 보세요! 뭐 다 갖추었다고요? 친구도 없이 학교와 집만 왔다갔다했어요. 사회성도 인간성도 쌓을 겨를이 없었어요. 어머니가 바라는 고고하고, 우아하고, 지적이고 심미적인 성향을 가진 여자가 되도록 통제했어요. 이것은 좋고 저것은 나쁘다는 것이 분명해, 나쁜 것은 하지 않으려다 이렇게 박제된 인간이 되어버렸어요. 다 싫어요. 자기인생만 즐기는 사회적 지위가 높으신 고명한 아버지도 싫어요. 이 집의 공기가 싫어요. 통쾌하죠? 어머니는 눈물어린 얼굴로 나를 감싸안으며 말했다.

난 너를 최선껏 키웠어. 어떤 일을 당해도 혼자 설 수 있도록 말이다. 너희들 키우면서 큰 소리로 마음껏 노래 부르고 싶었지만, 옆집에 들릴까봐 할 수 없었어. 나만의 공간이 있는 시골 큰 집으로 이사 가서 다시 도전하고 싶었지만, 너희들 교육 때문에 그럴 수 없었어. 이 나이에 글 쓰겠다고 허둥대며 살아가는 엄마를 이해하렴. 난 여자로서, 여자의 인생을 알아. 여자의 꿈과 좌절을 알아. 어느 때 여자가 팍 쓰러져버리는지 안단 말이야. 난 너를 버리지 않을 거야, 절대로.

상계동의 17평 아파트로 이사온 뒤 종로의 병원으로 정신과 상담을 받으러 다닐 무렵부터인가, 결혼해서 미국 엘에이에서 변호사로 살고 있는 남동생은 일 년에 한번 정도 한국에 나왔다. 동생이 오면 내가 방배동 어머니 집으로 가든지, 어떤 때는 동생이 상계동 집으로 왔다. 올 때마다 그는 내가 좋아하는 블루베리와 연어와 치즈와 과일과 주스를 냉장고에 가득 넣어놓곤 했다. 언젠가 방배동 집으로 지훈이가 왔을 때였다. 누나 얼굴이 좋아졌어, 하고 지훈은 의사 같은 말로 나를 위로하려고 했다. 고마워, 하고 나는 동생의 얼굴을 똑바로 쳐다보고 말한 뒤 북어포를 씹으며 무거운 공기 속에 삶의 비화가 숨겨져 있는 듯한 집안을 돌아다녔다. 그는 백치 같은 나를 우수어린 얼굴로 훔쳐보았다.

언젠가 내가 어머니 집에서 이 방 저 방 다니며 갑자기 웃음을 터뜨렸을 때, 언뜻 본 그의 눈가엔 눈물방울이 맺혀 있었다. 나는 그가 왜 우는지 알 수 없었다. 그는 나와 부딪치면 뭔가 말할 듯하다가 창가로 다가가 학창시절처럼 밖을 물끄러미 바라보았다. 그의 고즈넉한 뒷모습은 똑같았으나 내 웃음소리에 얼굴을 돌리면 눈가가 젖어 있었다.

그가 한번 다녀가고 난 뒤엔 나의 통장엔 매달 어머니가 보내주는 백오십 만원보다 몇 배 더 많은 돈이 들어와 있었다. 어머니는 나에게 말하곤 했다. 지훈이가 널 주라고 하더라. 네가 필요한 것이 있으면, 다 자기한테 말하라고 하지 뭐냐. 지훈이는 이혼하고, 지금은 혼자 외롭게 살고 있어. 미라 고것이 지금 유치원에 다니잖아. 지훈이가 얼마나 보고 싶겠니? 미라 만나는 날엔 애 엄마도 잠깐 만나나 보더라. 너희들이 행복하길 바랐는데, 밖으로만 도는 네 아버지에게서 못 채운 것을 너희들한테 쏟았는데…… 내가 죄가 많은 여자인가 보다.

*

어둑한 집안으로 들어서자 써늘한 공기가 밀려든다. 책상 앞 창가엔 검은 형체의 플라타너스가 기다렸다는 듯이 바람에 살랑거린다. 나는 불을 켜고, 탁자 위 라디오 스위치를 누른다. 바흐의 '골드베르크 변주곡'이다. 영육이 비틀어져버린 몸속으로 파도처럼 밀려드는 혼의 피아노 소리가 하루를 새롭게 열어준다. 깊은 심연의 바닥에서 탈출하려는 마음이 솟구치게 한다.

나는 옷을 갈아입고 나서 우유에 시리얼과 건포도와 바나나를 넣어 간단하게 먹은 뒤 습관처럼 마루를 걸어다닌다. 한 발짝 움직일 때마다 어디서 다가오는 사람이 나를 향해 걸어오고 있는 것 같다. 의사 얼굴도 스치고, 입을 크게 벌려 꿈처럼 무대 위에서 노래 부르고 있는 어머니 얼굴도 떠오른다. 남동생의 영혼이 날개를 달고 주위를 날고 있는 듯한 환영이 어른거린다. 가슴에 아련한 아픔으로 남아있는 미지의 남자, 사랑했던 진수도 다가왔다가는 사라진다.

오늘은 의사 말대로 낯선 길인 재래시장 쪽을 지나 어디가 어디인지 뱅뱅 돌아서 왔기 때문에 마음의 빗장 하나가 벗겨진 듯하다. 한 발짝 한 발짝 움직일 때마다 멀리서 다가오는 사람이 점점 가까이 다가오고 있는 것 같다.

그 낯선 사람의 따뜻한 손이 그리운 순간, 나는 책상 위의 검은 님한테 달려간다. 일순위인 A상담소 전화번호를 누른다. 사랑을 하려면 어떻게 해야 하죠? 나의 목소리는 담담하다. 늦은 저녁 시간, 외로운가봐요? 처음 들어보는 거칠고 무뚝뚝한 목소리이다. 아마 상담한 지 얼마 되지 않았나보다. 말을 나누고 싶어 전화했어요. 실내의 발소리가 크게 울리는 해질 무렵이면 사람이 그리워진다. 누군가랑 전화선을 타고 말을 주고받으면 기분이 좋아져 밤의 심연 속으로 들어갈 마음의 준비가 된다. 아, 그래요? 저한테 말하세요. 상담자의 건조하고 메마른 목소리에 입 밖으로 말이 튀어나오지 않는다. 소셜포지션의 세 번째와 네 번째는 무엇인가요? 나도 모르게 갑자기 엉뚱한 말이 입 밖으로 나온다. 가정과 사회인가요? 하고 상담자가 어정쩡한 목소리로 말한다. 그런가요? 안녕히 계셔요.

나는 송수화기를 내려놓고 다시 실내를 걸어다닌다. 지금 이 순간과 지나간 시간, 그 어느 것에도 속하지 않는 공간에 있는 것 같다. 이 작은 공간 안의 나는 혼자다. 한 달 전에도 혼자였고, 한 달 후에도 혼자일 것이다. 그 혼자가 무겁기도 하고 익숙하기도 하다. 낯설기도 하고 절망스럽기도 하다. 나는 나를 알기 위해 익숙한 목소리가 많이 있는 A상담소로 다시 전화를 건다. 사랑을 하려면 어떻게 해야 하나요? 나는 다시 똑같은 말을 되풀이한다. 아, 선생님이시군요. 몇 년 전부터 그리운 사람이 있다고 했는데, 누굴 그리워하는 것은 살아있다는 증거죠. 상담자의 귀에 익은 목소리는 고통조차 생기로 바꾸어버릴 것 같은 어떤 힘 같은 것이 느껴진다. 사랑의 꿈이 현실이 되는 것은 무서운 일인가요? 음악의 리듬이나 빗소리를 타고서도 멀리서 나를 향해 다가오는 사람이 있다. 그 빛 같은 환상은 시간이 지날수록 피와 살이 입혀져 힘을 주는 실재의 사람이 되어가고 있다.

지난번 상담을 받고 오다가 갑자기 비를 맞은 뒤 감기가 도져 저녁 내내 앓았을 때, 희미한 실루엣이 빠른 걸음으로 자신을 향해 다가오고 있는 듯했다. 그 발소리의 여운에 싱싱한 기운이 온몸을 감돌고 따스한 손길에 잠들 수 있었다. 행복한 일이기도 하죠. 두려워할 필요가 없어요. 질문이 너무 엉뚱하다는 듯이 상담자는 짧게 또릿또릿한 목소리로 말한다. 누굴 사랑하면 배신과 아픔이 따른가요? 살기 위해서 또다시 사랑해야 하는지, 삶이 두렵고 무섭다. 사랑했기 때문에 아픔이 따르는 거예요. 그러니 전의 남편 일은 다 잊어버리세요. 저어…… 다음에 무슨 말이 나오기 전에 얼른 수화기를 놓아버린다. 이제 친밀하다고 자신의 사생활에 대해 접근해오면 더 이상 말하고 싶은 생각이 달아나버린다.

이제 내게 전화기는 보물과 같다. 저 작은 물건을 통해 주고받는 많은 얘기들은 하나의 빛의 기둥이 되어 가슴속에서 빛나고 있다. 저 검은 보석만 들면 우주 같은 한 사람의 목소리가 들려오고, 나는 당당한 사회인처럼 말을 나눈다. 다른 사람의 말이 나를 비쳐주며 속에서 눌러져 있던 씨앗들이 싹이 터 나도 모르는 사람으로 변화되어 가고 있다. 한 번도 본 적이 없는 나의 숨겨진 얼굴이 태양과 나무와 실루엣과 검은 님의 손길에 새롭게 떠오르고 있다. 대부분의 상담자는 내 목소리를 알아듣고, 통화가 끝나면 컴퓨터 화면의 '되풀이전화'에 체크할 것이다. 나는 되풀이전화를 하는 막막한 세월 속에서 일주일에 한 번씩 의사를 만나러 가고, 그 앞에서 나의 망가진 삶 전부를 보여준다. 나를 진찰하면서 스쳐가는 그의 얼굴의 기쁨과 슬픔을 훔쳐보고는 환희와 절망을 느낀다.

날이 흐리면 아침에도 하고 오후에도 전화를 한다. 날이 좋으면 바깥세상 사람들의 목소리가 그리워 일거수일투족을 주시하고 있는 듯한 검은 님한테 다가간다. 그 검은 무생물이 신기루처럼 펼쳐놓는 다양한 사람들의 목소리를 들으며 헝클어진 마음이 가닥을 잡아간다. 물론 어떤 때는 지루하고 따분할 때도 있다. 상대방의 말이 고루하거나, 내가 마음 문이 안 열려 있을 때는 몇 마디하고 끊어버린다. 엇비슷한 나날이 권태롭고 암담한 자신에 화가 솟구칠 때는 수화기를 들어 말하는 것이 아니라, 말을 씹어 뱉어낸다. 죽음과 부활과 이별과 파멸과 복수와 영원에 대해서……

나는 아침에 일어나면 베란다로 나가 붉은 해를 본다. 다음날도 아침에 일어나면 산 위로 막 떠오르는 둥그런 해를 본다. 의사 선생 때문에 아침 해가 의미를 띠고 나를 맞이한다. 어떤 날은 막 떠오른 붉은 해가 베란다의 유리문에 반사되어 방안 창문에 하늘의 선물처럼 두 개의 해가 양쪽에 떠 있다. 그 아름다운 빛에 반응하듯 속에서 생기로 가득한 붉은 것이 떠오르는 듯하다. 몸도 바깥도 빛의 축제이다. 의사 선생이 말한 붉은 해가 나를 진찰하고 있는 것이다.

*

진찰실을 나와 카운터로 가자 간호사는 다음 진료일 날짜와 시간을 적어 나에게 건네준다. 나는 예약표를 들여다본 뒤 층계 쪽으로 걸어간다. 지난번에 나를 보고 미소로 알은 체하던 키가 크고 홀쭉한 남자가 자리에서 일어나 내 쪽으로 걸어왔다. 문을 열고 층계 쪽으로 가 등뒤에서 들려오는 구두소리를 들으며 나는 또박또박 한 걸음씩 내려갔다.

같은 환자끼리 말 좀 나눕시다. 뒤에서 들려오는 나지막한 소리에 얼굴을 돌린다. 남자가 미소를 띠고 나를 본다. 외로운 사람은 외로운 사람을 금방 알아봐요. 외로움도 냄새가 있어요. 그는 어느새 내 옆에 서서 말한다. 거실에서 혼잣말하는 자신의 목소리를 들은 것 같다. 무슨 냄새요? 무채색 여자가 풍기는 냄새는 꽃냄새일까, 썩어가는 짐승 냄새일까. 낙엽이나 가을 비 냄새 같은 거요.

비가 와 지붕도 길도 허공도 축축하게 젖어 있을 때 떠오르는 것은 언젠가의 죽음의 형상이다. 그 형상이 가까이에서 유혹하듯 손짓하고 있을 때 자살의 충동이 솟구쳐오른다. 사방이 습기로 젖어있는 날에는 삶과 죽음 사이에서 터져나오는 비명소리가 먼 곳에서도 가까운 곳에서도 울려퍼지는 듯하다. 우울증은 누군가의 절박한 숨결이 허공을 날아 창문에 서 있는 여자의 가슴으로 떨어져내린 중독성 강한 비 냄새 같다. 나의 정신상태를 알아보는 듯한 그의 말에 공포가 밀려와 가슴이 빨리 뛴다. 왜 의사는 낯선 사람이 말을 걸어오면 친절하게 대하라고 했을까.

무엇 때문에 상담을 받으러 다니나요? 저는 말 때문에 다닙니다. 그의 목소리엔 자신의 한계 밖으로 탈출하려는 슬픈 의지가 어려 있다. 말이요? 타는 말도 있고, 입에서 나오는 말도 있는데요. 내 말에 그의 눈초리가 위로 올라가면서 입가에 미소가 번진다. 입에서 나오는 말 때문에 다녀요. 말을 조절할 수가 없네요. 한번 입을 열었다하면, 말이 가지를 치고 또 쳐서. 그는 누군가에게 말을 해야 숨을 쉬며 살아갈 수 있는 나 같은 사람이다.

나는 뿌옇고 어수선한 거리 끝의 나지막한 앞쪽 산자락을 보며 걸어간다. 아픈 사람은 아픈 사람끼리 경험을 나눠야 치료에 도움이 된다고 하던군요. 여기 앉아서 이야기 좀 나눕시다. 그가 길가 파라솔 탁자 앞에서 말을 한 뒤 편의점 안으로 들어가 보리차 두 병과 종이컵을 사 온다. 그는 한길 쪽을 보고 앉고 나는 멀리 산이 보이는 쪽을 향해 앉는다. 그는 보리차병 마개를 딴 뒤 종이컵에 물을 따라 내 앞에 놓는다. 내가 한 모금 마시고 먼산 쪽을 보자, 그는 물을 홀짝 마시고 나서 그의 족쇄 같은 말을 하기 시작한다.

말을 하다 보면 자꾸 헛점만 드러나요. 말이 많아질수록 궁지에 몰리죠. 너무 괴로워서 두 달 전부터 동네의 이 병원을 찾게 되었어요. 말이 말을 낳아, 말을 하게 되는 사연이 있다고, 의사 선생은 말합니다. 내 삶의 근간에는 불안과 두려움이 깔려 있다고 하네요. 직장을 잃고 나서부터, 이상하게 갑자기 말이 많아지더군요. 뭔가 억울하고 하소연하고 싶어서 말이 많아졌다고 합니다. 아들도 아내도 내가 말하면, 처음엔 얼굴을 보며 듣고 있다가, 어느새 싫은 표정이 드러나죠. 그런 얼굴을 보는 게 괴로워요. 무엇보다 사람들이 내 곁을 떠나는 모습을 지켜보는 것이 가장 가슴 아픕디다.

그를 둘러싼 외계는 벽이다. 그가 현실에 적응하기 위해 애쓸수록 또 다른 벽이 생긴다. 그는 벽 속에 갇혀 있는 이 도시의 이방인이다. 이방인은 길가의 소음 속에서 계속 말을 쏟아놓고 있다.

나는 갑자기 방안의 검은 님이 그리워진다. 전화선 너머 얼굴도 모르는 사람이 펼쳐놓는 현실 속으로 들어가고 싶다. 내게는 비현실적으로 느껴지는 이 오후의 만남이 온몸을 긴장시키며 지치게 한다.

이 병원 다닌 지가 얼마나 되나요? 그가 나의 침묵을 깨려는 듯 호기심어린 얼굴로 묻는다. 이 병원이 세 번째예요. 이 병원 다니면서 많은 계절을 보냈어요. 아마 삼 년쯤 될 거예요. 삼 년이란 말을 하면서 나는 씩 웃는다. 벌써 삼 년이라니……

어떤 일을 당하면 몇 년이 훌쩍 지나가버린다. 그러면서 인생이 흘러가고 있다. 그 덧없는 세월 속에서 어느 날은 죽음 너머 먼 곳까지 비상할 것이다. 저는 이 년 전에 회사에서 퇴출을 당했어요. 전자제품을 만드는 회사의 직원이었어요. 나름대로 성실하게 일했는데…… 상사로부터 퇴출 소식을 들은 날, 내게 남은 것은 소지품이 담긴 박스 하나더군요. 육 년 동안 성실하게 일했는데, 박스 하나라니…… 그의 말을 따라가다가 어느 순간 흐름을 놓쳐버린다. 사방이 벽처럼 느껴진다. 익숙한 나만의 공간, 집으로 빨리 돌아가고 싶다. 그런데, 원래 그렇게 말이 없으십니까? 그가 묻는 말에 나는 짧게 대답한다. 아, 네, 그래요. 나는 상담자들처럼 말한다. 아, 네, 그렇군요. 아, 네, 그래요, 같은 말을 중간 중간에 집어넣어 말이 흘러가게 한다. 의사 선생은 의식해서 말을 하라고 하는데, 그게 안돼요. 한쪽이 닫히니까, 입이 열리데요. 떼어버리고 싶지만 끈질기게 붙어다니는 두려운 그늘이 그의 얼굴에 어려 있다. 네, 그래요. 세월이 가면 좋아질 거예요. 세월이 약이에요. 나는 다시 상담자들이 내게 한 말을 그대로 한다. 그는 계속 삶의 슬픔과 기쁨이 얼룩져 있는 말들을 쏟아놓는다.

그는 탈출구 없는 말 속에 갇혀버린 것 같다. 전화박스에 앉아 있는 상담자가 되어 말을 듣고 있으려고 하는데도 머리가 흐리멍덩하고 무료함이 밀려와 자리에서 일어난다. 의사의 얼굴이 희미하게 스쳐지나간다. 그도 어정쩡하게 자리에서 일어난다.

가시게요? 그가 묻는다. 네, 그래요. 남대문 시장에 가려고요. 미아리 가려면 버스를 어디서 타나요? 나의 묻는 말에 그가 놀란 얼굴로 말한다. 거긴 왜요? 나는 나를 시험하고 있어요. 이제 많은 사람들 속에서 밀려다니며 필요한 물건들을 싸게 사보는 짜릿한 재미를 맛보고 싶다. 오감의 문이 활짝 열려 달콤하고 생동감 넘치는 전율의 순간에 빠지고 싶다. 새로운 길과 낯선 사람들을 지나, 숲길과 바닷가를 지나 멀리멀리 나가고 싶다.

내 말을 들어줘서 감사합니다. 그는 마지막 말을 하고서도 뭔지 할 말이 남은 듯 머뭇거리며 서 있다. 나는 그에게 정중하게 인사한 뒤 돌아서 회색거리를 걸어간다.

*

벽돌색 블라우스에 하얀 스카프가 잘 어울립니다. 여자들은 계절보다 앞서 나가죠. 무슨 좋은 일이 있을 것 같은데요.

내가 의자에 앉자, 의사는 자신의 말에 취한 듯 허허 웃는다. 의사의 말은 굳어진 살과 피로 스며들어 몸 구석구석에 생기를 불어넣어준다.

매일매일 사는 게 비슷해요.

무대 위의 배우처럼 모노드라마를 엮어가며 살아가는 자신이 갑자기 늙은 광대처럼 여겨진다.

정새나 씨의 삶이 전에는 잿빛이었다면, 지금은 연둣빛이랄까요. 연둣빛 나무를 보면 무얼 떠올리나요?

잃어버린 내가 떠올라요.

이제 스스로 변화를 찾아보세요.

의사는 변화란 말을 좋아한다.

하늘의 해도 계절의 변화를 말해줘요.

내 말에 안경테 속의 눈이 번쩍 빛난다. 왜 내가 갑자기 해를 떠올렸는지, 내 말의 핵심을 파악했다는 듯 빙긋이 웃으며 말한다.

계절마다 해가 어떻게 다른가요?

의사는 나의 중심을 향해 한 발짝씩 다가오는 듯하다. 말로써 나를 변화시키려는 그가 아침 해처럼 싱그럽다. 불쑥 그의 품에 안기고 싶다는 생각이 든다.

겨울 해는 따뜻한 아랫목 같아요. 포근하고 아늑하고. 햇살 환할 때 베란다에 나가면 한 가닥 빛 옷을 입혀주는 것 같아요. 여름 해를 보고 있으면 내 속의 감정들이 일어나 아우성쳐요. 소파도 떠오르고…… 사랑은 사랑이라는 이름으로 사람을 발가벗겨 길로 내쫓아내는 것 같아요. 봄엔 나도 붉은 해도 설레고. 길가에서 일찍 핀 개나리와 진달래를 발견하면 방랑기가 마구 솟구쳐올라요. 실성한 사람처럼 멀리 떠나고 싶고. 다른 사람으로 변해서 꿈과 신음과 아픔이 섞여 온몸을 돌다가 갑자기 뜨거운 불길이 되어 밖으로 뛰쳐나올 것만 같다.

변신이라! 이제 말을 참 잘하십니다. 정서적인 말이 산문시 같습니다. 요즘 시 공부도 하고, 일기를 쓰고 있나요?

그는 의식을 집중해 오직 나에 대해서만 말하고 있다. 순간 행복하다는 생각이 솟구친다.

내 속의 그림자를 알고 싶어요.

의사는 진료기록에 뭔가를 쓰고 나서 나를 본다.

어디서 오고 있다는 그 사람 말이죠?

그는 내 속을 들여다보는 사람처럼 말을 한다. 이제 그의 말은 나인 것이다. 나는 어린학생처럼 네, 하고 대답한다. 무슨 암호와 같은 짧은 말들, 그의 말 속에는 흔들리는 내가 들어있다. 언제나처럼 그의 따뜻한 말에 놓쳐버린 것을 붙잡으려는 듯 깊은 데서 어떤 기운 같은 것이 꿈틀거리는 것을 느낀다. 그는 내가 어떤 여자인지 알고 있다. 그가 나에 대해 희미하게 알고 있는 것들이 이제 윤곽을 드러내고 있다. 이 봄, 내 앞의 의사는 봄 같은 사람이고, 해를 좋아하는 나는 해 같은 여자이다. 나는 나의 삶의 자리에서 이탈해 다른 여자가 되어가고 있다.

그의 등뒤 유리책장 안의 원서들이 다른 나라의 언어 속으로 빠져보라고 속삭여주고 있는 듯하다.

사람은 자신 속에 또 다른 자신이 들어있어요. 하나의 자기를 놓고 이야기하는 것이 실제의 자기이기도 하죠.

의사의 말이 친 거미줄에 내 생각이 얽혀든다. 나의 환영이 잉태한 내 속의 그림자가 나인지, 현실 속의 내가 나인지, 어딘지 모르는 곳으로 빠져들고 있다.

내 속에 있는 그림자 같은 사람, 멀리서 다가오고 있는 사람을 이젠 실제로 만나고 싶어요.

그는 내 말에 잠시 침묵한다.

그 사람이 누구인지 알고 싶다는 말이죠?

네.

정새나 씨는 점점 좋아지고 있어요.

내가 정상인가요?

오늘은 이만하죠.

*

어느새 오월이다.

병원에 갈 때마다 홀쭉한 남자는 대기실에서 기다리고 있다가 내가 진료실에서 나오면 따라나온다. 내가 편의점 파라솔 밑 간이의자에 앉으면, 그는 보리차 두 병을 사온다. 그는 보리차를 마시며 말하고, 나는 상담자가 되어 그의 말을 들어준다. 집에서 수화기를 들고 자신을 바꾸려는 열망어린 내 모습처럼 그는 말한다. 그는 살아가기 위해 말을 해야만 한다. 중독인 것이다. 말이 말을 낳아 그는 미로에 빠져버린다. 말을 하다가 방금 무슨 말을 했는지 고삐를 놓쳐버린 듯 웃으며 나를 바라본다.

소음 속에서 차들과 오토바이는 질주하고, 행인들은 뭔가를 골똘히 생각하는 얼굴로 뿌연 거리를 오간다. 그는 단지 자신의 말을 들어주는 사람이 있다는 사실에 눈도 입도 웃는 얼굴로 말을 이어간다. 이제 돈이 모아지면 목이 좋은 곳에 자그마한 커피숍을 내고 싶다는 말을 할 때는 눈이 반짝거린다. 고달픈 삶의 얼룩이 어려있는 얼굴에 벌떡 일어서려는 의지가 엿보인다. 아, 네, 그랬어요. 잘했어요. 그의 말 중간 중간에 상담자로부터 들었던 말들을 그대로 한다. 의사가 무엇 때문에 다른 사람의 말에 귀를 기울이라고 했을까. 그의 암호 같은 말을 풀어내기 위해 인내하며 듣는다. 실타래처럼 얽혀있는 말의 가닥 속에 영혼이 상한 사람이 들어있다.

커피 마실 때는 기분이 좋아요. 아침에 진하게 블랙으로 한 잔 마시면 머리가 맑아져 무슨 일이라도 할 것 같죠. 그래서 마시고 또 마셔요, 손이 떨릴 정도로. 난 아무래도 절제가 부족하나 봐요. 뭣에 빠지면 위태한 줄도 모르고 그냥 끝까지 갑니다.

홀쭉한 남자의 솔직하고 안타까운 말 속에 드러나는 그의 주위 사람들은 적당히 녹이 슬었고, 적당히 타협하면서 살아가는 인물들이다. 이상하게 갈수록 말이 통하지 않은 아내라는 여자, 학원과 집으로 왔다갔다하며 너무나 바빠 아버지하고는 대화할 시간이 없다는 다 커버린 아들이 일막극 같은 그의 말의 무대 위로 올라왔다가는 사라지곤 한다. 어디선지 바다 내음 풍기는 바람이 불어오고 있다. 나는 지난날의 기억 속을 헤매다 정신을 차려 앞에 앉은 남자를 본다. 허기진 그는 계속 무슨 말을 하고 있다. 단절과 외로움 속에서 빠져나오기 위해, 따뜻한 누군가의 말 한마디를 듣기 위해 말을 해야만 하는 그는 바로 수화기를 들어야만 살아갈 수 있는 초라한 자신의 모습이다.

*

오월 마지막 주의 금요일 오전, 나는 병원에 가기 위해 서두른다. 화장실에 가 거울을 본다. 병원에 갈 때면 어디 먼 길을 떠나려는 사람처럼 생기가 차오르는 저 얼굴이 오늘은 기적처럼 느껴진다. 봄이면 여자는 달라진다는 의사의 말에 짧게 자른 갈색 머리, 의사가 예쁘다고 한 벽돌색 블라우스, 젖어 있는 눈, 그를 보며 짓곤 하던 입가의 알 수 없는 미소…… 옷과 미소에 그의 삶의 체취가 스며 있다.

나는 작은 방으로 가 블라우스 위에 하얀색 니트를 걸친 뒤, 마음이 가라앉을 때까지 실내를 걸어다닌다. 의사의 시선이 머물렀던 옷과 표정과 아침의 햇빛과 그의 말의 여운 속에 잠겨 걸어다니다, 오래된 증인 같은 창가의 연둣빛 나무를 본다. 연한 잎들은 살랑대며 일어서라고 소곤거리고 있는 것 같다.

순간 굳어진 살과 세포를 뚫고 광활한 어디로 솟구치려는 듯한 봄기운이 온몸으로 쳐들어온다. 내 속의 그림자 같은 사람은 몸 밖으로 빠져나가려는 듯 봄의 해처럼 꿈틀거린다. 환상 속의 그리운 사람도 먼 데서 점점 가까이 다가와 뼈와 살 속으로 스며든다. 어느 순간 마음속 그림자가 몸 밖으로 휙 빠져나가는 것 같더니 나와 하나로 합쳐진다. 의사의 얼굴이다. 내 속에 그가 살고 있었던 것이다.

숨결 같은 환영 속에서 나는 영혼처럼 그를 부르고 있었다. 그는 어느새 나의 몸이 되어버렸고, 호흡이 되어버린 것이다. 이제 진찰실의 좁은 공간에서 그와 마주앉아 주고받을 말이 없어져버렸다. 그 앞에서 시선을 둘 곳이 없어져버렸다. 모든 것이 다 드러나버렸다. 가면을 벗어버리자, 가슴이 빨리 뛰기 시작한다.

집 밖 더 넓은 세상으로 나가보도록 하세요. 새로운 삶이 시작될 겁니다.

의사가 한 말이 의미를 띠고 빛나기 시작한다. 나는 니트와 블라우스를 벗어던지고 편한 캐주얼한 옷으로 갈아입는다. 여행가방을 꺼내와 짐을 꾸리기 시작한다. 전화기 플로그도 뽑아버린다. 현관에서 운동화를 신고 밖으로 뛰쳐나간다. 새로운 삶이 시작되는 것은 광야일까, 사막일까. 수평선 너머 태양이 떠오르는 바닷가일까. 흐릿한 기억의 깊은 데서 잊혀진 낱말들이 하나씩 떠오른다.

서너 명의 행인들이 핸드폰을 귀에 대고 뭐라 말하며 걸어가고 있다. 전화기를 귀에 대고 상담기관에 전화하는 자신의 모습

같다. 짙은 회색 구름을 헤치고 둥그런 붉은 해가 따라오고 있다. ✷

그 새로 태어난 빛의 공간으로 광대한 땅의 냄새와 여운을 안고 주요한이 다가오고 있다. 그의 뒤로는 그와 같은 운명의 수많은 사람들이 우렁찬 발자국 소리를 내며 뒤따르고 있는 환영이 스친다. 여자는 그 환영 속에서 하나의 길이 광대한 대륙을 향해 뻗어있는 것을 본다.

유년기. Infancy. 41×31.5cm

흔적

*

유리문 밖엔 비가 내리고 있다. 뜰의 꽃나무들은 숨을 죽이고
봄이 오기를 기다리고 있다. 여자는 목발을 짚고 탁탁 소리내며
거실을 걸어다니고 있다. 어젯밤 저쪽 언덕 숲의 나무들은 밤새
내 비바람에 씽씽 울어댔다. 그 소리는 지금쯤 어딘가에서 비바
람을 맞으며 울부짖는 오빠의 목소리처럼 들렸다.

방 입구 작은 탁자의 전화기에서 벨이 울린다.

어제 말이다, 차 몰고 집으로 가는 길이었어. 영우를 닮은 남
자가 지나가는 것 같더라. 그래서 차를 멈추고·내려가보니 웬 중
늙이었어. 녀석도 지금쯤은 많이 달라졌을 테지만 말이다. 그래,
너처럼 나도 마음을 놓지 않고 있어야. 비가 와도 눈이 와도 마
음에 걸리는구나.

광주에 사는 외사촌 오빠의 전화였다. 그의 목소리는 담담하나 안타까움이 배어있었다. 가끔 그는 전화를 했다. 가을에 오빠는 집을 나갔고 그 뒤 어머니는 지병인 간경화가 악화되어 세상을 떴다.

　여자는 오빠를 찾아 헤맸다. 서울역 지하도 노숙자들이 있는 장소도 기웃거리고, 혜화동의 노숙자들이 식사하기 위해 길게 줄 서 있는 곳에도 가 보았다. 경찰서에 가출신고를 했지만 아무 소식이 없다. 길가에서 중얼거리며 자신 속에 빠져 걸어오는 사람이나 이유없이 빙긋이 웃는 사람이 있으면 유심히 보았다.

　언젠가 지하철 안에서였다. 바로 옆에 앉아있는 남자가 낄낄거리며 갑자기 웃어댔다. 여자는 얼굴을 돌려 그 남자를 보았다. 모자를 눌러쓴 40대 중반으로 보이는 남자가 흐릿한 눈빛으로 쏘아보며 말했다. 뭘 봐요? 그는 다시 스마트폰을 들여다보며 게임을 계속했다.

　또 한번은 수유시장 입구에서였다. 허름한 바지에 등산복 차림에 배낭을 메고 모자 쓴 남자가 앞쪽에서 혼잣말하며 걸어왔다. 산에서 막 내려온 듯한 후줄그레한 모습, 누군가의 눈을 피해 음지의 장소로 발길을 옮기려는 듯한 슬픈 눈빛…… 순간 가슴이 뛰었다. 그의 얼굴 위로 선한 오빠의 웃는 모습이 겹쳐졌다. 시골에서 햇살 가득한 뜰이 있는 집에서 오빠는 살고 싶어했다. 여자는 상점가 앞으로 걸어가 다시 돌아서서 그의 뒤를 느린 걸음으로 따라갔다. 그는 버스정류장 쪽으로 걸어가 의정부

가는 버스를 탔다. 남자는 버스 안에서 여자를 보았다. 저 남자…… 오빠의 이미지와 절망의 냄새까지 비슷한 저 남자……

쓰라린 기억의 어느 지점에서 오빠의 환영을 불쑥 붙잡는다. 그 환영은 지금까지 겪은 깊은 바닥, 더 깊은 바닥으로 떨어지게 한다. 흔들리면서 그 바닥에서 간신히 기어나와 어딘지 달라진 눈으로 눈앞의 풍경을 본다. 환영은 어느새 희끄무레한 빛의 밝은 얼굴이 되어 시끄러운 거리 저편으로 사라진다.

길을 가다가 어딘지 오빠를 닮은 사람을 보면 습관적으로 걸음을 멈춘다. 혼자서 빙긋이 웃다가, 주위를 낯설게 둘러보다가 허망한 걸음을 옮기는 남자를 보면 슬픔이 밀어닥친다. 그런 순간 여자는 자신이 길을 잃어버렸다고 생각한다. 그를 떠올리는 것은 형벌의 유산 같으면서도 끈질기게 자신을 향해 따라다니는 악령의 손짓 같기도 하다. 환영은 어떤 때는 슬펐다가, 어떤 때는 기뻤다가, 어떤 때는 죽고 싶다가, 어떤 때는 살고 싶은 의욕으로 차오르게 하는 삶의 얼굴이다. 그의 흔적을 느낄 때마다 여자는 다른 삶의 길로 들어서고 있는 듯하다.

*

지난 오월 중국 연길에서였다. 교회에서 선교통일부의 팀장인 여자는 일주일간 두만강 여행을 위해 조선족 P의 집에 머물렀다. P는 선교통일부의 총무 소개로 알게 되었는데, 몸짓이 크고 턱의 선이 발달한 대륙적 이미지가 엿보이는 얼굴이었다. 그녀는 가끔 주방용품 등을 가지고 북한에 들어가 찢어지게 가난한 지인들에게 주고 온다고 했다. 전직 기자출신인 그녀는 북한에 갈 때마다 자신의 성벽이 무너지는 것을 느낀다고 했다. 굶주림에 허덕이는 사람들의 숨소리가 대기를 채우고 있는 듯 아득한 데도 검은 절망을 뚫고 새로운 빛줄기가 꿈틀거리는 것을 느낀다고 했다.

귀국 하루 전날이었다. 여자는 해질 무렵 시내구경을 위해 P와 밖으로 나와 서시장 입구를 절뚝거리며 걸어가고 있었다. 그때 맞은편에서 남루한 옷차림을 하고 낡은 배낭을 멘 젊은이가 뭐라 중얼거리며 쫓기는 듯한 불안한 발길로 인파 속으로 걸어오고 있었다. 순간 여자의 가슴이 철렁 내려앉았다. 갸름한 턱선과 공포어린 얼굴, 두려운 눈빛으로 쫓기듯 걸어오고 있는 젊은이…… 피해 다녀야만 하는 운명, 조국의 슬픔…… 틀림없이 탈북자였다. 오빠에게서 뻗어나온 어떤 절망의 줄기 같은 것이 젊은이한테서 풍겨져 나와 목덜미를 끌어당기는 것 같았다. 여자와 P는 그의 앞으로 갔다.

함께 식사해요. 고발하지 않아요.

여자가 말했다.

일없어요.

'일없다'는 북한 말은 '괜찮다'는 뜻의 말이었다. 목숨 걸고 두만강을 건너 동북 3성에서 숨어지내는 탈북자들은 누구도 믿으면 안 되었다. 젊은이는 나지막한 모국어로 일없다는 말을 한 뒤 위태위태한 발걸음을 옮기며 걸어갔다.

오빠는 상상 속에서 스스로 길을 만들며 아득함 속에서 끝없이 걸어가고 있었다. 만일에 그런 상상을 멈추어버리면, 어딘가에서 절망의 끝자락에 달랑달랑 달린 채 한줌 흙으로 돌아갈 것만 같았다. 여자는 희망 속에서 오빠의 환영을 붙잡고 있었다.

여자는 다시 식사하자고 말했다. 그러자 다시 일없다고 허기진 목소리로 말했다. 젊은이의 입에서 다시 흘러나온 슬픈 우리나라 말…… 이국의 땅에서 피해다니며 어둡고 음습한 곳에서 무슨 암호처럼 토해내는 모국어…… 갈라지고 찢겨진 모국어에서 피가 뚝뚝 떨어져 내리고 있는 듯했다. 오직 젊은이의 눈빛엔 살려고 바둥거리는 가느다란 의지가 느껴졌다. 아쉬운 발길을 몇 발짝 걷다가 뒤를 돌아다보니 그 젊은이도 뒤를 돌아보았다.

*

풀어주세요!

여자는 목발을 짚고 읊조리며 거실을 오간다. 대형 페어글라스엔 널따란 뜰의 고즈넉한 풍경과 길 건너 교정의 숲이 담겨 있다. 맞은편 숲속에 한 채의 사택이 보인다. 재작년 겨울에 이어 두 번째로 여자는 바닥에 넘어져 무릎 속 인공관절은 굳어져버렸다. 지난 십이월의 늦추위가 몰아친 날이었다. 눈이 초롱초롱한 초롱이 밥을 주려다 뜰의 빙판에서 미끄러져 넘어졌다. 종양이 재발해 두 번이나 수술한 오른쪽 무릎의 인공관절이 순간 굳어져버렸다. 수술을 한 다리는 다쳤다 하면 처음 수술할 당시로 돌아가 동태처럼 굳어져버린다. 주위에는 초롱이와 산에서 내려와 교정을 떠도는 몇 마리 개와 언덕의 관리사 집에서 키우는 하얀 털이 수북한 밍크만이 있었다.

개들에게 둘러싸인 여자는 빙판에 쓰러져 누운 채로 도와줘요, 도와줘요! 울면서 소리쳤다. 어딘가를 떠돌고 있을 것 같은 오빠도 도와줘요! 하고 소리치고 있을 것이다. 주위에 붙잡을 수 있는 손 하나 없는 절망의 한가운데서 인간이 할 수 있는 말이란 도와줘요, 버리지 말아주세요, 살려줘요, 하는 목멘 소리, 그 아득한 소리……

몸집이 크고 늘 몇 마리 개를 몰고다니는 밍크가 사람을 불러들이기 위한 듯 큰소리로 멍멍 짖어댔다. 초롱이는 컹컹 짖어대고, 다른 개들도 하늘을 향해 슬프게 울어댔다. 도와줘요! 계속 큰소리로 울어도 누구도 다가오지 않았다. 메아리만이 뜰을 맴돌다 저쪽 숲속으로 사라졌다. 어느 순간, 자신의 가슴 한복판엔 그 어느 날의 무덤이 자리잡고 있는 듯한 생각이 스쳤다. 이러면서 죽어가는구나…… 인생, 풀보다 더 연약한 인생, 저 인생을 어쩌지 못하고, 이대로……

정신병원으로 병문안을 가면 오빠는 말하곤 했다. 나가고 싶어. 여긴 답답해. 지옥 같아. 내가 뭐가 이상해? 그의 말속엔 죽음이 바스락거리는 듯했다. 살아 있는 것이나 죽은 것이나, 세상은 죽음과 같은 어둠이었다가 어느 순간 어둠이 광채로 빛나며 바람처럼 사라진다. 그는 살아 있는 것일까, 죽은 것일까? 빙판이 아니라 햇살이 따사롭게 비치는 마른 나뭇잎 더미 위에서 숨은 조금씩 가빠지고 죽음의 발자국 소리는 기다렸다는 듯이 다가왔을까.

마침 대학원생 둘이 남편을 방문하러 학교 사택으로 왔다가 빙판에 쓰러져 있는 여자를 보고 들어올려 안방에 눕혀주었다. 개들은 현관까지 따라오면서 두 눈을 크게 뜨고 여자의 일거수일투족을 주시했다.

여자는 다음날 병원에 가 다리에 석고붕대를 하고 집으로 돌아왔다. 여자는 자리에 누워 바위처럼 무거워진 다리를 1센티 바닥에서 들어올리기 위해 끙끙거리며 연습했다. 1센티를 통과하면, 또 다시 2센티의 고비를 향해, 인내하며 연습하고 또 연습했다.

움직일 수 없는 자의 탈출구는 꿈이다. 어느 날의 꿈이었다. 기다란 하얀 손이 하얀 벽에다 '투쟁'이라고 커다란 글씨로 또박또박 써주고는 어딘가로 사라져버렸다. 영혼의 투쟁에서 신음이 터져나오고, 육체의 투쟁에서 외마디 비명이 새어나온다. 살려줘요! 버리지 말아주세요! 또 어느 날의 꿈이었다. 여자는 꿈속에선 바람처럼 나는 듯 빠르게 걸어갔다.

여자는 하루의 많은 시간을 거실로 나와 걷는 연습을 한다. 아침 햇빛만 나면 목발을 짚고 한 발짝씩 한 발짝씩 걸어다닌다. 새로운 어떤 것, 지금까지와는 다른 어떤 것을 바라는 마음으로 대형 유리문 밖 흙길 너머의 고요한 숲과 정원 풍경을 보며 왔다 갔다 한다. 초롱이도 유리문 밖에서 주인처럼 이리 왔다 저리 갔다 한다. 주인밖에 모르는 초롱이를 더 예뻐해 줘야지, 하는 마음이 절로 든다.

여자의 남편 양민호는 지금 스위스 국경도시 바젤에서 일 년간 안식년을 보내고 있다. 집에 있을 땐 손님 같았던 그가 그곳에서도 자유로운 객이 되어 낯설게 자신을 보고 있다. 그가 차지했던 집안의 공간은 자기만의 공간으로 변해 자유와 해방감을 안겨준다. 그와 함께 살 때 근심도 많았고 의심도 많았다. 앞날에 대한 불안으로 흔들리기도 했다. 학교에서 당장 나가라고 하면 어떻게 하나. 아직 집이 없는 여자는 걱정을 사서 했다. 무엇 때문에 그렇게 움켜쥐며 살려고 했을까. 지금은 그 무엇이 무엇인지 흐릿하고 아득하다.

북한산 아래 교정의 숲엔 시간따라 달라지는 이월의 햇살이 비치고 있다. 아침나절의 부드러운 햇살엔 먼 곳에서 찾아온 영원한 이의 숨결이 느껴진다.

가끔 그는 소식을 보내온다. 잘 지내고 있죠? 다리는 어떤가요? 원하는 대로 잘 걸을 수 있으리라 믿어요. 그는 세미나에 관한 얘기, 교포 집에 초대받은 얘기, 여행한 얘기 등을 주로 써 보낸다. 어떤 때는 여자도 알고 지냈던 스위스 지인들의 근황이나, 도시 한복판에 있는 바젤대학의 캠퍼스 안 베드로 공원에서 열리는 벼룩시장이나, 초대받은 교수집에 대해 쓰기도 한다. 그런 구절을 읽을 때는 여자는 그곳에서 오년 동안 살았던 추억이 살아나 아득한 눈빛이 된다. 대학 가까운 곳에는 중세건물인 스팔렌 성문(城門)이 있다. 대학 옆의 작은 공원에서는 갖가지 축제가 열린다. 삼월 초의 파스나하트 축제는 이곳에서도 펼쳐진다. 긴 겨울의 음산한 날들이 지나가고, 봄이 오길 바라는 마음에서 나막신을 신고 가면을 쓴 사람들이 피리를 불거나 북을 둥둥 치며 어두운 중세풍의 골목길을 누비고 다녔다. 여자는 딸의 손을 잡고 쟁이의 뒤를 따라다녔다. 북소리, 피리소리, 가느다란 불빛이 반짝거리는 공원의 밤풍경…… 한때 아름다웠던 날들은 꿈처럼 흘러가버리고, 축제의 밤도 덧없이 흘러가버렸다.

　남편은 독일어로 논문을 쓰기 위해 강의가 없는 날에는 하루 종일 책상 앞에 앉아있었다. 여자의 가슴엔 텅 빈 구멍이라도 난 듯 뭔가 허하고 쓸쓸하고 목이 말랐다. 날은 흐리고 비가 자주 왔다. 알프스에선 더운 건조한 높새바람이 불어대기도 했다. 그 불청객 같은 바람에 머리가 무거워진 사람들은 병원을 찾기도 했다. 여자는 무너지는 자신을 붙잡으려는 듯 어린 딸의 손을 잡고 바젤역에 가 모스크바나 빈으로 떠나는 기차를 아련한 얼굴

로 바라보곤 했다. 중세풍의 한적한 거리를 거닐며 걸어다니곤
했다. 집 앞 뜰의 튤립이나 수선화는 바람에 하느적거리며 막막
한 객을 향해 손짓했다. 배회하는 발길에 누군가 부르는 소리가
들리는 듯해 뒤를 돌아다보면 뿌연 잿빛 대기만 펼쳐졌다. 그 낯
선 도시의 공기와 냄새가 그리움의 싹이 되어 자라나게 했다.

이제 그 그리움의 대상이 조금씩 얼굴을 내밀고 있는 듯하다. 붙
잡을 수 없고, 가까이 할 수 없는 마음속의 그리운 이가 지금은 숲
에서 마음속에서 먼동 같은 생기로 손짓하고 있는 듯하다. 살아가
면서 쌓이는 것은 붙잡을 수 없는 대상에 대한 그리움이다. 여자
는 중학생인 딸을 그리워하고 기다리면서 마음이 설레기도 한다.

아이는 학교갔다 와서 요기한 다음 피곤한 얼굴로 학원으로
간다. 시계꽃들이 피어 있는 기찻길 위에서 두 손을 펼치고 걸어
가던 단발머리 소녀의 모습이 스치고 지나간다. 그 소녀는 어느
새 새치가 희끗희끗한 나이가 되어 그 소녀와 같은 딸의 엄마가
되어 있다. 여자는 가끔 대학로로 딸과 함께 연극을 보러간다.
그런 때 딸은 다른 아이가 되는 듯하다. 뺨이 불그레 물들고 눈
은 호기심으로 반짝거린다. 거실이 무대 같고 유리문이 휘장 같
다고 생각하는 자신을 닮은 딸의 앞날이 거울을 보듯 그려진다.

*

남편은 출국하기 며칠 전에 대학원 교정의 사택으로 이사를

갈지 모른다고 말했다. 얼마 후에 학교에서 연락이 왔다. 대학원 원장을 만났다. 사택에서 살았던 교수가 사정이 있어 이사갔는데, 그 사택 용도를 놓고 생각중이라고 말했다. 여자의 가슴은 뛰었다. 사택에서 살게 된다면…… 여자는 이사가게 될지 모르는 비어있는 사택에 딸의 손을 잡고 가보았다. 북한산 자락의 숲에 네 채의 사택이 꿈꾸듯 들어앉아 있었다. 길 건너 흙길 너머엔 두 채의 작은 연립주택이 숲의 고요함 속에 파묻혀 휴식을 취하고 있는 듯했다. 산으로 올라가는 길과 옆집 사택과의 사이엔 사철나무가 담처럼 빙 둘러져 있었다. 그 중에서 가장 큰 오른쪽 첫번째 사택이 새로운 주인을 기다리고 있었다. 200평쯤 되는 뜰은 비밀의 화원 같았다. 현관 입구로 들어서는 좁다란 길 양쪽으로는 토종 밤나무 대여섯 그루가 서있고, 낮고 널찍한 층계가 있는 현관 앞에는 가지가 늘어진 벚꽃나무와 라일락나무가 향기를 뿜으며 손짓하고 있었다. 낡은 연립주택은 한 폭의 수채화처럼 자리를 잡고 있었다. 오른쪽 방 창가엔 탐스런 붉은 장미 한 송이가 여자를 보고 있었다. 앞날의 주인을 미리 맞이하려는 듯 향기로운 손을 내밀고 있는 것처럼 느껴졌다. 그 뒤 며칠 있다가 숲속 사택으로 이사해도 된다는 연락을 받았다.

사람은 꿈의 힘으로 살아가는지 모른다. 사택은 방이 세 개였다. 얼마나 지내게 될지 모르는 사택이지만, 크고 기다란 안방 한가운데 미닫이문을 만들어 두 개의 방으로 만들었다. 장미꽃이 있는 창가에 책상을 놓았다. 꿈꾸던 자기만의 방이 탄생한 것이다. 방의 창가엔 붉은 장미꽃이 사계절 다른 모습으로 자신을 보고 있고, 또 다른 하나의 방엔 옆집 뜰과 사철나무 울타리가 보인다. 길 건너편 숲엔 두 채의 사택이 늘 고요함 속에 잠겨 있다. 방마다 유리창의 풍경이 햇살과 날씨따라 다르게 비친다. 피아노가 놓인 거실에 있다 방으로 쑥 들어가면 유리창에 담긴 풍경이 넌 지금 무얼 더듬고 있어? 하고 불쑥 물어보는 것 같다.

여자는 혼을 박듯이 여기저기 자신의 꿈대로 집을 바꿔나갔다. 종로에서 색색 매발톱이며 분홍빛 겹봉선화며 옥잠화며 붓꽃을 사다 심었다. 높낮이가 다른 층이진 꽃밭 사이엔 세 개의 좁다란 나무계단을 만들었다. 유리문도 밖이 훤하게 보이도록 대형 페어글라스를 했다. 부엌엔 기다란 창문을 만들어 북한산의 암벽 봉우리가 담겨 있게 했다. 햇살이 환한 날엔 큰바위는 의지가 강한 전설의 사람처럼 빛나보였다. 유리문마다 비치는 수채화 같은 풍경에 수고한 만큼 기쁨이 출렁거렸다. 꿈속에서 그리던 집이 탄생한 것이다. 부엌 유리문에 비친 북한산 봉우리를 볼 땐 어머니가 떠올랐다. 너는 잘 살아라, 하고 어머니는 말을 하는 것 같았다. 어떤 때는 용기를 가져라, 하고 말해주는 듯했다. 어떤 때는 너를 정말 사랑했어야, 하고 말하는 듯했다. 그러면서 어머니와 함께 보낸 세월의 애틋한 추억을 한 보따리씩 풀어놓고 가셨다. 여자는 반응하듯 가슴에서 흘러나오는 짧은 말을 허공을 향해 흘려 보낸다. 그리워, 보고 싶어, 사랑해……
그 어떤 추억이든 어머니는 사랑이라는 삶의 흔적을 이리저리
다시 쌓았다 흩어놓았다 했다.

변화하고 꿈틀거리는 나무들과 햇살과 새와 바람 속에서 여자
는 시간이, 생명이 흘러가는 것을 본다. 운명의 줄을 한 가닥씩
풀어 어떤 새로운 얼굴을 바라며 무거운 지난날에서 빠져나오려
고 한다. 몸은 묶여있지만, 자유로워질 날을 위해 아침이고 저녁
이고 무대 같은 거실로 나와 때 없이 걷는 연습을 한다.

오빠는 걸어서 어디로 간 것일까.

*

오빠는 군대에 갔다 와서 조금씩 이상해졌다. 혼잣말을 하다
가 씩 웃고 나서 또 다시 중얼거리며 걸어다녔다. 병원에선 정신
분열증이라고 했다. 병원으로 면회를 가면 슬픈 웃음으로 반겼
다. 음료수와 과일을 탁자에 펼쳐놓으면 흐뭇한 표정을 하고선
먹다가 갑자기 기분이 좋은지 하하 웃어댔다. 몽롱한 눈빛으로
보다가 갑자기 얼굴을 돌려버리거나, 또 무언가를 캐내려는 듯
한 눈빛으로 쏘아보았다. 뒷바라지할수록 황량한 바람이 몸속으
로 파고들었다. 그의 삶의 냄새, 그림자를 닮아가고 있는 듯했
다. 날이 흐리면 더 안절부절못했다. 그의 그런 모습은 가슴에

못을 탕탕 박는 듯했다. 핏방울이 뚝뚝 떨어지는 듯했다.

어린시절 오빠는 어디에서 살았던 것일까. 그가 있던 자리엔 하나의 그림자가 따라다니고 있는 듯했다. 어둑한 어떤 영, 자꾸 어둠 속으로 끌어당기는 보이지 않는 커다란 검은 손이 그의 주위에 어른거리고 있는 듯했다. 또 어떤 날엔 한없이 고운 마음따라 흰 천사들이 그의 주위를 날아다니고 있는 듯했다. 여자가 밖으로 나와 뛰놀다 불그레한 얼굴로 집으로 들어가면 오빠는 그의 방에서 조용히 뭔가를 하고 있었다. 어떤 때는 질주하는 자동차 뒤를 따라가고 있었다. 그러나 그가 대체로 무엇을 하고 있는지 알 수 없었다. 어머니는 인테리어 사장이었던 아버지 곁에서 늘 외롭게 보였다. 신경이 예민하고 늘 고통을 스스로 만들어 그 속에서 허우적대는 어머니의 외로움을 누구도 풀어줄 수 없었다. 어머니는 삶의 고통 속에 인생의 보물 같은 답이 숨겨져 있다고 생각하는 듯했다. 편안한 삶 속에서는 되레 안절부절못했다. 그 극단적인 삶에서 변하지 않고 흐르는 것은 자식에 대한 사랑이었다. 희생을 담보삼고 쟁취한 집념이 강한 사랑이었다. 엄마의 치맛자락은 넓기도 했지만 위태하고 가시가 박혀있는 듯했다. 여자는 엄마의 그런 불행한 삶이 가슴 아팠다. 오빠는 그 치마의 가시에 찔려 길을 잃어버리는 듯했다.

누군가가 날 괴롭혀. 으르렁거리는 개처럼.

마지막으로 면회를 갔을 때 그는 혼잣말하듯 말했다. 누군가가 누구인지 여자는 알 수가 없었다.

누가요?

자꾸 누가 나를 괴롭혀.

그는 혼잣말하면서 뒤를 돌아보았다. 서너 개의 빈 의자가 놓여있고, 저쪽 구석엔 젊은 남자 환자와 울고 있는 나이 많은 여자가 보였다. 그를 괴롭히는 혼돈의 영, 잔인한 어두운 영은 그의 목덜미를 잡고 황량한 들판 같은 곳으로 끌고 가는 듯했다.

나는 나를 잃어버리고 있어. 그게 가장 괴로워. 살려줘! 풀어줘!

오빠가 입술을 달싹거리며 갑자기 큰소리로 외쳤다. 자신을 묶고 있는 어둠의 결박을 풀려는 듯 몸을 뒤틀며 소리쳤다. 병원을 나가면 좋아질 것인가, 나빠질 것인가…… 살려달라고 안간힘 쓰는 사람 앞에서는 당할 수가 없다. 풀어달라는 그의 소망대로 퇴원을 했다.

그의 갈망은 삶 속으로 스며들어 그의 몸 구석구석을 절망으로 물들였다. 슬픈 웃음과 자신을 조이는 말과 누군가에게 쫓기는 듯한 불안과 두려운 눈빛으로 묶여져갔다. 그는 살아있지만 혼과 정신은 몸을 떠나 마른 잎들만 바스락거리는 듯했다. 그는 알 수 없는 어떤 검은 정체에 끌려가고 있는 듯했다. 여자도 함께 절망의 음습한 곳으로 끌려가고 있는 듯했다. 그의 삶은 바로 그녀의 운명을 돌려놓고 있었다.

모든 것을 다 엎어라!

집을 나가기 전에 쓴 것 같은 그의 책상 위의 메모지의 글, 그의 아우성으로 귀에 맴돌고 있다. 모든 것을 뒤집어 새판을 짜고 싶어하는 갈망이 큰 글자의 획 하나하나에 꿈틀거리고 있는 듯하다. 어느 순간엔 그의 바람이 여자 자신에게 떨어져 문득 모든 것을 뒤집어버리고 싶은 마음으로 차오른다. 그가 집을 떠나면서 안겨준 잔인한 피의 선물이다.

*

교회 교육관에서 연중행사로 열리는 지난 가을의 통일 세미나였다. 연변에서 탈북자를 돕는 선교사의 강의가 있을 예정이었다. 눈빛이 예리한 중년의 선교사는 얼굴이 누르께한 젊은이와 함께 들어왔다. 어딘지 상한 흔적이 얼굴에 배어있는 젊은이가 낯이 익었다. 어디선가 본 듯한 오빠를 닮은 얼굴이었다. 몽롱한 눈빛, 순진하게 짓는 어색한 미소, 암담한 표정 속에 엿보이는 맑은 기운, 음지에서 음지로 쫓기는 듯한 불안한 발길…… 그때 연길에서 부딪쳤던 그 얼굴, 오빠의 혼이 날아다니다 그 젊은이에게 덮친 듯한 바로 그 남자였다.

선교사는 단체와 개인이 보낸 후원금으로 비밀루트를 통해 탈북자를 한국으로 보낸 체험을 열정과 신념에 찬 목소리로 말했다. 위험 속에서 목숨을 걸고 오로지 사명으로 일한다고 했다.

티타임 시간이었다. 강연자와 함께 온 젊은이가 강사와 함께 창가 테이블 쪽으로 왔다. 여자는 자리에서 일어나 그들에게 다가갔다.

저어…… 작년 봄에…… 연길 서시장 입구에서…… 만난 적이 있는 것 같아요.

네?

함께 식사하러 가자고 말하니까, 일없다고 했었죠.

생각이 난 듯 젊은이의 눈빛이 환해지고 입가에 미소가 돌았다. 그때의 불안한 눈빛은 가셨지만, 여전히 혼미한 가운데 지금 자신이 있는 곳에서 뿌리를 내리기 위해 허덕이며 살아가고 있는 것처럼 보였다.

아, 그날 저녁에 천사처럼 나타난 한국인이 바로 선생님이었군요. 그때 저는 산속 움막에서 뭐 좀 먹을 것을 구하려고 내려왔더랬습니다. 두려운 마음으로 시장 쪽으로 가고 있었는데…… 그때, 선생님을 만난 뒤부터 한국에 가고자 하는 꿈이 커졌습니다. 내가 살 곳은 한국이라고 말입네다. 꿈은 산속 컴컴한 움막 속에서도, 공안당군의 눈을 피해다니는 두려움 속에서도 자라고 있었습네다. 조국과 대륙에서도 버림받은 몸뚱이, 피와 살 속에서도 꿈은 꿈틀거려 목숨을 이어가게 했습니다. 꿈이 삶이요, 삶이 꿈인 인생을 살다가 나처럼 숨어다니는 젊은 탈북자가 시골교회를 소개해 나가게 되었습네다. 그곳에서 남조선의 또 다른 천사 같은 선교사를 만나게 되었고요. 그 사람은 이 세상에서 태어날 때 물에 빠진 사람에게 손 내밀라고 사명을 받은 사람 같았습네다. 지하로 숨어다니는 탈북자를 위해 목숨걸고 일하고 있었습니다. 꿈 때문에 교회에 나가 선교사님을 만나 꿈이 이루어졌습니다. 이름도 주요한이라고 바꾸어버렸습네다. 선생님은 저의 은인이기도 합니다.

그때 먼발치에서 다가오는 젊은이는 한 걸음 한 걸음 무거운 걸음을 옮기며 어디로 가려는 것이었을까. 죽음은 눈앞에서 얼씬거리고, 죽지 못해 살아가는 곳은 사방이 캄캄한 우리 같은 곳…… 오빠는 걸어서 산의 움막집으로 간 것일까. 먼 바다로 간 것일까. 살벌한 대륙 땅에서 가랑잎 같은 저 젊은이는 어디로 가려는 것이었을까. 여자는 그에게 기울어지는 연민에 용기가 솟구쳤다.

우리 식사하러 가요.

*

여자는 침묵의 뜰을 본다. 봄은 먼 들판의 어디쯤에서 길 떠날 채비를 하고 있을 것이다. 나무들은 겨우내 견뎌온 인내로 겨울의 끝자락을 보내고 있다. 겨울에서 봄으로 가는 길목엔 어딘지 싱그러운 냄새가 스며있다. 삶의 물결은 시간따라 흘러가고 있다. 여자는 한 방울의 물방울처럼 삶의 흐름에 섞여 흘러간다.

교수들이 출장가고 없으면 사택에는 여자들만 있다. 앞집의
상담교수는 제자를 치료하다 넘지 못할 선을 넘어버렸다. 옆집
교수는 아이가 없다. 저녁 늦게 들어올 땐 유행가 가락을 흥얼거
리며 비틀거리는 걸음으로 들어오기도 한다. 남편은 털털하고
소탈하다. 그의 생김새는 시골 장날 읍내로 소를 팔러가는 사람
처럼 보인다. 남이 다 아는 상식적인 것을 몰라 엉뚱한 말을 할
때는 어린애 같다. 그러나 논리적인 대화할 때는 진지한 표정으
로 냉철함과 지식을 뽐낸다. 여자들은 바로 그런 지적이면서 소
탈한 남자를 좋아하는지, 허한 여자들은 그를 따른다. 여자의 가
슴은 한 움큼씩 패이는 듯하다. 그만큼 자유함도 출렁거린다. 가
슴속 빈자리로 환상 속 사람이 뚜벅뚜벅 걸어오는 것 같다. 뜰에
서 꽃나무를 보며 빠져들 때 바로 옆에서 누군가 함께 하고 있는
듯하다. 부르고 불러 가슴속에서 뿌리내려 사랑하는 사람이 되
어버린 임. 본 적이 없지만 이 세상에서 가장 사랑하는 십자가의
주인이 바로 옆에 있는 듯하다.
 비바람은 밤새내 세차게 불어대고 숲의 나무들은 윙윙 울어대
고 있다. 여자는 밤늦게 일어나 불을 켜고 손전등을 들고 현관
밖으로 나가보았다. 저쪽 자그마한 언덕바지의 키 큰 느티나무
와 참나무들이 젖은 몸으로 사정없이 흔들며 춤을 추고 있다. 검
은 숲은 어두운 영들과 살고자 하는 영들이 치열한 전쟁을 치르
고 있는 듯하다. 가느다랗고 힘없는 가지들은 사정없이 흔들리
며 살려달라고 아우성치는 것 같다.

통일세미나에 참석했을 때 티타임시간에 만난 주요한의 얼굴이 떠오른다. 그는 남한으로 온 지 일 년이 다 되어가고 있으나 적응을 못하고 흐느끼듯 하루하루 살아가고 있다. 살고자 하는 바람이 큰 만큼 이 사회의 편견이나 견고한 쇠망치 같은 것으로 얻어맞아 비틀거리며 살아가고 있다. 주요한의 얼굴에 오빠의 얼굴이 겹쳐진다.

*

오빠가 집을 나가버리자, 그가 남긴 여운은 점점 더 뚜렷하게 자신을 거울처럼 비춰주고 있다. 집을 나간 그 어떤 이유를 바로 이 삶 속에서 알아가야 했다. 어느 순간엔 자신조차 그가 버려야 할 어떤 대상인 것처럼 느껴진다. 그가 마지막으로 삶과 죽음 사이에서 내려야만 하는 어떤 결정, 그 순간의 느낌을 아는 것이 그에 대한 의무이며 그를 사랑했던 자신이 해야 할 일이라고 생각한다.

나는 지금까지 어떤 삶에도 적응하지 못했어. 고등학교에서는 미치는 삶을 미리 연습하려는 듯 이층 골방에서 공상을 쌓아갔어. 학교갔다 오면 밀려드는 온갖 잡생각 속에서 흐릿한 시간을 보냈어. 학교에 가면 공부한다는 것이 지옥 같았지. 그때 나만의 문제를 풀 수 있는 유일한 길이 떠돌아다니는 것이었어.

언제부터였을까, 나도 모르는 웃음이 흘러나왔어. 웃음은 쪼개지는 나를 나타내는 징표였어. 자신을 어떻게 할 수 없어 어둠의 뭉치와 조금씩 친해지고 있었어. 그때 나는 두통으로 고통을 당하고 있을 때였어. 어두운 악령이 나를 갖고 놀고 있는 듯했어. 자꾸 난 어디로 끌려가는데, 그게 어딘지 모르고 따라가는 자신이 싫었어. 굴레 밖으로 벗어나고 싶었는데 말이야. 언제나 나의 한계 안에 갇혀 비웃고 있는 그 어두운 뭉치한테 얻어맞곤했어. 나는 분열되고 파괴되어 가고 있었어. 갈수록 진액이 빠지고 의식이 흐려지는 것을 느꼈어. 나는 내가 아닌 낯선 나로 조금씩 변해가고 있었어. 자신을 통제할 능력을 잃어버린 것 같았어. 모든 것이 싫고 무얼 할 의욕이 없었어, 그러다가 어느 순간 세상이 축제처럼 느껴지기도 했어. 나는 그 어떤 짧막한 어떤 순간, 살아있다는 자각을 일으켜주는 그 순간을 붙잡아 확장하려고 애썼어.

길에서 길로 걸어다니다 보면 어떤 순간엔 나를 온통 잊어버리는 짜릿한 중독 같은 순간이 오기도 했어. 또 창의적이라고 스스로 생각하는 게임도 열심히 해댔어. 그러나 더 큰 어떤 세력, 나를 노리는 힘에 끌려갔어. 내 속의 기둥 같은 것이 무너져 내리고 있었어. 나는 내가 아닌 낯선 나로 조금씩 변해가고 있었어. 산다는 것이 무서워…… 무서워……

어머니와 너는 저 멀리 떨어져 자기 일에 빠져 허둥지둥 살아갔어. 어머니는 나에 대한 기대가 너무 컸어. 나를 생각해서 하는 말들이 강압적이고 나를 조이는 듯했어. 너는 있는 그대로의 나를 받아들이려는 유일한 사람이었어. 바로 그런 네 곁에서 나는 무너져 내리고 있었어. 그때 나는 슬픔이 뭐라는 것을 알았어. 바로 사랑하는 사람 옆에서 조금씩 무너져 내리는 것, 그게 슬픔이야.

나는 대학생활도 군대생활도 패잔병으로 지냈어. 혼자 있을 때가 좋지만, 그 시간조차 자신이 자신을 떼어놓은 듯한 절망의 시간 같았어. 누군지 내 속에서 자꾸 나를 무너뜨리려는 커다란 검은 손이 있는 것 같았으니까. 해도 달도 낯설고, 사람은 무섭기도 했어. 나도 배운 사람이라 꿈도 있고 이상도 있어. 그런 의식이 괴롭게 솟구칠 때가 있어. 산으로 올라가 울다 내려오곤 했어. 내가 나도 모르는 날들, 그 죽음과 같은 날들을 저버리고, 나는 다르게 살고 싶었는데…… 이미 버림받은 자의 잔인한 싹이 어른거렸어.

그는 교회에 다니지 않았지만, 그의 방엔 나무십자가가 걸려 있었다. 어떤 때 문을 열면 십자가를 보며 뭐라 말하고 있었다. 여자는 오빠의 불안전하고 유배당하고 있는 듯한 삶의 증인인 셈이었다. 그의 피가 자신 속에서도 흐르고 있어서인지 자신 속의 또 다른 영은 혼자서 웃고 혼자서 말하며 한번도 들어가 보지 않은 어떤 길로 들어가고자 한다. 그를 끌고 가는 어두운 영, 그 영 너머의 어떤 새로운 영, 새로운 세계로 나가고자 하는 치솟는 힘을 느끼며 나간다. 그에 대한 의무는 살아서 어두운 영 너머로 뛰어넘는 것이다. 걷고 걸으면서 자신도 모르는 인간이 되어버리는 것이다. 그와 다른 인간, 미지의 새로운 어떤 인간, 빛이 뭐라는 것을 아는 인간…… 좀 더 높은 곳으로 한 발짝씩 다가가다 새로운 땅의 새로운 빛 속으로 들어가버리는 그 어느 날의 어느 순간……

*

　오빠는 제대하고 얼마 지나 정신병원에 입원했다. 그의 병문안을 다닐 무렵이었다. 여자는 자신을 위로 끌어올려줄 어떤 존재가, 자신을 새로운 어떤 길로 들어서게 할 새로운 공기가 그리웠다. 마음의 문이 열려있는 탓인지 어느 날 친구가 남자를 소개시켜준다고 했다. 크리스마스 파티를 친구의 지도교수였던 집에서 여는데 한 남자가 초대받아 온다고 했다. 열 명의 여자제자들이 모였고, 그중 한 사람이 남자였다. 양민호였다. 독일어 원서 강독에 참석하고 있는 그를 여교수가 눈여겨보다가 여자에게 소개하는 자리였다. 며칠 뒤 그가 교수에게 전화를 걸어 별로 끌리지 않는다고 말했다고 한다. 교수는 눈이 예쁜 여자를 쉽게 거절하면 안 된다고 말했다고. 여자도 처음엔 마찬가지였다. 그를 만나면서 마음이 조금씩 기울어져갔다. 여자는 오빠의 무거운 짐에서 벗어나고 싶었다. 평화로운 공기가 감도는 집이 그리웠다.

그는 신을 믿으니 자신이 어떤 일을 해도 받아줄 것만 같았다. 밤늦게 상처난 가슴으로 들어와도 집 앞에서 기다리며 탕아를 맞이하는 아버지처럼 서있을 것만 같았다.

화창한 가을날이었다. 결혼한 친구 부부랑 저녁식사를 하고 헤어져 둘이서 찻집으로 갔다. 그는 여자를 그윽한 시선으로 보다가 침묵을 깨고 말했다.

난 일생 깊은 산속 초롱불 켜는 집에서 목회하며 살 것입니다. 따라오겠어요?

여자는 목회라는 말이 뭔지는 잘 몰라도 네, 하고 말했다. 깊은 산속으로 그를 따라가면 정신의 자유가 있을 것 같았다. 집안 공기와는 달리 평화로운 공기가 잔잔한 시냇가로 떠돌아다닐 것만 같았다. 여자의 너무 빠른 대답에 그는 좀 의아한 얼굴로 보았다.

어머님와 상의하고 나서 결정해도 됩니다.

주위에 의논할 대상은 어머니뿐이었다. 봄가을이면 아버지는 밀어닥친 일거리로 몸을 혹사했다. 오전엔 난방공사를 하고 오후엔 다른 집에 가서 베란다공사를 하는 식이었다. 겨울이 오기 전 아버지는 과로로 갑자기 쓰러져 의식을 잃고 세상을 떴다.

뭣이든지 내가 생각하고 결정해요.

생각보다 강하십니다. 출판사 일은 재밌나요?

여자는 남자가 신을 믿고 사랑한다는 것이 좋았다. 진급이니 호봉이니 하는 말을 식사시간에 안 들어도 되는 것이 좋을 것 같았다.

적성에 맞아요. 무엇이든, 어떤 글이든, 그냥 읽는 게 좋아요. 근데, 목회생활이란 뭐예요?

신촌의 여자 대학에서 사년간 채플시간을 통해 여자의 삶은 자연스럽게 기독교적인 것이 몸에 배어 있었다. 그러나 교회에 다니지 않는 여자는 목회하며 산다는 것이 어떤 삶인지 아리송했다.

아까 말했듯이 깊은 산속에서 호롱불 켜고 목회한다는 것입니다. 신의 제자임을 증명하며 살아가는 인생살이입니다. 힘드니까, 도전해보는 것입니다.

그는 끝까지 구체적으로 말을 하지 않았다. 우리가 어떻게 신을 구체적으로 증명할 수 있는가, 하는 듯한 태도였다.

그날 밤 찻집에서 나와 밤거리를 거닐었다. 초여름의 싱그러운 바람이 불어오고 있었다. 어디 먼 바닷가에서 불어오는지 갯냄새가 훅 느껴졌다. 어느 집의 장미꽃 향기가 바람에 실려 아스팔트와 빌딩 사이를 떠다니는 듯했다. 여자의 마음은 이상하게 설레며 어느 낯선 곳을 향기처럼 떠돌고 싶은 충동이 일었다. 인습이니 관습이니 하는 무거운 말을 찢어버리고 자신에게 자유를 선물하고 싶은 마음이 솟구쳐올랐다. 어느 항구도시의 낯선 골목의 제일 끝집에서 살고 싶다는, 어디서 읽은 것 같은 구절도 불쑥 떠올랐다. 여자의 마음을 훔쳐보기라도 한 듯 그는 아련한 눈빛의 여자를 모텔로 데리고 갔다. 어둠은 짙어져 뿌연 외등 불빛이 창으로 스며들고 있었다. 낯선 공간으로 들어서자 이상하게 정신이 번쩍 들면서 온갖 생각이 밀려왔다. 그가 겉옷을 벗고 앉아있는 여자를 두 손으로 껴안았다. 육체의 깊은 골짜기로 떨어지면 헤어나오지 못할 것 같은 생각이 밀려왔다. 그를 따라 깊은 산속으로 들어갈 것인가, 도시의 밤거리를 쏴다니며 유혹의 손짓에 넘어지고 일어서는 곤한 삶을 살 것인가. 여자는 위태로운 외줄 위에서 줄을 탔다. 밤새도록 그 두 가닥은 어느 한쪽으로 기울어지지 않았다. 이 남자랑 살면 평화로울 것인가, 하는 의문이 어둠처럼 짙어져갔다. 육체의 골짜기로 떨어질 것인가, 말 것인가. 결혼을 할 것인가 말 것인가. 어머니처럼 살 것인가, 말 것인가. 두 자아가 어둠을 타고 허둥거렸다. 어느새 희부연 새벽이 유리창으로 비쳐오고 있었다. 그때서야 여자는 남자의 절제하는 이성적인 태도가 자신에게 맞다는 직감이 스쳐지나갔다. 앞날의 불확실함은 떠오르는 태양 앞에서 허공의 새처럼 날아가버렸다.

학교의 교정 안에 있는 채플실에서 결혼식을 했다. 눈이 내리는 십이월의 어느 날이었다. 결혼식 날 자신의 모습이 먼 타인처럼 느껴지면서 웃음이 터져나왔다. 눈발이 축복처럼 느껴지기도 하고, 어지러운 혼의 차디찬 손길처럼 느껴지기도 했다. 그날 모텔에서 허우적대다 새벽의 먼동을 맞이하듯, 삶의 어둠을 지나 언젠가 광대한 빛속에 잠기려는 바람으로 차올랐다.

*

통유리문 밖의 산 언덕바지에서 붉은 햇덩어리가 떠오르고 있다. 건너편의 숲도 새날을 맞이하기 위해 부스럭대고 있다. 맑은 햇살이 어느새 거실 깊숙이까지 쳐들어와 환한 빛의 자리로 만들어버린다. 여자는 그 속으로 들어가 목발을 짚고 절뚝거리며 걷는 연습을 한다. 위에서 내려온 빛이 얇은 따스한 옷을 입혀주는 듯하다. 볼 수 없고 만질 수 없는 그리운 이의 손길처럼 느껴진다.

어젯밤 꿈속에서 걸어다녔어. 걸어가서 누굴 만났던가. 임인가, 그인가……

여자는 모노드라마의 주인공처럼 혼잣말하며 목발소리를 탁탁 내며 오간다. 참새들이 몰려와 나뭇가지에 앉아 유리문 쪽을 본다. 새들이 환호하듯 한 마리씩 이리저리로 날아다니다 다시 나뭇가지에 앉는다. 새의 움직임이 공간을 생기로 채워주고 있다. 초롱이가 멍멍 짖는다. 새들이 후닥닥 날아가자, 이번엔 마지막 관객으로 길 잃어버린 듯한 푸른빛 날개를 한 산새 한 마리가 뜰에 살짝 내려와 유리문 안의 여자를 찬찬히 바라본다.

그가 나를 포옹했던가? 뜨거워진 기다란 손으로…… 두 혼이 부딪쳐 승화되어 높이높이 날아갔던가……

여자는 유리문 안쪽의 거실을 오가며 한 마리의 산새를 위한 듯 읊조린다. 말의 여운 속에서 멀리서 다가온 님이 함께 숨쉬고 있는 듯한 충일감으로 차오른다. 여자는 자리에 서서 목발을 들고 두 손을 활짝 펴 심호흡한다. 파란 새는 황철쭉과 사철나무 사이에서 둘레둘레 보다가 하늘을 향해 휙 날아가버린다.

걷는 연습을 하고 나서 여자는 화장실로 가 거울은 본다. 거울 속에 비친 얼굴은 왼쪽과 오른쪽이 다르다. 오른쪽 아픈 무릎 때문인지 오른쪽 부위는 창백하고 뭔가를 갈망하고, 왼쪽은 살이 올라 두 개의 혼과 마음을 지닌 혼돈의 사람처럼 보인다. 그 비대칭의 양쪽을 의지로 누르며 하나의 얼이 다스리는 여자가 자신을 보고 있다. 목발을 던져버리고 거울 속 저 여자를 데리고 빨리 밖으로 나가고 싶다. 남편은 집안의 자기만의 공간마저 갖고 스위스에 머물고 있는 것 같다. 그의 여운, 냄새, 그림자조차 그를 따라가버리고, 적요의 시간 속에서 자신 속으로 파들어간다. 여자의 마음에 새로운 공간이 터를 잡기 위해 꿈틀거리고 있다. 잡을 수 없는 것과 그리움과 부르고 응답하다가 싹이 터 자라나고 있는 듯한 공간이 탄생되어가고 있다. 지상 너머 광활한 곳에서 한 줄기 빛이 그 공간을 비쳐주고 있는 듯하다. 뭔가 무너지고 새로 세워지고 있는 듯한 순간, 여자는 자기만의 방으로 간다. 떠나간 사람이 그립고, 누군가 다시 다가오고 있는 듯한 발자국 소리가 들리는 듯한 시간, 여자는 오빠를 부르듯 주요한 에게 메일을 쓴다.

지난번 메일에서 이 땅에서 하루하루 산다는 것은 축복이면서 고통스럽다고 했습니다. 주요한 씨의 삶의 기쁨과 슬픔은 우리 모두의 공통분모적인 요소입니다. 이 땅에 사는 사람의 운명이기도 합니다. 너무나 긴 어둠, 긴 좌절, 긴 절망의 시간을 보냈습니다. 운명이라고 하기에는 너무나 긴 세월을…… 이제 다른 체제에서 굳어진 것을 벗겨내고 하나씩 새로 싹 틔우고 싶다고 했습니다. 자신을 향해 '용기를 갖고 몽땅 버리고 새로 태어나라!' 주문처럼 말한다고 했습니다. '전부 갈아엎어라!' 오빠가 집을 나가기 전에 마지막 한 말입니다. 어느 순간 그 말은 나를 향해 들려오는 듯합니다. 허공에서 들려오는 것 같기도 하고, 꿈속에서 들려오는 것 같기도 하고.

　　전부 갈아엎어야 새로 태어납니다. 오빠의 말이 주요한 씨에게 떨어져 싹이 트는 것 같습니다. 주요한 씨의 주문은 내 가슴 한복판에 떨어져 변화에 대한 갈망으로 꿈틀거리게 합니다.

　　이제 온몸이 떨고 있다. 묵은 세포가 쓰러지고 새로운 세포가 싹트며 오빠의 갈망대로 갈아엎으려고 한다. 여자는 새로 열린 문 앞에서 새로운 마음으로 저 먼 곳을 그리운 마음으로 바라본다. 지금보다는 광활한 곳, 빛난 곳을…… 그 새로 태어난 빛의 공간으로 광대한 땅의 냄새와 여운을 안고 주요한이 다가오고 있다. 그의 뒤로는 그와 같은 운명의 수많은 사람들이 우렁찬 발자국 소리를 내며 뒤따르고 있는 환영이 스친다. 여자는 그 환영 속에서 하나의 길이 광대한 대륙을 향해 뻗어있는 것을 본다.

*

산에서 짙은 땅거미가 속도를 내며 내려오고 있다. 어디선지 개가 짖어대는 소리가 들려온다. 뜰의 꽃나무들이 바람에 살랑거린다. 봄은 어디선가 다가오기 위해 통증을 앓고 있다.

초롱이는 유리문 앞쪽 널찍한 시멘트 바닥에 앉아 멀뚱한 얼굴로 어두워져가는 허공을 바라본다. 작년 가을 초롱이는 배에 종기가 나고 고름이 나서 병원에 갔다. 의사는 수술해야 한다고 했다. 수술한 다음날 오후였다. 의사가 나갔다 돌아와보니 개집 문이 열려 있고, 개가 없어졌다고 당황한 목소리로 말했다. 전화를 받고 놀란 가슴으로 뛰쳐나갔다. 초롱이는 거의 풀어진 흙먼지 묻은 붕대를 하고선 거실 유리창 앞 시멘트 바닥에 앉아 게슴츠레한 눈으로 먼 산을 보고 있었다. 차들로 복잡한 네거리를 세 번이나 지나 산 쪽을 향해 무조건 달려왔을 병약한 초롱이가 적지를 뚫고 나온 병사처럼 의기양양하게 보였다.

초롱이는 수술한 뒤로 쇠약해져 갑자기 할머니가 되어버린 것 같다. 어디서 인기척이 나면 슬픈 목소리로 컹컹 짖어대다가 소리가 사라진 뒤에는 산 쪽을 향해, 저 아래 텅 빈 운동장을 향해 괜히 짖어댄다. 저녁이면 더 슬픔에 젖은 얼굴이 되어 조그맣게 웅크린 채 적막을 깨며 짖어댄다. 개의 울음소리는 비바람에 아우성치는 나무들의 탄식소리처럼 들린다.

비오는 날 밖에 나갔다 돌아오면 초롱이는 교문 수위실 옆 운동장 입구에서 주인을 기다리고 있다. 수위아저씨가 들어오라고 해도 빗속에 그냥 그렇게 서서 교문만 본다고 했다. 주인밖에 모르는 초롱이가 도리어 가슴을 아프게 한다. 다른 개들처럼 연애도 하고 자기 인생 살면 좋으련만……

해질 무렵 밖에 나갔다가 곤한 발길로 언덕을 올라가면 모퉁이 수풀 속에서 기다리고 있다가 잽싸게 뛰어나온다. 오빠를 찾아야 한다는 마음으로 경찰서에 들리기도 하고 서울역 지하도나 혜화동 노숙자들이 식사를 위해 줄 서 있는 곳도 기웃거리고 온 그런 날의 하루였을 것이다. 어깨는 무겁고 슬픔은 차올라 모든 것을 다 뱉어버리고 싶은 욕구가 꿈틀거리는 그런 날, 초롱이가 펼치는 만남의 축제는 고달픈 꿈의 위로 같았다.

세월은 흘러만 간다. 여자는 실내에서 목발을 짚고 어제처럼 걷는 연습을 하다가 유리문 쪽으로 다가가 음산한 바깥 풍경을 본다. 건너편 숲이 갑자기 불어대는 센 바람에 사정없이 흔들거리며 신음소리를 사방으로 날려보내고 있다. 동해안에 폭풍이 몰려온 것일까. 나무들이 점점 정신을 잃은 듯 사정없이 흔들거린다. 개는 짖어대고, 어두워져 가는 숲이 무겁게 가슴을 할퀴는 비명을 토해내고 있다. 신음하는 숲의 둔탁한 아우성은 오빠의 비명소리처럼 들리다가 어느새 주요한의 두렵고 떨리는 목소리로 들려온다.

살려줘! 살려줘!

풀어줘! 풀어줘!

*

비가 내리고 있다. 빗소리는 누군가 다가오는 발소리 같다. 누군가가 문을 두드리는 소리 같기도 하다. 비에 젖어 몸을 웅크리고 속삭이는 듯한 말소리가 두런두런 들려오는 듯하다.

숲 속의 사택이 비에 젖어 을씨년스럽게 보인다. 숲 속에 드문드문 둘러앉은 네 채의 사택은 숲의 풍경처럼 고요하다. 그러나 풍경과는 달리 집집마다 문제를 안고 골머리를 앓고 있다. 길 건너 윗집 교수는 학생들의 수강신청 거부로 곤경에 처해 있다. 학생들은 가끔 머리에 하얀 띠를 두르고 시위했다. '등록금 인상 반대'라는 플래카드 앞을 지날 때 여자는 가슴이 조여 머리를 숙이고 지나갔다.

여자는 탁탁 목발 소리를 내며 부엌 쪽으로 가 기다란 유리문으로 큰바위 얼굴처럼 보이는 북한산을 바라본다. 사람들의 바람이 스며있는 바위의 형상이 뭔가 큰일을 할 것처럼 느껴진다. 여자는 다시 거실로 나온다. 현관 쪽의 사방탁자에 라디오가 있고 텔레비전이 있는 곳으로 갔다가 방 입구 쪽의 피아노가 있는 곳을 갈 때는 습관적으로 유리문 쪽을 보며 걸어간다. 라디오에서 피아노곡이 흐르고 있다. 발가벗은 채로 봄의 기운을 품고 있는 뜰의 나무들이 따뜻하게 느껴진다. 뒤뜰 장독대 옆의 붓꽃과 겹봉선화, 창가의 분홍빛 접시꽃, 뜰의 세 개의 낮은 나무계단…… 뜰은 목숨이 꿈틀거리는 작은 하나의 세계다.

꽃들은 회색 대기 속에서 갖가지 색깔의 얼굴을 내밀고 생기를 사방으로 풍긴다. 꽃나무 하나하나와 맺은 은밀한 관계, 살아 있는 것들의 손짓에 온몸이 반응하듯 부풀어오른다. 비오는 날 자박자박 들려오는 신발소리의 주인, 보이지 않지만 실재보다 더 실재 같은 사람처럼 느껴진다. 수없이 부르며 자신을 토해냈던 그런 시간들의 증인, 사랑의 증인이 현실 속에 꽃으로 앉아 자신을 응시하는 듯한 마음이 퍼져나간다. 뜰은 온갖 비밀과 묘약과 암시를 품고서 그때그때의 상황에 어울리는 메시지를 전해주고 있다. 라디오에서 슈베르트의 세레나데가 흘러나오고 있다.

명랑한 저 달빛 아래 들리는 소리
무슨 비밀 여기 있어 소곤거리나
만날 언약 맺은 우리 달 밝은 오늘
달 밝은 오늘……

여자는 노래를 흥얼거리며 걷는다. 가슴을 후비는 애잔함이 스며든다. 부르고 또 부르면서 그리움 속에서 부르는 대상과 하나가 된 듯한 마음이 되어 뜰을 본다. 마음속 님과의 언약…… 눈에 보이는 너와 나의 언약…… 누군가 밤나무 사잇길로 걸어오는 듯하다.

사방이 어두워지자 숲도 뜰도 어둠에 싸여 침묵 속에서 고요하다. 여자의 마음속 공간엔 어디서 불어닥치는지 스산한 바람이 불어대고 있다. 누군가, 갑자기, 그 공간으로 쳐들어와 자신의 삶을 뒤흔들어버릴 것 같은 예감이 거칠게 피어나고 있다. 붙잡을 수 없는 것, 그리운 대상이 불꽃처럼 타올라 광채를 뿜으며 날아가는 환상이 밀려온다. 몸이 부자연스러우면 환상은 숲처럼 푸르러진다.

한 사람이 떠난 자리로 주요한이 다른 냄새, 색깔, 분위기를 안고 다가오고 있다. 그의 뒤에는 북녘 땅의 사람들이 긴 행렬을 이뤄 어딘가로 가고 있는 환영이 어른거린다. 주요한이 안겨주는 것은 피의 유산이다. 자신의 비대칭의 얼굴을 하나의 얼과 의지로 다스리려는 통합에 대한 갈망과 같은 것이다. 여자는 거실에 두꺼운 커튼을 치고 썰렁한 또 하나의 방을 거쳐 미닫이문이 항상 열려 있는 자기만의 방으로 들어간다.

*

달이 떠오르는 저녁이면 여자는 초롱이를 데리고 교정을 산책한다. 본관 앞 기다란 정원을 따라 목발을 짚고 걷는 연습한다. 여자는 장미 꽃밭이 있는 채플실 쪽으로 갔다가 본관 앞으로 갔다가 다시 채플실 쪽으로 걸어간다. 달빛도 따라오고 십자가의 주인도 따라온다. 이곳 채플실에서 결혼한 날 눈이 내렸다. 채플실은 그날의 증인처럼 그 앞을 지날 때는 지금 넌 어떤 인생을 살아가고 있어, 하고 물어보는 것 같다. 어두운 허공에서 별빛처럼 쏟아지는 소리는 그때그때 새로운 발길을 내딛게 한다.

'네가 택한 길에 꿈이 들어 있다.'

둥근 달빛에 교정은 은은한 빛 속에 싸여 있고, 증인 같은 채플실 앞을 지날 땐 아직 싹이 트지 않은 꿈이 꿈틀거리고 있는 것을 느낀다. 어디선가 사랑하고 사랑받는 사람들의 합창소리가 들려오는 듯하고, 여자는 힘을 얻어 초롱이를 데리고 집 쪽으로 발길을 돌린다.

가끔 꿈속에서 오빠를 만났다. 그는 자신에게 뭔가를 알려주고 깨우쳐주게 하는 계시 같은 말을 던지고 사라지곤 했다. 운명은 또 다른 운명의 길로 들어서게 한다. 그 길엔 생의 암시와 어둠과 밝음이 출렁거려 혼자 있어도 누군가 옆에 있는 듯하고 위에서 자신을 내려다보고 있는 듯하다. 결혼 전에 둘이서 모텔에서 밤새내 육체의 문 밖에서 파닥거리며 새벽을 맞이한 것은 바로 이 자신의 길로 혼자 들어가라는 암시처럼 느껴진다. 그런 생각이 들 때 거꾸로 그와 어울리는 한 쌍이라는 생각이 들곤 한다. 낯선 길로 신과 함께 혼자 떠나도록 밀어주고, 그는 얼마쯤 떨어져서 주시를 하고 있는 듯하다. 자유함과 해방감 속에서 전혀 다른 길로 들어설 수 있는 용기가 치솟을 때, 양민호는 능력

있는 남자로 빛나 보인다.

*

그때 저는 연길의 서시장 입구를 거닐며 중얼거리며 걸어오고 있었습니다. 누가 나를 도와준다면…… 도와준다면…… 그 순간이었습니다. 한국인처럼 보이는 두 여자가 다가오더니 인상이 부드러운 여자가 말했습니다. 식사하러 가자고, 고발하지 않는다고. 선생님은 나를 막 보고 내가 탈북자라는 것을 알았습니다. 그때 내가 간절히 바랐던 것이 이루어지는 것을 느꼈습니다. '누군가…… 누군가…… 손을 내밀어준다면…… 이 가련하고 불쌍한 인간에게……' 그때 내 입 밖으로 나간 말이 선생님에게 떨어진 것을 직감했드랬습니다. 밥을 같이 먹자는 말, 참으로 따뜻한 말입네다. 우리나라 말이 따뜻하고 부드럽다는 것을 그때서야 처음으로 알았습네다. 피해다니며 눈치보며 짓밟히며, 조국에서나 대륙에서나, 숨죽여가며 주고받는 부끄러운 우리나라 말이 반짝반짝 빛나는 말이라는 것을 알았습네다. 그러나 저는 공안당군의 눈을 피해 먹을 것을 구하러 내려왔기 때문에 어둡기 전에 빨리 산속 거처로 가야 했습네다.

북한에선 거짓말이 거짓말을 낳아 말이 부패하고 타락했습니다. 서로 눈치보며 살아남기 위해 형식적으로 주고받는 가벼운 말이 무슨 기운이 있겠습니까. 그러나 우리나라 말이 힘도 주고 희망을 자라게 하는 살아있는 말이라는 것을 그때 깨달았습네다. 나와 같은 북쪽 동포들은 죽지못해 해 뜨는 아침을 맞이합니다. 환한 곳, 사람이 살만한 땅을 그리워하며 살아가고 있습네다. 나는 반쪽 조국에서 살고 있지만, 북녘 땅의 동포들이 나와 같은 꿈을 꾸며 살아가고 있다고 믿습니다. 나와 같은 꿈을 안고 있는 수많은 사람들의 힘차게 걸어오는 발걸음소리가 들려오지 않습니까.

꿈은 피 흘리는 투쟁에서 자랍니다.

선생님은 저의 은인입니다. 죽음을 걸고 한 발짝 한 발짝 걸어가는 저에게 천사처럼 다가와 저의 소망을 이루어주었기 때문입네다. 간절한 소망의 말은 하늘에 닿아 누군가를 통해 땅에서 이루어집니다.

밤이 깊어가고 있습니다. 사방이 어두워지면 평양의 캄캄한 아파트에서 죽음이 다가오는 듯한 누군가의 발소리를 들으며 아침이 빨리 오기를 기다렸습네다. 아침이 되어도 먹을 것은 없지만, 그래도 해가 뜨면 살 것 같았습네다. 새로운 하루가 열리면 속고 속아도 무슨 좋은 일이 일어나리라고 믿었습니다. 그 믿음 때문에 지금 남조선에서 살아가고 있습네다.선생님이 어떤 사람이라는 것을 밤이면 마음으로 더욱 알아지는 것 같습니다. 선생님은 사람을 더 넓은 쪽으로 이끌어주는 데가 있습니다. 선생님은 항상 뭔가를 기다리며 살아가는 사람 같습니다. 다음에 또 쓰겠습니다. 주요한 올림

여자는 컴퓨터를 닫고 자리에서 일어나 거실로 나와 어두워진 숲과 뜰을 본다. 한낮에 생각하고 더듬었던 의문을 숲들이 바스

락거리며 응답해주고 있는 듯하다. 무엇을 기다리며 살았던 것일까. 공허와 절망감과 신음 속에서 끈질기게 추구한 것은 무엇이었을까. 주요한의 발걸음 소리, 그의 뒤를 따르는 수많은 사람들의 발걸음 소리가 점점 가까이 다가오고 있는 듯하다. 이제 저 발걸음 속으로 뛰어 들어라! 여자는 읊조리며 거실을 걷는다.

*

밖엔 비바람이 불어대고 있다. 저쪽 언덕 숲의 나무들은 바람에 사정없이 흔들거리고 있다. 나무들도 개들도 모두 사랑에 굶주려 허덕이고 있는 것 같다. 여자는 자리에서 일어나 방의 유리창 문을 연다. 검은 형체의 나무들이 사정없이 못살겠어, 하는 듯 격렬하게 흔들거리고 있다. 비바람에 검은 형체의 나무들이 춤을 추는 것이 목숨을 살아가는 자들의 절규의 몸짓 같다. 신음소리와 탄식소리는 새끼들과 헤어진 어미개가 우는 모습 같다. 길 건너 교수 사택 창문의 불빛이 꺼졌다. 사방은 고요하고, 나무들은 비바람에 살려줘, 하는 신음을 하며 뿌리가 뽑힐 듯이 사정없이 흔들리고 있다. 방으로 들어와 메일을 연다. 주요한의 메일이 와있다.

이곳 자본주의 경쟁사회에서 사는 것이 힘들어요. 직업을 구하려고 해도 실력이 없단 말입니다. 말투부터 달라 사람들이 싫어한단 말입니다. 연길에서 만난 하나님은 지금까지 침묵을 지키고 있어요. 때때로 북한에 두고 온 어머니 얼굴이 보고 싶고, 또 보고 싶습니다. 어머니는 가끔 혼잣말처럼 말했습네다. '이 땅에 무슨 죄가 있을까. 너희가 무슨 죄가 있을까. 하늘님도 무심도 하지……' 가슴 한복판에서 들려오는 가슴을 쪼개는 듯한 저 목소리…… 돈을 모아 브로커를 통에 어머니를 구해내려고 합니다. 선생님이 왜 연길에 와서 지하에서 떠도는 탈북자들을 보고 충격을 받았는지 두만강 건너 피눈물을 흘려본 저는 너무나 이해합니다. 우리는 같은 언어를 쓰고 있는 한민족이기 때문입니다. 선생님이 찾는다는 오빠의 얼굴과 연길 서시장 입구에서 혼잣말하며 걸어오던 탈북자의 얼굴이 어딘지 비슷하다는 선생님의 생각은 틀리지 않았습네다. 모두 낭떠러지로 떨어지는 자들의 표정은 비슷하기 때문입네다. 비참한 사람들의 생활은 모두 비슷하다고 하지 않습니까. 선생님은 저를 통해 오빠의 흔적을 느끼려고 합니다. 저를 통해 오빠의 고통을 조금이라도 이해하려고 합니다. 선생님의 인간에 대한 사랑이 새 날을 부르고 있습니다.

4월 첫째 주 토요일에 교육관에 제가 강사로 나갑니다. 한국에서 겪은 경험을 얘기하려 합니다. 학교에서 배우고 있는 심리학이 많은 도움이 될 겁니다. 선생님이 와주시면 힘이 되겠습네다. 이 땅에서 정착하도록 도와주는 손길 잊지 않겠습니다. 선생님 안녕히 주무십시오. 주요안 올림

아침 햇살이 거실 깊숙이까지 밀려와 환하다. 오늘은 주요한

의 강연이 있는 날이다. 목발이 무거운 사물처럼 보인다. 뜰의 나무들마다 푸른 생기로 꿈틀거려 연둣빛 싹이 곧 돋을 것만 같다. 여자의 몸 구석구석에서도 땅을 밟고자 하는 마음이 치솟아 발이 한 발짝씩 옮겨진다. 주요한의 뒤에는 그와 같은 음지의 사람들이 우리나라 말을 무슨 암호처럼 나지막하게 읊조리며 다가오는 모습이 펼쳐진다. 광대한 땅의 냄새와 여운을 안고 주요한이 다가오고 있다.

고통의 끝까지 가라! 그 너머에 뭔가가 있다!

여자는 지팡이를 짚고 현관을 나선다. ✻

유민이 찾은 전망 좋은 장소를 비추는 햇빛이 아
프고, 무한을 증명하는 듯한 한 마리 새의 비상
도 아프다. 그와의 만남이 아프고 그의 운명이
아프다. 아픔 속에서 기쁨은 퍼져 대기는 새롭
고, 숨을 깊이 들이킬 때마다 단단한 게의 껍질
같은 어둡고 차고 굳은 세포들이 떨어져 내린다.

사유. Collages. 24×19cm

탄생의 시간

*

주사실은 한밤중에 바다 위를 떠가는 위태한 한 척의 배와 같다. 여기저기서 간구하는 사람들의 웅얼거리는 기도소리가 등대 불빛처럼 주사실을 감싸고 있다. 오월의 따스한 햇볕이 커다란 유리문을 비추고 있다. '아담아, 네가 어디 있느냐?' '주사실에 있습니다.'

제이는 습관적으로 입술을 달싹거리며 묻고 답한다. 주사를 맞는 40분간은 죽음이 무엇이라는 것을 암시해주는 시간 같다. 재깍재깍. 시계소리는 죽음이 다가오는 발자국 소리처럼 들린다. 제이는 얼굴을 돌려 벽에 걸려있는 시계를 본다. 시계의 큰 바늘은 3자에 머물러 있다. 무뚝뚝한 간호사들은 암호와 같은 짧은 말을 나누며 이리저리 바삐 움직이고 있다. 1분, 2분……

시간이 흘러가고 있다.

S병원 암병동 주사실은 전쟁터의 야전병원 같다. 스무 명쯤의 환자들은 딱딱하고 불편한 의자에 앉아 보조대에 발을 올려놓고 병명이 다르듯 각기 다른 주사약을 맞고 있다. 주사약이 비정상적인 세포를 죽이기 위해 한 방울씩 뚝뚝 몸안으로 떨어지면 살아있는 세포들은 비명을 지르며 쓰러지는 것 같다. "오늘은 왜 이렇게 시간이 길어요. 주사바늘 빼주세요." 뒤쪽에서 나이든 남자의 분노어린 목소리가 들려온다. "조금만 참으세요. 곧 끝나요." 간호사는 조용히 걸어다니며 건조하고 지친 목소리로 말한다.

20분쯤 되면 세포를 파괴시키는 힘과 생명적인 기운이 격돌한다. 몸뚱이는 피나는 격전지가 된다. 암세포와 정상세포의 대결은 독벌레와 천사의 대결같다.

30분쯤 되면 시간은 더 이상 중요하지가 않다. 그 어떤 갈망이나 후회도 소용이 없다는 것을 느낀다. 흐릿한 의식은 숲과 바다와 광야를 헤맨다. 그 사이 사이 지금까지 믿고 따랐던 신의 옷자락에 닿기 위해 그의 주위를 맴돈다. 그분은 지금 어디 계시는지, 의식은 옆으로 갔다 위로 갔다 한다. 드디어 의식은 광채로 환한 하나의 이미지를 붙잡는다. 빛이 번쩍하는 순간, 십자가 그분의 옷자락에 닿았다 떨어진다. 이때쯤 하얀 새 한 마리가 하늘을 날아가고 있는 환영이 스친다.

제이는 얼굴을 들어 다시 벽을 본다. 시계바늘은 점점 더디게

가고 있다. 볼품없는 커다란 시계를 왜 저렇게 벽 한가운데 걸어 놓은 것일까? 시계를 떼어 내팽개치고 싶다. 주사바늘을 뽑아버리고 그 길로 산속 깊은 곳으로 들어가고 싶다. 미풍이 불어오는 햇살 비추는 고요한 나무 아래에 눕고 싶다. "다 됐어요." 간호사가 다가와 말한다. 어느새 사십 분이 된 것이다.

　주사실에서 나온 제이는 복도 의자에 앉아 한숨 돌리고 자리에서 일어나 밖으로 나갔다. 머리에 붉은 띠를 두른 비정규직 직원들이 병원 현관 입구 한쪽에서 시위하고 있다. 맑은 오월의 봄 햇살이 거리를 비치고 있다. 사람들은 언덕진 거리를 올라가기도 하고 내려가기도 한다. 첫번째 항암치료의 마지막 날이다. 삼 주 있다가 다시 오일간만 오면 된다. 제이는 가쁜 숨을 몰아쉬며 종로 꽃시장을 향해 느릿느릿 걸어간다. 대낮의 햇살 아래로 짧은 그림자가 따라오고 있다.

　꽃시장에 들어서자 진한 꽃냄새가 밀려온다. 아주머니들이 고무대야에 담긴 나물을 팔고 있고, 길가 쪽으로는 갖가지 꽃나무들이 늘어서 있다. 제이는 꽃 향기를 들이마신다. 온몸이 취한 듯 아찔하면서 머리가 맑아지고 정신적 쾌감이 온몸을 감싼다. 오다가다 마음에 드는 물건을 사는 습관은 여전해 꽃파는 할머니에게 다가가 장미꽃과 백화꽃 한 다발을 산다. 제이는 기분이 좋아져 꽃시장 끝까지 갔다가 길을 되돌아서 지하철 입구 쪽으로 걸어간다.

*

숲의 그늘이 짙어지는 해질 무렵, 제이는 여행가방을 들고 택시에서 내렸다. 아담한 벽돌 건물의 요양소는 산으로 둘러싸여 있고, 지는 햇살이 마당가의 세 그루 감나무와 사철나무의 연둣빛 잎에서 반짝거리고 있다. 산 쪽에서 계곡 물소리가 들려온다. 두번째 항암치료를 앞두고 제이는 산으로 둘러싸인 지리산이 가까운 높은 지대의 이 요양소에 왔다. 육개월의 치료기간 동안 한 달에 한 번 이상은 요양소에 내려와 휴식을 취하기로 했다. 고요한 마당엔 아무도 없다. 숲이 웅성거리는 소리와 계곡 물소리가 침묵을 깨고 있다. 하얀 챙모자를 눌러쓰고 배낭을 멘 한 젊은이가 올라오고 있다.

"저어, 사무실이 어딘가요?"

"저기 종탑 옆으로 가세요. 거기 본관 옆문이 있거든요."

젊은이가 저기, 하며 손으로 종탑을 가리킨다. 중키에 호리호리한 체격인 젊은이는 얼굴은 창백하지만 눈빛이 살아있다. 순간 그의 어깨에 주사실에서 탈출구마냥 더듬곤 했던 하얀 새 한 마리가 앉아있는 것 같은 환영이 스친다. 무한을 향해 날아가는 꿈인 새가…… 의아한 눈으로 그를 본다. 시선이 마주치자 제이는 고맙다는 말을 한다. 그는 씩 웃으며 뭔가 말하려는 듯 멈칫거리다가 본관 쪽으로 걸어간다. 제이는 자그마한 교회 종탑이 보이는 쪽으로 걸어간다. 종탑 아래 나무벤치가 정겹다. 초등학교 때 운동장에서 아이들과 놀고 있으면 종소리가 들렸다. 종소리를 들으면 사는 것은 재밌고 신나는 놀이처럼 느껴졌다. 하나의 놀이가 끝나면 또 다른 놀이를 찾으라고 종소리는 말해주는 듯했다. 몸집이 크고 배가 나온 중년남자가 걸어오고 있다. 소탈하게 보이는 안경낀 남자는 자신을 강총무라고 소개한다.

제이는 강총무가 안내하는 대로 따라간다. 그는 복도 끝의 방 앞에서 걸음을 멈추고 말한다. "지난주에 건강을 회복한 환우가 퇴원해 비어 있는 방입니다. 온열기나 안마침대 같은 의료기구가 옆방에 있어 조금 시끄러울 겁니다. 그래도 경치는 최고예요." 제이는 그가 돌아가자 방안으로 들어섰다. 책상이 있고 숲이 보이는 큰 유리문이 두 개나 되는 자그마한 방이 마음에 든다. 가방을 정리한 뒤 강총무가 안내한 대로 사무실에서 생활한 복을 사 가지고 들어와 입어본다. 분홍색 생활한복을 입은 거울 속 여자가 넌 왜 여기왔어? 하고 물어보는 듯하다. 아늑함과 해방감과 앞으로 투병하며 살아갈 아득함이 밀려온다. 제이는 창 쪽으로 가 푸른 숲을 내다본다. 캄캄한 바닥에서 더듬었던 생각이 마법의 지팡이가 되어 진짜 현실 속의 숲으로 데리고 온 것이다. 제이는 상상보다 더 아름다운 숲을 보며 미소짓는다. 나뭇가지 사이로 비치는 희미한 석양 빛에 숲은 쓸쓸하지만 따스한 기운이 감돌고 있다. 키 큰 참나무 아래 작은 나무들이 둘러 서 있다. 참나무가 가장같고 그 밑의 관목은 오순도순 살아가는 식구들처럼 보인다. 바람이 부는지 나뭇잎들이 환영하듯 살랑거리고 있다.

얼마쯤 지나 맑은 종소리가 들려온다. 식사시간과 예배시간은 종소리로 알려준다고 강총무는 말했다. 땡그랑 땡그랑…… 뭔가를 찾으라고, 인생길을 새로 만들어가라고 종소리는 울리고 있다. 병은 자신의 인생을 갈아엎어버렸지만, 새로운 인생의 막이 오르고 새로운 무대 위에서 새 인생이 펼쳐질 것 같은 설렘이 스친다.

창가 책상의 하얀 탁상시계는 다섯 시 삼십 분을 가리키고 있다. 본관이 있는 널따란 마당 한쪽 조금 낮은 곳에 식당이 있고, 그 앞에 작은 예배당이 있다. 식당에 들어서자 열댓 명의 환우들이 줄을 서 있다. 남자들은 옅은 파랑색을, 여자들은 분홍색 생활한복을 입고 있다. 죽음이 얼씬거리고 있는 환우들인데도 표정이 맑고 입가엔 미소가 어려 있다. 웃어야 산다는 것을 실습이라도 하고 있는 듯이 보인다. 제이는 현미찹쌀 잡곡밥에 근대된 장국과 나박김치, 톳무침, 두부찜, 북어조림을 식기에 담아 빈자리로 간다. 남이 차려준 맛있는 밥상. 일주일만이라도, 한 달만이라도 어디 가서 푹 쉬었다 왔으면, 하는 바람이 죽느냐 사느냐 하는 이때 찾아온 것이다.

저녁식사 후 제이는 요양소 주위를 돌아다니다 방으로 돌아왔다. 창문엔 어두운 숲이 담겨 있다. 참나무의 살랑거리는 잎들과 어둑어둑한 대기와 땅그늘이 한 폭의 수묵화 같다. 참나무의 갈색 굵은 가지엔 오랜 세월 동안 비바람을 겪어낸 의지가 어려 있다. 개성이 강하고 표정이 뚜렷한 사람처럼 느껴지기도 한다. 이 좋은 시절에 넌 거기서 무엇을 하고 있어, 하고 희미한 잿빛 나무들이 두런두런 말을 걸어오는 것 같다. 유리문에 두꺼운 미색 커튼을 치고 나자, 저녁예배를 알리는 종소리가 들려온다.

벽돌색 커튼이 창마다 처진 자그마한 교회 안은 긴 항해 끝에 육지를 향해 다가가는 밤바다의 배 같다. 밖의 거센 파도는 몰아치고 죽음은 어둠 속에서 웅크리며 기다리고 있지만, 뭍의 불빛을 향해 다가가려는 설렘이 있다. 사람들의 탄식과 흐느끼는 여자의 목소리, 몸을 앞뒤로 흔들면서 웅얼웅얼거리는 간구의 말들…… 교회 안은 갈급한 영의 강물이 흐르고 있다. 제이는 입구에 잠깐 서 있다 뒷자리로 가서 앉는다. 마당에서 본 하얀 재킷을 입은 젊은이가 얼굴을 돌려 본다. 제이는 미소를 짓는다. 찬송가와 강총무의 기도가 끝나자 얼굴이 가무스름한 파란색 줄무늬 넥타이를 맨 중년의 목사님이 강대상으로 올라와 설교를 시작한다.

"앞으로 두 사람 중에 한 사람은 암으로 죽는다고 합니다. 암은 게처럼 겉모양이 단단하고 신체의 어디 부위나 달라붙기 때문에 그런 이름이 붙여졌다고 합니다. 우리를 파멸의 늪으로 이끄는 단단한 껍질은 무엇입니까? 미움이나 증오나 배신입니까? 암은 단 한 개의 세포가 미쳐서 생긴 병입니다. 단 하나의 세포는 무엇입니까? 무엇이 우리를 미치게 했나요? 무제한으로 증식하는 세포는 환자의 생명을 빼앗을 때까지 집요하게 공격합니다. 암세포를 죽이기 위해 수술하고 화학약품과 방사선으로 온몸을 쑥대밭으로 만들어버립니다. 잔인하면서도 야만적인 치료 방법이 지금도 계속되고 있습니다. 인간은 망가진 기계부속품이 아닙니다. 암세포를 죽이려다 몸도 마음도 황폐하게 됩니다. 쏟아져 나오는 오염물질과 전자파와 방사선으로 지구는 갈수록 자정능력을 잃어가고 있습니다. 이 시대 문명이 안겨준 이 병은 육체와 영혼의 처절한 싸움을 이겨내야 극복할 수 있습니다. 암의 근원엔 사랑의 결핍이 숨겨져 있습니다. 사랑하는 형제자매 여러분, 억압에 눌렸을 때 터져나오는 외마디 비명이 병의 신호입니다. 암에 걸렸다는 것은 죽음의 문턱에 한 발 들여놓은 것을 의미합니다. 암은 언제 확실히 끝났다고 말할 수 없는, 여생을 따라다니는 시한폭탄과 같은 겁니다. 고통이 인간에게 안겨주는 것은 무엇입니까? 우리는 가까운 사람을 원망하고 미워하다가 결국 죄의 함정에 빠집니다. 사랑이라는 이름 때문에 죄의 함정에 빠집니다. 시편에 보면, 마음에 죄악을 품으면 주께서 듣지 아니하시리라 하셨습니다. 주께서 결박을 풀어주신다고도 했습니다. 암은 우리의 잠든 영혼을 깨우는 하나님의 부르심으로 인식해야 합니다. 암은 찬 것이며 굳은 것이며 어두운 것입니다. 우리 모두 죄에서 빛으로 이어진 다리를 건너야 합니다."

안중식에게 여자가 생긴 것을 알게 된 것은 팔년 전이었다. 그때부터 삶은 일탈의 연속이었다. 아마 그때 세포 하나가 일탈해 미치기 시작했을 것이다. 바깥세상도 회색이고 마음도 회색이었다. 육체가 쓰러지기 전에 전주곡처럼 영혼은 먼저 어두운 심연 속으로 빠져들었다. 보험회사에 다니는 그는 회사가 늦게 끝나는 날엔 전화했다. 언제부터인가, 전화를 하지 않고 집에 들어오지 않았다. 언젠가 꿈이었다. 자신을 비웃듯 지푸라기 하나가 물 위에 떠 흘러가고 있었다. 저걸 빨리 붙잡아야 할 터인데……손이 허공에 허우적댔다.

*

예배가 끝난 후 숙소에 들어와 커피포트에 물을 끓이고 있는데, 문을 두드리는 소리가 났다. 문을 열자 분홍색 생활한복을 입은 눈매가 서글서글한 사십대 초반으로 보이는 환우가 서 있었다.

"휴게실에서 성경도 읽고 대화도 나누어요. 소개도 할 겸 나오세요."

"조금 있다 갈게요."

휴게실엔 다섯 명 환우들이 둥근 탁자를 마주하고 앉아있다. 한쪽엔 책장이 있고, 그 옆의 탁자 위엔 낡은 데스크톱 한 대와 전화기가 놓여있다. 제이가 자리에 앉자, 창 쪽 맞은편에 앉아 있는 하얀 챙모자를 쓴 그 젊은이가 안녕하세요, 하고 인사한다. 턱선이 갸름하고 눈빛이 맑은 얼굴엔 우수의 그늘이 어려 있다.

눈이 마주치자 씩 웃는다. 그는 사람들 말을 듣고 있는 것도 같고, 어떤 생각의 줄기를 따라가고 있는 듯도 하다. 지금 여기가 아닌 숲길, 아니 어디 먼 곳을 마음은 떠돌아다니고 있는 듯하다. 주사실에서 마음으로 먼 길을 떠나곤 했던 자신의 모습을 본 듯하다.

병원 주사실에서 나와 악취와 구토가 나는 몸뚱이로 종로 꽃시장을 향해 걸어가면 소음과 탁한 공기 속에서 노숙자처럼 보이는 허름한 남자들이 길가에 앉아있는 모습이 보였다. 직장 길이를 십이 센치 잘라버렸기 때문에 길을 가다가 급히 낯선 화장실로 찾아가곤 했다. 거울 속의 메마르고 거친 얼굴, 상한 몸뚱이는 이 세상 아름다움에 대한 환상을 깨버리고 있었다. 방사능과 주사약으로 쑥대밭이 되어버린 몸속의 부패물이 대변으로 섞여 나오면 세상은 악취나는 곳으로 비쳤다. 가뭄으로 쫙쫙 갈라진 말라버린 논두렁, 폭우로 순식간에 사라져버린 마을, 암세포로 금이 가버린 몸뚱이…… 향기 나는 곳이 그리웠다. 꽃시장에 가면 사방이 온통 꽃향기로 가득했다. 향기는 몸 안의 시든 세포 사이로 돌아다니며 생기를 날아다주었다. 악취와 향기, 그 사이엔 죽음이 끼여 있다. 한 발짝만 잘못 디디면 죽음의 낭떠러지로, 한 발짝 껑충 뛰어오르면 세상은 향기 나는 축제의 무대다. 죽음과 축제 사이를, 음울한 도시와 산 속 요양소의 묘한 두 세계의 대립을 젊은이는 보여주고 있다.

입가의 표정이 온화한 오십대 초반으로 보이는 중년남자가 제이를 보며 가볍게 눈짓으로 인사한 뒤 말한다.

"오늘 여기 온 나제이 씨를 위해 각자 소개를 부탁합니다. 아 참, 우리 모임부터 소개하겠습니다. 여기서는 어르신들은 어른들끼리, 젊은이는 젊은이들끼리 모이는 모양입니다. 우리 모임은 나이를 떠나 마음이 잘 맞는 사람들이 모였습니다. 병도 갖가지이고, 일기부터 말기암 환자까지 다 섞여 있습니다. 한 마디로 신의 손길에 자신을 맡기는 사람들입니다. 투병하며 잃어버린 자신을 찾고자 하는 의지의 사람들이기도 합니다. 그러니까 이 병을 통해 삶의 꿈을 키워가는 형이상학적 모임이라고 할까요. 그럼, 저부터 소개하겠습니다. 저는 성원구입니다. 시를 좋아해 치료제로 시를 꾸준히 읽고 있습니다. 요양소에 온 지는 오개월이 되었고, 삼 년 전까지 여고에서 국어를 가르쳤습니다. 전립선암인데, 이 병에 걸린 뒤 새사람이 되어가고 있는 중입니다. 전에는 생각하는 것이 아주 좁았는데, 지금은 관용이 뭐라는 것을 알아가고 있다고 할까요. 로맨틱한 인생이 뭐라는 것도 배우고 있는 중입니다. 그럼, 최일심 씨부터 하세요."

그의 말이 끝나자, 아까 문 앞에 서 있었던 환우가 주위를 둘러본 뒤 말한다.

"여기 온 지 벌써 삼개월이 됐어요. 여기 와서 변화한 것은 무엇보다 자신에게 속지 않아야 한다는 것을 깨달았어요. 무엇 때문인지는 모르지만, 병을 이길 자신이 생겼어요. 유방암인데 몸이 너무 약해져서 오게 되었습니다."

최일심은 그 무엇의 답을 알고 있는 듯이 웃으며 말하지만 눈빛은 서글프다.

"그럼, 지금까지는 속고 살았나요?"

아까 사회를 본 성원구가 그녀에게 호기심어린 눈을 주며 말한다. 무엇이 그의 게의 껍질인지 눈빛에 공허한 그늘이 어려 있다.

"열심히 살면, 무엇이 기다리고 있는지 알았어요. 앞으로는 이 인생살이 속고 살고 싶지 않아요. 자신한테, 남편한테…… 인습과 관습에도 끌려가며 살고 싶지 않아요. 내 인생의 주인은 나라는 것을 깨닫고 이참에 확 다르게 살려고 해요. 치료삼아 글을 쓰려고 합니다."

최일심 입에서 남편이라는 말이 나오자 성원구는 뭔가 답을 얻었다는 듯이 고개를 끄덕인다.

"그럼, 박해진 씨 말하세요. 해진 씨가 옆에 있으면 모두 웃어요."

사십대 초반으로 보이는 박해진 씨가 말한다.

"제가 웃긴다고요? 그랬으면 좋겠어요. 모든 게 뜻대로 되지 않아요. 저는 여기 온 지 어느새 육개월이 다 되어갑니다. 폐가 좀 나빴는데, 지금은 조금씩 좋아지고 있어요."

"뭐가 뜻대로 되지 않는다는 말인가요? 아참, 저는 정우현입니다. 은행원인데 무엇 때문인지, 건강이 나빠져서 휴직하고 왔습니다."

그녀 맞은편에 앉은 삼십대 후반으로 보이는 정우현이 묻는다. 박해진을 바라보는 그의 눈빛에 흔들리는 그림자가 스친다.

"사랑조차도 손에 꼭 쥐고 살려고 했죠. 그러다보니 남편이 집을 나가버렸어요. 지금은 다 놓아버렸어요. 지금은 빈 곳을 채우며 살고 싶네요."

박해진이 말한다.

"여자가 암에 걸리면 남편 탓이고, 남자가 이 병에 걸리면 하늘 탓이라고 하잖아요. 사랑을 해보세요. 한마디로 암은 애정에 굶주려서 세포가 일탈한 겁니다."

성원구가 또 사랑을 강조한다.

"선생님을 누가 사랑하면 감당할 수 있겠어요? 그것도 두 사람이나⋯⋯"

박해진은 성원구를 보며 말한다.

"처음 듣는 소리네요. 그럼, 내가 형광등이란 말이 되네요. 이게 좋아해야 할지 말아야 할지⋯⋯ 모두 건강하도록 두루 살피겠습니다."

성원구의 말에 사람들이 웃는다. 웃음이 보약이라고 믿기 때문인지, 여기 사람들은 웃기지 않는 말에도 웃는다.

"여기 와서 저도 사랑하며 살려고 마음을 먹었습니다. 이상하게 마음문을 여니까, 한 사람이 눈에 들어왔어요. 앞으로 잘 지도해주고, 지켜봐주세요."

정우현의 말에 사람들은 답을 알아맞히려는지 침묵을 지킨다.

성원구는 자신의 말의 추종자를 흐뭇한 얼굴로 본다. 창 쪽을 보고 있던 하얀 챙모자가 말한다.

"김유민입니다. 여기 온 지는 삼개월쯤 됐어요. 여긴 산세가 아름답습니다. 한번 이 산의 매력에 빠지면 중독이 된 것처럼 벗어나기가 쉽지 않아요. 어떤 약보다 산들이 치료약이죠."

김유민의 말에 사람들이 고개를 끄덕인다. 창문 밖의 검은 숲이 불 켜진 아늑한 실내 풍경을 보고 있다. 후루룩 후루룩, 새소리가 들려온다. 저녁이 깊어가고 있다. 어두워지면 사랑하는 사람이 그립다. 어머니와 준우 얼굴이 떠오른다. 어머니 손을 잡아드리고 준우를 꼭 껴안아주고 싶은데 옆에 없다. 슬픔 속에서 알 수 없는 그리움이 피어난다. 제이는 하얀 챙모자한테 시선이 간다. 그를 보면 주사실에서 몸속의 세포들이 독한 주사약에 쓰러질 때 반사적으로 붙잡았던 가느다란 불빛, 생기, 꿈이 피어나는 듯하다.

"그럼, 오늘은 창세기 십팔 장을 읽을 차례입니다. 각자 삼절씩 돌아가며 읽어주시길 바랍니다."

성원구가 나지막한 목소리로 말하자, 최일심은 낭랑한 목소리로 읽기 시작한다. '여호와께서 마므레 상수리 수풀 근처에서 아브람함에게 나타나시리라 오정 즈음에 그가 장막 문에 앉았다가 눈을 들어 본즉 사람 셋이 맞은편에 섰는지라' 그 다음엔 박해진이 읽는다. '물을 조금 가져오게 하사 주께 은혜를 입었사오며 당신들의 발을 씻으시고 나무 아래 쉬소서'

수풀 근처와 나무 아래…… 암병동 주사실에서 출구 없는 절
망의 나락으로 떨어지고 있을 때 붙잡은 환상, 산언덕 햇살 아래
의 나무그늘에 그대로 눕고 싶은 그 갈망…… 수풀 근처와 나무
아래……

*

제이는 중식과의 중압감을 날려 보내려는 듯 주말이면 자신을
바쁘게 내몰았다. 자신을 거울처럼 비춰줄 사람들의 말이나 글
을 찾아나서는 짧은 여행길에 올랐다. 평일에는 도서관에 가서
책을 빌려와 숙제하는 학생처럼 기한 안에 다섯 권의 책을 읽고
는 또다시 도서관으로 설레는 발길을 향했다. 주말에는 학원에
서 강의할 논술자료를 모으기 위해 서점으로 가곤 했다. 제이가
그렇게 지내고 있을 때, 그는 다른 여자에게서 뿌리를 내리고 있
었다. "우리 이혼해도 결혼 전처럼 친구로 지내자. 우리 사이에
는 준우가 있으니까." 황량한 시절, 제이는 살기 위해 중식과 이
혼했다. 중학생인 아들 준우는 점점 말이 없어져갔다. 어릴 때
어머니라는 삶의 기둥과 아버지라는 삶의 기둥 사이를 왔다갔다
하며 살았는데, 어느 날 한쪽 기둥이 없어져버린 것이다. 준우는
유치원에 다닐 때 아버지가 들려주던 사계절에 대한 말을 기억
하고 있었다. '겨울은 춥고, 여름은 덥고, 봄엔 꽃 피고, 가을엔
나뭇잎들이 떨어져 쓸쓸하단다.' 아버지의 말은 훗날 현실이 되

어버렸다. 갑자기 추운 겨울로 들어가 사는 게 쓸쓸했다. 준우는 가정의 지각변동으로 가을과 겨울 속에서 사춘기를 껑충 뛰어넘어 애늙은이가 되어버린 것 같았다. 어딘지 컴컴하고 음습한 미궁 속으로 끌려가는 듯 보였다. 서랍 속엔 발가벗은 여자 사진들로 어지러웠고 메모지에 적힌 어린 영혼의 탄식은 심장에 불을 지르는 것 같았다. '모든 게 싫다. 무책임한 엄마 아빠도 싫고, 학교 다니는 것도 싫고, 공부하기도 싫다. 나에게 압박을 가하는 잘난 척하는 친구들도 싫고. 그냥 죽어버리고 싶다.' 준우의 메모를 훔쳐보고 나면 자신이 죄인 같았다.

제이는 수유리 산자락의 어머니 집 옆으로 이사했다. 어느 날 피가 섞인 변이 나오자 병원으로 갔다. "이쪽 부위가 검어요. 직장의 악성종양예요." 의사는 엑스레이를 가리키며 무덤덤한 얼굴로 말했다. 육체의 상한 부위는 어둠침침했다. 지난 주말의 새벽녘 꿈이었다. 오른쪽 허공에서 희미한 남자 목소리가 들렸다. 이 병은 암이야! 3,7센티 이상은 크지 않아. 3과 7의 숫자에 비몽사몽 중에도 미소를 지었다. 제이는 숫자 중 3과 7를 좋아했다. 고통 속에서도 씨앗과 같은 행복이 숨겨져 얼굴을 내밀고 있었다. 그녀는 사직을 했다.

병원에 가기 위해 밖으로 나오면 혹시나, 하는 두려운 마음이 스쳐 지나가곤 한다. 지난날 삶의 결과가 병이라는 생각에 이르면 지푸라기 하나에도 매이고 싶지 않은 마음이 솟구친다. 소독

약 냄새 등 병원 공기를 맡으며 홀을 지나갈 때는 누군가 자신에게 힘주는 말을 한 적이 있는지, 지나간 삶의 구석구석을 들여다본다. 기억 속 희미한 사람들이 무대 위로 나왔다 사라지면, 허망함이 가슴을 누른다. 병원 복도 의자에 앉아 기다리고 또 기다린다, 자신의 낯선 이름을 부르는 시간이 가까울수록 멀리 사라져버리고 싶다.

　어머니는 관절염으로 무릎을 절뚝이며 한 블록 떨어진 딸네 집으로 먹을 것을 챙겨 오시곤 했다. 이층으로 올라오실 때는 옆에서 부축해드렸지만, 층계를 밟을 때마다 깊은 숨을 내쉬곤 했다. 날이 흐린 날 오래된 붉은벽돌집에선 어머니의 체취가 풍긴다. 밤이면 살아나는 선창가 바닷바람의 기억이 벽돌 구석구석에 스며있다가 두런두런 말을 거는 것 같았다. M시의 선창가 고향집은 건자재와 대나무를 파는 종합상가였다. 창고엔 굵은 팔뚝만한 청청한 대나무가 쌓여 있었다. 섬에서 건너온 사람들은 김발대나 농사도구로 대나무를 사가고, 선원들은 중선배에 달고 다닐 맹죽을 사갔다. 돈이 마구 들어왔다. 아버지의 주머니가 두둑할수록 밖에서 지내는 시간이 많아지고 여자들이 따랐다. 어머니의 얼굴은 그늘이 지기 시작했다. 뱃사람들의 유행가 소리가 선창가를 맴돌고, 뱃고동 소리가 가슴저리게 들려오면 어머니의 얼굴에 조금씩 생기가 돌기 시작했다. 땅거미가 지면 무채색 옷을 입고 밀짚가방을 들고 설레는 얼굴로 시내로 나갔다. 운이 좋은 날엔 제이도 어머니를 따라 나섰다. 바닷바람은 울어대고 어머니는 잽싼 발걸음으로 다니면서 낮 동안에 번 돈을 뿌리기 시작했다. 짐 같은 자식들의 옷이며 신발이며 먹을 것 등을 마구 사들였다. 밤길을 돌아니며 가슴에 쌓인 뜨거운 기운을 뱉어냈다. 돌아오는 길엔 역전 앞 과일가게까지 들렀다. 양손에 물건을 가득 들고 집으로 돌아가는 어머니의 발걸음은 개선장군처럼 당당하고 씩씩했다. 그런 날 어머니의 눈엔 빛이 나고, 입가엔 미소가 지어졌다.

어느 봄이었다. 누군가 창고에 불을 질렀다. 다시 재기했으나 또다시 불이 났다. 사람들은 선창가 작은 대나무 상점에서 시샘하여 불을 질렀을 거라고 했다. 어머니는 그 뒤로 가슴이 뜨거워 잠을 잘 수가 없다고 했다. 시름시름 앓던 아버지는 세상을 뜨고, 집안을 정리한 어머니는 서울로 오셨다.

*

과일 익어가는 향이 바람을 타고 멀리 퍼져나가는 초여름의 더운 날씨다. 매일 열 시쯤 있는 산행 프로그램에 제이는 참석했다. 황토 흙은 햇빛에 뜨거워지고, 숲에선 진한 나무냄새가 사방으로 풍겨나오고 있다. 잎이 넓적하고 푸릇푸릇한 덩굴나무과의 맹감나무와 억센 풀들 속에 보랏빛 엉겅퀴꽃은 화사한 자태로 뽐내고 있다. 숲과 들꽃 향기로 커피를 한잔 마신 것처럼 머리가 맑아지고 햇볕에 떠도는 열기가 몸안으로 스며들어 생기가 돈다.

일행은 가다가 취나물이 보이면 점심때 쌈을 해먹는다고 잽싸게 수풀 쪽으로 걸어가 뜯기도 하고 산딸기를 따서 입안에 넣기도 한다. 요양소의 프로그램에는 부지런히 다 참석하는 최일심의 취나물이 제일 많다. 그녀는 손안의 취나물을 흡족한 얼굴로 보더니 건강한 시절에 저 아래 세상에서 겪은 일들을 털어놓는다. 말 속엔 돈, 돈 하는 소리가 후렴조로 들어 있다. 가끔은 시(詩), 시 하는 말도 섞여 있다. 그놈의 돈 때문에 이 자리에 와 있다는 결론에 이르면 얼굴이 침울해진다. 돈이 무서워! 최일심은 혼잣말을 한다. 다른 사람들도 고지대의 섬 같은 이곳에 오게 된 사연을 털어놓고 또 각자 떨어져 걸어간다. 각자의 암적 요소인 게의 껍질은 돈이고, 배신이고 스트레스이다. 두꺼운 그 껍질들을 떼려고 산으로 왔지만, 어두운 영은 질기게 달라붙어 숨을 조이게 한다. 병보다 무서운 것은 흉측한 그것이 세력을 확장해 가며 염증과 구토가 나는 몸을 점령해버린 때이다.

앞서가던 최일심이 갑자기 손뼉을 치며 하하 웃기 시작한다. 다른 일행은 기다렸다는 듯 하하 하고 따라 웃는다. 서로 웃는 모습을 보고 덩달아 따라 웃는다. 하하, 호호, 껄껄, 허허, 상대방의 웃는 모습을 보면 절로 웃음이 터진다. 웃음소리가 허공을 가로질러 하늘을 향해 퍼져나간다. 매일 이른 아침마다 예배실에서 서로 웃는 모습을 보며 낄낄 깔깔 하하 호호 웃는 연습을 한다. 대나무로 양발을 탁탁 치며 '기도는 사랑의 열쇠, 유전자가 춤추네.' 하며 노래한다. 더 세게 두드리는 사람이 빨리 건강해진다고 믿는 것처럼 모두 열심이다. 그때쯤 동녘 먼동의 불그레한 빛이 창가를 기웃거리며 하루 살아갈 힘을 안겨준다.

제이처럼 뒤에서 걸어오고 있던 김유민이 다가와 말한다.

"이것 먹으세요."

잘 익은 붉은 산딸기 세 개를 김유민이 내밀었다. 이상하게 3이란 숫자를 보면 엔도르핀이 나오는 것 같다. 뱅글뱅글 숫자가 춤추며 몸 구석구석으로 스며들어 쓰러진 세포를 일으켜 줄 것만 같다.

"산딸기네요. 색깔이 예뻐요."

제이는 김유민을 바라본다. 그는 이곳 요양소 사람들이 즐겨 입는 생활한복이 아니라, 등산복 푸른색 셔츠에 카키색 바지를 입고 있다. 그의 얼굴에는 두려움과 공포의 그늘이 엿보이는가 하면 그만큼 살고자 하는 갈망의 밝은 흔적도 어려 있다. 저 아래 세상에서 시달리며 쫓기듯 살아온 기색이 엿보이는가 하면, 어떤 낯선 곳으로 도주하려는 듯한 허무한 그늘도 있다.

"어제 저녁예배 때는 안 보이던데?"

햇볕은 황토길 위에 쨍쨍 내려쬐고, 산속의 고요를 깨며 새들이 지저귀고 있다.

"종일 걸었더니, 깜박 잠이 들어버렸어요."

제이의 말끝에 유민이 씩 웃으며 말한다.

"예배 참석은 자유인가요?"

"네, 그래요. 여기는 자유예요. 요양소 안에 예배당은 있지만, 믿는 사람, 안 믿는 사람, 다 섞여 있어요."

"그럼, 쉬려고 왔나요?"

"머리에서 이상한 소리가 들려요. 어떤 땐 벌레소리처럼 찌이익, 하는 소리가 들려요. 또 어떤 때는 휘이휘이 하는 바람소리 같기도 하고 휘파람 소리 같기도 해요. 그러다 어느 순간 정신이 깨어나죠. 그런 순간엔 그저 살아있는 것이 감사하죠."

뼛속 깊은 데서 뛰쳐나온 듯한 감사라는 말이 싱그러운 대기 속에서 춤을 추다 다시 그에게로 돌아가 견딜 수 있는 힘을 주는 것 같다.

"병원에 다녀요?"

"특별한 치료방법이 없다고 해요. 약은 먹고 있지만, 별 효과가 없어요. 그냥 이대로 양지바른 나무 밑에서 쉬고 싶을 뿐예요. 소리로 묶여진 몸뚱이를 풀고 싶은 마음뿐이라고요. 신의 뜻이 뭔지 알 수가 없어요."

주사실에서 내뱉은 갈망이 그에게 닿아 싹이 튼 것일까. 고요한 산속 나무 아래 눕고 싶은 그 갈망…… 똑같은 푸른 꿈에 매달려 살아온 그를 제이는 놀란 얼굴로 바라본다.

"몸이 소리로 묶여진다는 것은 뭐죠?"

"어떤 때는 소리가 나를 향해 가슴을 찌르는 말소리로 들려요. 어떤 때는 암호 같기도 하죠. 몸이 소리로 감겨지면, 그날이 생각나요, 비극적인 일이 터진 그날 이후로……"

114

몸속에서 울리는 이상한 소리가 사람들의 말소리로 들린다는 그의 아픔이 손끝 발끝으로 전해져 가슴 한가운데로 밀려온다. 아파, 아파, 아파…… 산도 수풀도 하늘 아래 살아 있는 목숨들이 아파서 신음하고 있다.

"규모가 꽤 큰 생활용품 회사의 관리부 과장이었어요. 처음에는 몰랐는데, 실적과 기재사항의 숫자가 많이 다르다는 것을 알았어요. 갈등하다가 부장한테 알렸어요. 그 뒤 얼마 있다가, 사람들이 나를 보면 피하기 시작했어요. 이유를 알 수 없는 따돌림에 얼얼했죠. 모두 어울리는데 끼어들 자리가 없는 거예요. 박해상이라고 절친했던 친구조차 태도가 확 달라졌어요. 옳다고 생각하고 용기를 내서 문제를 제기했죠. 확신을 갖고."

"확신이요?"

"옳은 것은 옳고 그른 것은 그른 것이죠. 그 뒤 언제부터인가, 나를 몰아내려는 세력이 드러나기 시작했어요. 보이지 않는 세력은 힘을 모아 나를 내몰았어요. 나중에는 신경이 예민해져, 무엇이 잘못된 것인지, 그 선마저 모호해져버렸어요. 사람들을 피하다 보니 외톨이 신세가 되더군요. 박해상과 저와 친했던 황기수라는 친구조차 저쪽에 달라붙고. 배신감에 머리가 깨지도록 아프더니, 머리에서 응얼응얼하는 사람들 목소리가 들리더라고요. 어느새 추격하는 군화소리처럼 들려오기도 하고. 결국 사표를 냈어요."

해가 구름 뒤로 숨어버리자 은은한 빛이 사방을 에워싼다. 그는 담담한 목소리로 계속 말을 한다.

"이제 원인은 다 사라져버렸어요. 사표를 내고, 이 병원 저 병원 다녔어요. 처음엔 친구들에 대한 복수심이 꿈틀거렸어요. 그들을 미워하는 마음이 싹트자, 자신 스스로를 괴롭히는 죄가 싹트기 시작했어요. 사람은 몸이 약해졌을 때 어두운 영도 살아나죠. 악령이 얼씬거리기 시작했어요. 육체와 정신의 병, 이중으로 고통을 겪다가 형님의 권유로 이 요양소에 내려오게 됐어요. 그런데 우연히 박해진의 남동생이 내 친구라는 사실을 알게 되었죠. 박해상이 동생예요. 그 말을 들은 그날 밤, 잔인한 계획을 이리저리 맞추느라 잠을 못 잤죠. 새벽에 머리가 터질 것 같았어요. 그 뒤로 박해진 씨를 만나면 자리를 피하게 돼요. 박해상을 생각하면 가슴이 두근거리고, 목에 뭐가 걸린 것처럼 숨쉬기가 힘들어요. 해상은 내 무의식 속에 들어있는 악마죠. 꼭 한번 만나야겠어요. 왜 날 괴롭혔는가, 물어보고 싶어요. 내가 누구인지조차 잊어버리는 순간, 마음이 평안해져요. 걸을 때도 마음이 편안하고. 그러다 운이 좋으면 나무그늘 아래 잠이 들기도 하죠."

암병동 주사실에서 한 방울씩 뚝뚝 떨어지는 주사약물은 피의 소리처럼 들렸다. 피와 살로 간구했다. 자게 해주세요. 운이 좋으면 잠이 들었다. 이 세상을 곤하게 걸어다닐 수밖에 없는 그 누군가도 운이 좋으면 양지바른 곳에서 단잠을 잔 것이다. 제이는 그에게서 몇 발짝 떨어져 걷는다.

"배고프지 않나요?"

"걸으면 배고프지 않아요. 물만 가지고 다녀요. 걷다가 좋은 자리가 있으면 누워요. 기분이 상쾌해지면, 소리로 묶인 몸뚱어리가 한 가닥씩 풀어지는 것 같고. 하늘 가까운 데로 다가가도 들려오는 소리가 없어요. 살려달라고 매달려도 아무 소리도 들려오지 않아요."

주사실에서 버리지 말아달라고 읊조릴 때, 유민도 푸른 산 기운을 마시며 똑같은 말을 푸른 대기 속으로 쏟으며 다닌 것이다. 그때 살고자 하는 그 갈망의 흔적을 유민에게서 느낀다. 유민은 수풀 쪽으로 가 산딸기를 따서 제이의 손에 놓아준다. 물기를 머금은 싱그러운 일곱 개의 산딸기다.

"이제 병의 뿌리를 몰라요. 내가 원하는 자신의 모습에서 너무 멀리 와버렸어요. 그게 괴로워요."

제이는 산딸기를 하나씩 입에 넣어 씹는다. 언약의 상징물 같은 예쁜 열매가 깨져 살이 되고 피가 된다. 으악, 으악. 그가 아프듯이 자신의 몸뚱이에서 비명이 터져나온다. 고통 속에서 하나가 되는 경이, 내던지고 싶은 조그만 선물, 운명을 끌고가는 산딸기. 조금 걸어가자 수풀더미 옆에 남색의 가느다란 매발톱꽃이 눈에 띈다. 제이는 매발톱꽃 그쪽으로 걸어간다.

"저쪽 큰 바위 옆에 분홍색 매발톱이 있었는데, 지금은 보이지가 않아요. 누가 캐갔나봐요."

"이 꽃은 햇빛에 따라 색이 달라요. 저 아래 세상이 그리운가요?"

"점점 허기져요. 발길은 이상하게 사람이 없는 곳으로 가게 돼요. 점점 더 높은 데로. 매일 보는 숲이지만 볼 때마다 달라요. 몸이 묶일수록 의식은 확장돼 뻗어가는 것 같죠. 자신이 누구인지조차 잊어버리는 그런 어떤 순간, 문득 하나의 막대기 같은 것이 절벽에 박혀있는 것을 봅니다. 그걸 붙잡고 위로 기어올라가면 또 다른 토막이 있고. 어느 순간엔 토막이 굵은 커다란 못으로 느껴지기도 해요. 피와 살의 빛인 도구로…… 고통이 못이고, 못이 고통이죠. 그 속에 구원이 있다는 생각을 해요. 내가 바라는 새 인생, 빛이 바로 저 맨 꼭대기에 있으리라는 환상, 신의 손을 붙잡으리라는 믿음으로 다시 기어오르죠."

"주사실에서 단잠이 들 때 신의 사랑을 느껴요. 쓰러져 꿈틀거리는 세포들이, 피와 살이 의식보다 먼저 신의 감촉을 알아봐요. 어떤 곳보다 따듯하고 향기로운 곳에서 한잠 자고 나면 어느새 약물이 다 떨어져 있어요."

"나도 운좋게 잠이 들 때 누군가 따스한 두 손이 감싸고 있다는 생각이 드는데요. 눈을 뜨면 햇살이 보이고, 바람이 기분좋게 스치고, 짤막한 그 순간이 가장 찬란한 생명의 불꽃이라는 생각이 들어요. 고통이 멈추고, 어느 한 순간 맛보는 기적 같은 순간, 신의 손길이 느껴지죠."

제이는 그를 경이로운 눈으로 본다. 순간 한 알의 운명의 씨앗이 컴컴한 땅 속으로 뿌리내리기 위해 떨어진다. 일행은 저만치 앞서서 가고 있다. 새들이 산의 정상을 향해 나란히 한 줄로 날아간다. 볕이 향기롭다.

*

　　요양소에 세 번째로 내려온 다음날 흐린 오후였다. 곧 비라도
올 것처럼 날씨가 음산하다. 제이는 분홍색 생활한복에다 검은
색 조끼를 걸치고 밖으로 나갔다. 어느새 알고 뒤뜰의 해피와 곰
돌이가 꼬리를 치며 좋아라 껑충껑충 뛰어다닌다. 잡견인 해피
는 아랫마을에서 떠돌아다니는 개였는데, 강총무가 데려다 키웠
다고 한다. 주인이 이사할 때 놓고 가버렸는데도 집 주위만 떠돌
며 살았다고 한다. 해피는 너무 힘든 세월을 겪어서인지, 조금만
잘해줘도 눈물을 글썽이며 따른다. 해피가 이리저리 뛰어다니
자, 하얀 털에 살이 포동포동한 강아지 곰돌이가 뒤뚱거리며 어
미 뒤를 따른다. 환우들은 감정이 통한다고 해피를 예뻐했고, 곰
돌이는 귀엽다고 예뻐했다. 제이는 마당 끝자락에 있는 꽃밭으
로 가 찬찬히 꽃들을 들여다본다. 개들이 옆으로 온다. 어린시절
의 추억이 깃든 붉은 겹봉선화, 분홍빛 접시꽃, 향기 짙은 하얀
백합꽃…… 꽃향기에 기분이 좋아진 제이는 얼굴을 돌려 숲 쪽
을 바라본다. 언덕 아래에서 김유민이 올라오고 있다. 어딘가에
서 누군가 나를 보고 있는 듯해 주위를 둘러보면 저만큼, 어디쯤
에서 유민이 보인다.
　　"날이 흐려요."

그는 어딘지 지쳐 보였으나, 그의 얼굴은 혼자서 보고 느끼고 찾아 헤매는 사람의 맑은 기운에 싸여 있다. 개들이 그에게 달려들자 그가 머리를 쓰다듬어 준다.

"이런 날이 돌아다니기에 좋아요. 오늘은 높은 데까지 갔더랬어요. 가는 길에 아주 좋은 자리를 찾았어요. 혼자 눕기에 딱 좋은 나무 밑 평평하고 아늑한 장소였어요. 나뭇잎이 깔려 있어 푹신하고. 구름 뒤에서 해가 나타나자 자리가 환했는데, 뭔가 하얀 것이 위로 올라가는 듯했어요. 자유스런 몸뚱이가 위로 올라가는 환영같기도 하고, 응얼거렸던 말들이 혼쭐이 되어 위로 올라가는 듯한 생각이 들었어요."

유민이 제이에게 다가와 손을 잡는다. 그의 아픔이 그대로 전해지는지, 신경이 찌르르 손바닥에 신호를 보낸다. 순간 아픔으로 온몸을 포위당한 그에게 끌려간다. 유민이 찾은 전망 좋은 장소를 비추는 햇빛이 아프고, 무한을 증명하는 듯한 한 마리 새의 비상도 아프다. 그와의 만남이 아프고 그의 운명이 아프다. 아픔 속에서 기쁨은 퍼져 대기는 새롭고, 숨을 깊이 들이킬 때마다 단단한 게의 껍질 같은 어둡고 차고 굳은 세포들이 떨어져 내린다.

산에서 내려온 일행이 본관 앞에 이르자 종탑 쪽에서 박해진과 정우현이 뭐라 말하며 걸어오고 있다. 유민의 얼굴이 창백해진다.

"저어, 언제 해상이가 요양소에 온다고 하더라고요. 꼭 한번 유민 씨를 만나야 한다고."

박해진이 유민에게 다가와 말한다.

"그렇게 하죠. 언제 한번 만나죠."

유민은 자연스럽게 대꾸한 뒤 숲을 바라본다. 제이는 그 곁으로 다가간다.

"한번 만나고 싶지만, 상처를 준 사람을 만난다는 게 힘들어요. 내가 어떻게 나올지 몰라서 그게 두려워요."

유민은 말들 더듬거리며 잇지 못한다. 검푸른 하늘에 두꺼운 회색 구름떼가 흘러가고 있다.

갑자기 날이 어두워지더니 굵고 세찬 비가 내리기 시작한다. 두 개의 창문으로 보이는 숲은 비에 젖어 웅크리고 있다. 몸속의 정상세포는 악성세포가 멀리 간이나 폐까지 침범해 전이될까봐 떨고 있다. 환우들은 병원에 가면 갑자기 간이나 폐나 뼈로 전이됐다는 말을 듣곤 한다. 어느 방에선가 비명이 들려온다. 요양소는 갑자기 병원의 주사실이 되어버린다. 환우들은 각자 방에서 악성세포들이 토해내는 구토와 통증에 고통의 바닥으로 떨어져 내리고 있다. 죽음이 유리창 가까이 다가와 노려보고 있다. 안중식이 태연한 얼굴로 거짓말을 했던 모습이 영화의 장면처럼 생생히 살아나고 있다. 이 궁리 저 궁리하며 피폐해져 가는 동안 악성세포 하나가 침침한 영육의 토양 위에 때를 만난 듯 뿌리를 내리기 시작했을 것이다. 황량한 삶을 이어가고 있을 때 나쁜 세포들은 신나게 확장해가고 있었을 것이다. 2가 4가 되고 4가 8

로 속도를 내며 불어나고 있을 때, 흔들리면서 절망의 바닥으로 떨어져내리고 있었다. 바닥에는 기다렸다는 듯 자신이 내뱉는 수많은 탄식과 말들이 어둑한 형체로 변해 잡아채려는 듯 두팔 벌리고 있었다. 망각할 수 없는 죄의 무거운 짐, 자신을 스스로 방치했던 수치와 오만함…… 창밖의 젖은 나무들 위로 빗방울이 우두둑 눈물처럼 떨어지고 있다.

　제이는 자신의 몰골 같은 젖은 숲을 빨려가듯 보다가 커튼을 친다. 살려주세요! 혼잣말을 하며 간이옷걸이가 있는 구석으로 간다. 검은색 조끼를 걸치고 우산을 들고 밖으로 나간다. 종탑 벤치엔 방에서 탈출한 박해진과 최일심이 앉아있다. 제이는 그들 곁으로 가 앉는다. 비를 막아주는 종탑의 자리가 아늑하다. 우드득 우드득 비 내리는 풍경을 최일심은 물끄러미 보고 있다. 박해진은 통증이 느껴지는지 두 손으로 가슴을 껴안고 있다. 날갯죽지가 상한 젖은 새처럼 보인다. "두 사람 보기에 내가 이상하게 보인가요?" 최일심이 갑자기 묻는다. "아니요. 좋아요. 늘 긍정적이잖아요. 다른 사람한테 힘을 줘요." 제이가 비에 젖은 나무들을 보며 말한다. 이런 자리에서 어두운 얘기를 하면 서로를 죽이는 꼴이다. "내가요?" 제이의 말에 최일심은 반문을 한 뒤 갑자기 웃음을 터뜨린다. 제이도 따라서 웃는다. 박해진도 미소띤 얼굴로 두 사람을 본다. 웃음소리가 빗소리를 뚫고 멀리 퍼져나간다.

*

　요양소의 하루는 저 아래 세상의 분주한 삶보다는 느리고 길게 느껴진다. 미술치료나 음악치료 등의 프로그램에 참석을 해도, 시간은 여백처럼 비어 있다. 그러나 요양소의 오일간은 금방 간다. 어느새 이틀 후면 서울로 가는 날이다. 이른 저녁식사를 하고 나서 뜰을 거닐고 있는데, 본관 쪽에서 유민이 걸어나오고 있다. 희뿌연 숲은 낮보다 더 싱그런 진한 냄새를 쏟아내고 있다.

　"요즘은 달이 아주 밝아요. 방에 있기가 아까울 정도로 경치가 좋네요. 같이 걸을까요?"

　큰길을 따라 조금 걸어가자, 산으로 들어가는 좁은 길이 나온다. 제이는 몇 발짝 뒤처져 걷다 한쪽 발이 잡풀 우거진 두둑 아래로 미끄러졌다. 제이는 아이, 아파, 하고 소리친다. 유민이 손을 내밀어 일으켜 준다.

　"무엇이 그리 아프나요?"

　"내 속에 나를 지켜주는 수호신이 있나봐요. 주사바늘이 몸 여기저기를 찌를 때마다 아프다는 소리가 절로 나와요. 아픔이 연상되면 마음이 먼저 말을 한다니까요. 떠도는 고양이를 봐도 아프고, 해피의 눈물젖은 눈을 봐도 아프고."

　신음하는 산천초목이, 병들어 가는 몸이, 모든 것이 아파, 아파, 아파…… 어질, 어질, 어질…… 모든 것이 아프게 느껴진다는 제이를 유민은 연민어린 눈길로 보다가 손을 잡고 빨리 걷기 시작한다. 꼬불꼬불한 산길을 따라 한참 올라가다가 평평한 길이 나온다.

"대나무밭으로 갈까요?"

"내가 좋아하는 장소예요."

제이는 가끔 혼자서 대나무밭에 가곤 한다. 거기서 한 달에 두 번 정도 운동치료를 한다. 태극권 선생은 한 사람 한 사람 모두 꼭 살려내려는 듯이 아주 열심이다. 그 선생은 인간의 죄와 악마적 요소가 병을 일으킨다고 본다. 우주의 기운을 마셔 어두운 기운을 내몰아야 한다고 강조한다.

숲은 어느새 둥근달의 은은한 빛에 싸여 있다. 병실에서 아침에 눈을 뜨면 창 가득 채운 햇살에 낯선 항구의 부둣가를 걷고 있는 듯했다. 바로 그 설렘을 안겨주는 것 같은 애잔한 달빛이다.

"걷다보면 어느새 다른 새로운 길에 서 있어요. 그때 그 길의 햇빛이 나를 기다리고 있는 사람처럼 느껴지죠. 기도의 응답처럼 느껴질 때가 있어요. 친구한테 배신당했다는 생각은 복수심을 갖게 해요. 이상하게 그런 생각을 하면 머리에서 나는 소리가 더 크게 들려요."

조금 걸어가자 위를 향해 쭉쭉 뻗은 대나무밭이 나왔다. 평평한 대나무밭 한쪽은 산이 에워싸고, 한쪽엔 작은 계곡물이 흐르고 있다. 달빛 아래 대나무밭은 은빛처럼 빛나며 푸른 기운을 어

둑한 대기 속으로 퍼뜨리고 있다. 주사실에서 더듬곤 했던 숲,
바로 그 숲이 눈앞에 펼쳐져 있다. 천사들은 어디로 가버리고,
병으로 결박당한 두 사람을 이 저녁 숲으로 초대한 것일까. 유민
은 대나무 쪽으로 다가가 기대어 선다.

"제이 씨는 하늘이 내려준 사람 같아요."

댓잎들이 그 말에 응답하듯 가느다랗게 흔들거린다. 새들이
푸드득거리며 이리저리 날아다닌다. 히익히익, 어디선지 휘파람
소리가 들려오는 것 같다.

"유민 씨는 산에서 내려온 사람인가요?"

짧게 되묻는 말에 유민은 씩 웃으며 다가와 한 손으로 손을 잡
고 한 손은 허리를 잡고 빙 돌린다. 무슨 노래인지 콧노래로 흥
얼거리다가 라라라, 하며 나지막한 소리로 노래 부른다. 라라
라…… 삶의 기쁜 샘이 되어 바다처럼 넘치네…… 라라라……
하나 둘 셋, 하며 앞으로 갔다 뒤로 갔다 한다. 다시 하나 둘 셋,
앞으로 갔다 뒤로 갔다하며 허리를 돌린다. 베토벤의 「환희」다.
우우우…… 깊은 데서 터져나오는 소리가 리듬에 실려 퍼져나
간다. 묵묵히 바라보고 있는 관객인 대나무와 하나되어, 굳어진
몸을 풀고 있는 것처럼 보인다. 자유스러운 몸으로 꿈처럼 가고
자 하는 곳으로 떠다니는 듯하다. 그는 콧노래를 하며 앞으로 갔
다 뒤로 갔다 손을 잡고서 뱅글뱅글 돌린다. 온몸으로 침투해 들
어오는 숲의 기운, 푸른 나무의 맑은 숨결, 부드러운 바람……
제이는 상큼한 숲의 공기와 나무와 바람과 하나가 되어 유민의

품안에서 그의 숨소리를 듣는다. 몸속의 외로운 세포들이 손을 내밀어 끊을 수 없는 끈으로 감아버린다.

유민은 어느 순간 허리를 감싸고 바짝 앞으로 끌어당긴다. 제이는 그의 목을 껴안고 가슴에 안긴다. 그의 메마른 풀냄새 나는 입술이 뺨에서 입술에서 느껴진다. 갑자기 후루룩하는 새소리가 들리고, 환한 달빛 줄기가 어둑한 나무 사이로 얼굴을 내민다. 숲 속 축제를 위해 새들이 지저귀고 있다.

*

여름날의 뜨거운 햇볕에 지친 나무들은 곧 다가올 계절 앞에 잠깐 휴식을 취하고, 뜰의 꽃들은 대부분 지고 색색의 장미꽃이 피었다 졌다 하며 향기를 내뿜고 있을 때였다. 유민은 진료를 위해 서울로 갔다. 서울로 간 다음날 제이는 한 통의 메일을 받았다.

사랑하는 제이 씨! 용산역에 도착했을 때는 가랑비가 땅을 적셔주고 있었어요. 저녁 어둠 속에서 흩날리는 빗줄기가 가로등 불빛에 튀겨져 빛가루처럼 보였어요. 그 순간 이 도시에서 겪은 기쁘고 슬픈 일들이 밀려왔습니다.

다음날 아침에 배낭을 메고 형님 집을 나와 병원에 갔어요. 의사는 자신의 진료기록이 써져 있는 대형노트를 보며 전처럼 똑같이 말하더군요. "지금으로서는 뭐라고 말할 수가 없습니다. 좀 더 기다려

봅시다." 또 그 불확실한 진단이었습니다. 기다리고 또 기다림 끝에 만난 의사는 무성의한 짧은 몇 마디 말을 합니다. 병원을 나와 대형 약국에 들러 한참을 또 기다렸습니다. 약을 또 한 보따리나 받았어요. 모든 게 똑 같습니다. 권태감이 치솟더군요. 난 이런 순간이 무서워요. 밖으로 나오자 햇빛에 눈이 부셨어요.

　서울에 온 것은 병원보다는 기억을 살려줄 어느 순간의 사물을 보고, 문득 걷고 싶었던 어느 저녁 거리를 밟아보기 위해서입니다. 어느 순간 불온한 안개가 몰려와서 이 몸을 소리로 묶어버리듯, 또 어느 순간 아침햇살과 같은 안개가 몰려와 풀어주기를 바라서입니다. 어느 순간 가슴속으로 들어와 빛나는 사물과 거리를 보는 것이 의무처럼 느껴지기도 했으니까요. 전에 살았던 후암동 거리를 돌아다녔어요. 내 의식이 변한 것인지, 거리 풍경이 변한 것인지, 기억 속의 장소나 거리를 찾을 수가 없더군요. 무엇보다 몸이 적응을 못했습니다. 용산역 앞을 지나 서울역 쪽으로 걸어가고 있을 때였어요. 머리 왼쪽에서 찌이익, 하는 소리가 나더니 어느새 왼쪽 귀의 뒤쪽으로 옮겨져 보이지 않는 밧줄로 동여매고 있었어요. 거리 한복판에서 소리로 결박을 당하고 있었죠. 그 순간 달빛 아래 대나무밭이 밀려왔습니다. 둘이서 가쁜 숨을 내쉬며 뱅글뱅글 춤을 추던 그 시간, 뭐랄까, 기쁨이 차올랐어요. 온몸을 감은 소리들이 풀어져 자유로운 존재로 떠도는 환상이 스쳤어요. 용산역을 지나 서울역을 지나, 남도 작은 도시의 길들을 지나 멀리, 멀리…… 바람 속을, 빗속을, 환상 속을 걸어 높은 데로, 높은 데로…… 그러다 어느 날, 어느 순간 높이 올

라가는 하얀 천사 같은 환영, 비로소 어둠이 걷힌 듯한 환영······

여름밤의 풍경이 따뜻한 체온을 그리워하게 합니다. 잠이 안 오는 늦은 밤이면 그대의 중심으로 들어가려고 육체의 구석구석은 슬프게 눈이 떠졌어요. 어디서 솟구치는지, 어느 순간 힘이 모아져 돌진하곤 했죠. 그대의 기도로 몸에 생기가 돌 때는 사랑의 확인처럼 그대 몸을 밤이면 탐하곤 했습니다. 이 또한 생기를 주려는, 사랑의 힘으로 일어서게 하려는 신의 응답인지요? 죽음과 생의 경계선에서 살아남기 위해 싸우는 가냘픈 존재, 그대를 사랑하는 나의 방식이 당신을 만나면 부끄러웠어요. 방사선으로 손가락 껍질이 벗겨져 선홍빛 살갗이 드러나는 허약한 당신에게 말입니다. 그런 새벽이면 간밤의 악몽을 날려보내려는 듯 일찍 깨어나곤 했습니다. 붉은 해가 떠오를 때 자리에서 일어나 창문을 열곤 했지요. 해가 빚어낸 몰아지경을 있는 그대로 보기 위해 눈을 껌벅거렸죠. 그럴 때 눈 가장자리의 신경이 찌르르 신호를 보냅니다.

이제 자신을 풀어놓고 싶습니다. 줄타기를 마쳤을 때, 또 곡예를 부려야 하는 끝간 데를 모르는 줄, 나를 결박하는 가는 밧줄, 굵은 밧줄······ 지금 약을 먹어야겠어요. 어느 땐 주사실에서 벌떡 자리에서 일어나고 싶다고 했죠? 숲길을 걸으면, 갑자기 살려달라고 하는 신음소리가 먼 곳에서, 가슴에서 들려오는 순간이 있었어요. 나는 허공으로 손을 내밀어······ 지난번 해질 무렵 뜰에서 제이 씨를 만났을 때 손을 잡고 숲길을 달렸어요. 서로의 환상이 피와 살을 입어 현실이 된 짤막한 어느 순간, 우리는 저녁 숲의 향기 속에서 하나가 되었어요.

　오늘 저녁, 길모퉁이를 돌아 형님 집을 향해 걸어오는데, 앞에서 누군가 다가오는 듯, 반딧불 같은 환영이 어른거렸어요. 그걸 잡으려는 듯 앞으로 빨리 걸어갔죠. 어느 순간, 그 형상은 제이 씨의 얼굴로 변했어요. 머리부터 발끝까지 헤아려 알아보는 듯한 미소, 영의 숨결이 느껴지는 웃는 모습, 신비하고 따듯해요. 이제 이 도시를 홀가분한 마음으로 떠나야겠어요.

　언젠가 산 너머 저쪽에 바다가 있을 것 같다고 말했잖아요. 우리 건강해지면, 어디 바닷가에 가서 며칠 묵으며 된장국에 따듯한 밥을 해먹어요. 제이 씨! 그런 따듯한 시간이 그리워요. 지금 밖에는 비가 내리고 있습니다. 한때 문학청년이었던 저는 지금 그 힘으로 메일을 쓰고 있습니다. 이 밤 안녕…… 서울에서 유민이가.

　종일 비가 내린다. 산속이라 비가 더 자주 오는 것 같다. 발자국 소리 같은 빗소리가 후두두 들리다가 어느새 굵은 빗줄기가 주룩주룩 수직으로 쏟아진다. 또 조금 있다 문을 두들기는 듯한 빗소리가 탁탁 들리다가 어느새 소낙비가 사정없이 퍼붓는다. 지상의 인간에게 복수하듯 비는 줄기차게 내린다. 하늘은 한 군데도 빈틈이 없는 잿빛이다.

　제이는 점심식사하고 휴게실에 가서 컴퓨터를 켜고 메일을 읽고 나서 창 쪽으로 간다. 숲속 젖은 나뭇가지에서 빗방울이 쏴아아 떨어져내린다. 숲에서 유민의 젖은 목소리가 울려퍼지는 듯하다. 지난 무더운 여름날의 쨍한 햇빛이 그리워진다. 제이는 유민이 언제 읽을지 모르지만 답장을 쓴다.

　사랑하는 유민 씨, 우리 정말, 언제 바닷가 마을에 가서 따뜻한 밥을 해먹어요. 지상 최고의 만찬이 될 거예요. 온돌방 책상에는 산에서 꺾은 일곱 송이 산국화가 꽂아져 있어요. 향이 짙은 그 하얀색 꽃을 보고 있으면 그리움이 자꾸 피어납니다. 꽃은 색깔과 형태와 향으로 지금 있는 자리에서 벗어나게 하는 묘한 힘이 있어요. 꿈속으로 날아가게 하고, 앞으로 나가게 향기로 잡아주기도 하고. 꿈대로 이루어진다고 속삭여주는 듯도 하고.
　우리가 살아남을 수 있다면 그것은 신의 사랑, 온기 때문입니다. 온기를 그리워하고, 또 채우려는 간절한 마음을 신도 버리지 않을 거예요. 저 아래 세상으로 건강한 몸으로, 다시 태어난 몸으로 내려가는 것이 우리의 꿈입니다. 그 꿈은 원기를 원하고 있어요. 머리보다 가슴이, 말보다 저 밑바닥 무의식이 뭔가 따뜻한 것을 찾고 있어요. 누군가의 따뜻한 체온을 느낄 수 있다면 힘이 나죠. 저 아래 세상에서 결박을 풀어버린 자유로운 몸으로 만나요. 나의 온기인 유민씨! 안녕.

*

그날 달빛 아래서 춤을 춘 뒤 하나의 새로운 공간이 생겼다.

어머니 집을 갈 때도, 준우의 시험기간에도, 병원 복도에서 기다릴 때도, 그 달빛 아래 대숲 공간으로 탈출한다. 그곳에서 잠깐 쉬었다가 생기를 얻어 일어서곤 한다. 병원에서 나와 길을 걸을 때, 유민이 숲에서 걸어나와 옆에 서 있는 듯하다. 달빛 아래 대밭에서 춤추던 그 시간은 환영이었을까. 주사실의 열망이 그에게 떨어져 무한을 향해 퍼져나간 것일까.

네 번째 항암치료를 끝내고 요양소로 내려온 다음날 새벽이었다. 제이는 새벽종소리에 깨어났다. 제이는 꿈속에서 걸어다니고 있는 유민을 보았다. 그가 걷고 있는 숲 언덕 저쪽 앞쪽엔 아침 햇살로 환했다.

제이는 일행과 함께 산을 오르기 위해 아침에 요양소를 나섰다. 유민은 보이지 않는다. 조금 산 쪽으로 올라가자 누런 황토 길이 나온다. 여름볕에 왕성하게 자라는 덤불나무들과 야생화가 싱그런 기운을 환우들에게 불어넣어 주고 있다. 앞서 가는 사람들은 산딸기를 따서 먹기도 하고, 골똘히 생각에 잠긴 얼굴로 걷다가 갑자기 웃음을 터뜨리기도 한다. 어떤 사람은 이 요양소로 오기까지의 사연을 얘기하고, 어떤 사람은 저 아래 세상에 대한 그리움을 털어놓는다. 그런 아래 세상은 하늘나라와 닿아 있다. 막막한 심정으로 길을 걷다가 창에 비친 불 켜진 따뜻한 거실에서 가족이 오순도순 얘기하는 것을 훔쳐보는 그런 곳, 그런 따뜻한 곳이 여기서는 아래 세상이다. 외딴 섬 같은 이곳에서 마지막까지 그리워하는 것은 사랑하는 사람이 있는 따듯한 장소이다. 사랑했던 기억이 떠돌아다니는 아래 세상은 여기선 하늘나라와 닿아 있다. 또한 병을 안겨준 탁한 공기 속에서 온갖 부패한 싹이 자라고 있는 살벌한 곳이 아래 세상이기도 하다.

"무얼 써 보려고 해도, 가슴이 답답해서 안 돼요. 자꾸 그 인간이 생각이 나네요."

최일심이 말한다. 다른 사람들은 시큰둥한 표정으로 그녀의 말을 듣기만 한다. 성원구만이 연민에 찬 얼굴로 그녀를 본다.

"그 돈 빌려준 사람이요? 그냥 잊어버리세요. 문학치료라는 것도 있잖아요. 자신이 좋아하는 글을 쓰세요."

"그 돈 안 쓰고 안 먹고 모은 돈인데, 사람이 그러면 안 되죠."

성원구 말에 다시 최일심이 말한다. 사람들은 최일심이 돈 애기만 꺼내면 자신에게 게의 껍질처럼 단단히 붙어 미치기 시작한 단 하나의 세포는 무엇이었는지, 생각하는 얼굴로 잠잠히 듣고만 있다.

"이 년이 지났어요. 시라도 한 줄 쓰려고 하면, 돈 생각이 나요. 억울해서 밤에 잠이 안 와요. 웃어대고 손뼉을 치며 산에 오른들 무슨 소용이 있겠어요? 살기 위해서라도 집념의 끈을 놓아버려야 하는데."

가까운 친구에게 오천만 원을 빌려주었는데, 지금까지 받지 못하고 있다고 성원구 쪽을 보며 말한다. 최일심에게 단단한 게의 껍질은 돈이다. 돈 때문에 어느 순간 세포 하나가 미쳐버린 것이다.

"누굴 미워하면 끝까지 미워하고, 좋아하면 끝까지 좋아하는 성격이라 힘들 때가 많지 뭐예요. 돈을 생각하면 머리가 터지도록 숫자를 이리저리 맞추며 생각한다구요. 집은 내가 가로로 뛰고 세로로 뛰어서 장만했지만, 빌려준 돈은 안 되네요. 자기 쓸 것 쓰면서, 안 갚고 버티는 친구의 뻔뻔한 성격, 이해 못하겠어요. 빌릴 때는 굽실굽실하더니, 겉과 속이 너무 다르잖아요. 약속은 약속인데, 그걸 어기면 다른 일이 잘 되겠어요? 그나저나 바로 이놈의 성격 때문에 병에 걸렸나봐요. 돈과 글. 둘 중 하나를 택해야 하는데 쉽지가 않네요."

"이 병은 스트레스가 적이에요. 마음을 돌려야죠. 문이 닫히면 새 문이 열리게 되어 있어요. 문 밖으로 나가봐요."

"문 밖을 나가면 뭐가 있는데요?"

"제가 있잖아요. 겪을 것 다 겪었으니, 이제 본인의 인생을 살아야죠."

성원구의 말에 환우들이 어색한 웃음을 짓는다. 최일심은 어깨에 날개를 달듯이 얼굴이 환해지면서 성원구를 본다. 성원구는 저 아래 세상으로 내려가도, 최일심을 만났으면 하는 마음을 내비친다. 아내와 사별한 지 오년이 되었는데 최일심을 보면 여자를 그리워하는 마음이 살아난다고 말한다.

"성선생은 어떻게 제 마음을 잘 읽어요. 실은 돈돈 하지만, 그것은 현실문제죠. 이 세상에서 할 수 있는 일은 다하고 싶어요.

그런 경험을 글로 쓰고 싶고요."

최일심은 옆에 누가 있더라도 자기 감정에 빠져서 말한다. 절제하지 못한 말들이 검은 파도를 몰고 올 것처럼 위태하게 보이지만, 그녀는 마음을 쓰지 않는다.

"건강을 위해서라도 자신이 하고 싶은 일을 해야죠. 자신의 본업으로 돌아갈 때가 진정한 의미의 완치라고 하대요."

성원구가 최일심의 말에 즉시 대답을 한다.

"저도 내려가면 미술학원 강사하면서, 그림도 다시 그려야겠어요. 여자의 기를 살려주는 선생님 덕분이에요. 딸 때문에, 남편과의 연은 무 자르듯이 잘라버릴 수가 없네요."

박해진이 성원구 쪽을 보며 말한다. 그녀는 보름에 한 번 서울에 가서 언니집에 맡긴 딸을 보고 온다. 별거 중인 전남편도 보름에 한 번 딸을 만난다고 한다. 딸을 통해 그의 삶을 엿보는데, 그게 슬프다고 되뇌곤 한다.

"다 잊어버려요. 그 사람은 다른 여자와 살고 있잖아요."

정우현이 미소를 띠고 부드러운 목소리로 말한다. 그러나 박해진의 눈은 성원구와 최일심을 보고 있다.

"마음을 단단히 먹었지만, 쉽지가 않네요. 저어, 남동생이 유민과 같은 회사 동료였어요. 유민 씨가 남동생 이름을 듣더니 얼굴이 하얗게 변해버렸어요. 뭐라고 혼잣말을 하며 자리를 박차고 나갔어요. 지난번 서울 가서 남동생에게 유민 씨 얘길 했어요. 무슨 사연이 있는지 얼굴이 굳어지더니 꼭 한 번 만나야겠다고 말했어요."

"운명이란 잔인한 겁니다."

박해진의 말에 정우현이 담담한 목소리로 말한다. 부드러운 바람이 불고 있는지 숲의 나무들은 살랑거리며 우우 노래를 부르고 있다. 나뭇가지 사이로 햇빛이 비쳐 짙푸른 숲은 빛과 그림자로 한 폭의 수채화 같다. 지금 유민은 영의 바람을 허리띠처럼 감고서 걷고 또 걷고 있는 것일까.

"운명이란…… 세포는 귓속말도 알아들어요. 살려면 웃어야죠. 자, 웃읍시다!"

성원구의 말에 모두 하하 호호 낄낄 웃어댄다. 웃음소리가 멀리 퍼져나간다. 숲 쪽에서 희미한 웃음소리가 메아리쳐 울려온다.

*

S병원의 암병동 주사실에서 주사를 맞는 40분간은 죽음이 뭐라는 것을 알려준다.

재깍재깍. 시간이 흐르고 있다. 1분, 2분…… 시간 속의 생명은 잔인하다. 죽음과 삶은 얄팍한 호흡으로 이쪽과 저쪽으로 나뉘어져 있다. 한 방울씩 뚝뚝 떨어지고 있는 주사약물 소리, 몸 안에서 뚝뚝 떨어지고 있는 피의 소리…… 그 피를 걸고 인생에서 불꽃 태우고자 했던 일은 무엇이었을까. 언젠가 마트에서 오다가 중식이 네거리의 모퉁이에서 여자와 서성이는 것을 목격했다. 그 순간 솟구쳤던 섬뜩한 생각, 선홍빛 같은 죄…… 아마 그 순간 세포 하나가 미치자, 또 다른 세포가 따라 미치기 시작했을 것이다. 바닷새, 안개 속의 자욱한 섬들…… 쓰러져가는 세포 구석구석을 향해 건센 파도가 밀려온다. 죄의 덩어리들이 잘게 쪼개져 휩쓸려간다. 주사바늘을 뽑아버리고, 유민이 걷고 있는 숲길로 달려가고 싶다. 미풍이 불어오고 햇살 비추는 아늑한 곳에 눕고 싶다.

*

제이는 유민을 만나기 위해 기차를 타고 요양소에 간다. 그는 자신이 가는 곳마다 어디나 따라다닌다. 아니 그녀가 그를 따라다닌다. 연극 포스터가 어지럽게 붙어 있는 혜화동 길에서도, 병원 복도에서도, 가는 곳 어디에나 그의 환영이 어른거린다. 주사실에선 숲으로 탈출하려는 욕구로 시계를 본다. 숲에서 불어오는 생기로 주사실에서 견딘다. 요양소와 주사실, 그 두 세계에서 그를 만난다.

격주로 한 번 있는 음악치료시간이다. 광주에서 온 버스 한 대가 요양소 뜰에 도착하자 사람들이 우르르 내렸다. 머리를 바글바글 파마한 중년여자 서너 명이 산책 나가는 제이에게 다가와 화장실이 어디냐고 급한 목소리로 묻는다. 몇몇 사람들은 핸드폰을 귀에 대고 잘 안 터지는지 큰 목소리로 말한다. 떼를 지어요양소 안을 동물원 구경하듯 훑어보며 돌아다니는 사람도 있다.

"뭐라고라? 나 지금 봉사왔당께라. 암환자들 위로하러. 여긴 지대가 높아 잘 안 들리구먼. 큰소리로 말해봐요. 이걸 해야 봉사 점수 딴다께롱."

검게 그을린 얼굴에 고단한 삶의 흔적처럼 검버섯이 군데군데 나 있는 중년여자가 전화하고 있다. 고요한 요양소가 시장바닥처럼 시끌시끌해졌다. 그들은 위로하기 위해 왔지만, 그들의 얼굴엔 방향도 없이 질주하는 사람들의 불안과 두려움의 그늘이 서려있다.

예배실은 몇몇 환우들과 외부에서 온 사람들로 웅성대고 있다. 카우보이 모자 쓰고 청바지를 입은 사십대 초반의 음악강사는 강대상에 올라가 기타를 치기 시작했다. 그는 「메기의 추억」을 친 다음에 「송어」를 기타로 치며 스스로 흥에 겨워 노래를 불렀다. '나그네 길 멈추고 언덕에 앉아서 거울 같은 강물 위에 숭어를 보네.'

노래가 끝나자 제이는 밖으로 나왔다. 여기저기서 큰 소리로 핸드폰으로 전화하고 있고, 서너 명의 사람들은 종탑 아래 벤치에 앉아 대화를 나누고 있다. "콜라상자가 안 보이는데, 어쩌쓸까." 한 손에는 핸드폰을, 한 손에는 작은 수첩을 들고 있는 얼굴이 가무잡잡한 여자가 말한다. "회장님, 너무 신경 쓰지 말아요. 하루 안 먹으면 뭐, 배탈이라도 나나요?" 등산복에 선글라스를 쓰고 주머니에 손을 넣고 있는 홀쭉한 남자가 말한다. "총무님은 뭘 그리 쉽게 말해요. 홍어회와 보쌈김치에는 콜라가 제격인데. 요양소 사람들은 단것, 짠것, 기름진 건 안 먹어라. 밥상이 그린 필드라니까요. 우리로서는 이게 단합대회인디."

외부에서 온 사람들의 축제가 한바탕 벌어질 모양이다. 몇몇 환우들만 보일 뿐 다들 어디 갔는지 보이지 않는다. 제이는 마음이 허전해 뒤뜰의 개집 쪽으로 걸어간다. 해피와 곰돌이가 장독대 쪽에서 꼬리를 흔들며 달려온다. 해피는 낡은 공을 가지고 곰돌이와 논다. 개들과 함께 하는 한낮 축제를 위해 땡그랑 종소리가 울린다.

*

본관 옥상에서 오후 요가 시간에 참석하고 각자 숙소로 돌아가 휴식을 취할 때였다. 차량 한 대가 들어오고 박해진이 안경 낀 남자를 데리고 숙소로 들어가더니 다시 밖으로 나와 뜰을 거닐고 있을 때였다. 산에서 돌아오던 김유민은 두 사람을 보자 놀란 얼굴로 걸음을 멈추었다. 박해상이었다. 아래턱의 윤곽이 뚜렷하고 눈빛이 날카로운 그는 검은 바탕에 붉은 줄무늬 재킷을 입고 있었다. 유민이 어깨를 펴고 박해상 쪽으로 뚜벅뚜벅 걸어간다. 박해상도 어정쩡하게 서 있다가 그에게 다가간다. 숲은 침묵 속에서 다가올 어둠을 위해 휴식을 취하고 있다.

제이는 종탑 아래 벤치에 있다가 그들을 보았다. 박해상이 무슨 말을 하자, 김유민은 그의 뺨을 냅다 한 대 쳤다. 안경이 땅에 떨어지자, 박해상은 눈을 찌푸리며 유민을 세차게 밀었다. 유민은 넘어질 듯하다가 중심을 잡고 해상에게 다가갔다. 감나무 밑에 서 있던 해진이 다가가 안경을 동생에게 건네주자, 그는 재빨리 쓰고선 두 손으로 얼굴을 만져본다. 오른쪽 눈두덩이 밑이 푸르딩딩하다. 제이도 그들 곁으로 가까이 다가갔다.

"누나한테 네가 여기 있다는 말을 들었어. 세상은 정말 좁아. 죄짓고는 살 수가 없는 것 같아. 넌 내가 널 고발했다고 알고 있을 거야. 나는 영업부 팀장으로서 단지 회사 내부의 여론을 모아 부장에게 올린 것뿐이야. 그게 진실이야."

"그게 진실이라고?"

"우린 친한 친구였어. 처음엔 너를 많이 찾았어."

"난 달라졌어. 더 이상 네가 생각하는 내가 아니야. 내 앞에서 당장 꺼져!"

유민이 그의 멱살을 잡자, 해상은 유민의 손을 잡아 내려놓았다.

"회사를 그만두려고 해. 의사 말로는 신경쇠약이라 쉬어야 한다고 해. 좀 쉬고 나서, 남동생이 살고 있는 캐나다로 이민을 가려고 해. 가기 전에 꼭 너를 만나고 싶었어."

"배신자!"

"너도 배신자야. 너만 옳고 우린 모두 거짓말쟁이란 말이야? 우리도 살기 위해 그런 거야. 너만 정의로운 사람이고, 우리는 모두 악인이 되어버렸어. 화해하고 싶었어."

"화해가 뭔대?"

"너만이 옳지 않다는 거야."

"말이 통하지 않아. 시작과 끝이 전도되어버렸어."

말의 꼬리에 꼬리가 이어져 의도와는 다른 방향으로 나아가 오해와 거짓으로 질퍽거린다. 진실은 눈이 가려지고, 공허한 대기는 잿빛으로 가슴을 조이게 한다.

"해진 누나한테 머리에서 소리가 나는 젊은이가 요양소에 있다는 소리를 들었는데, 그게 너라니……"

박해진은 말을 잇지 못하는 동생의 어깨를 붙잡고 안으로 들어갔다. 해는 구름 뒤로 숨어버리고, 사방이 어둠침침하다. 종로 꽃시장을 가면서 읊조렸던 간구의 말들이 어지럽게 춤을 추는 듯하다. 그를 버리시나이까? 제이는 입술을 달싹거리며 유민 곁으로 다가갔다. 유민은 박해상을 만나면 물어보고 싶은 말이 있다고 했다. 왜 날 괴롭혔어? 그 말뿐이었는데, 말보다 먼저 주먹이 올라간 것을 아파했다. 제이는 유민의 손을 잡았다. 유민이 한 손으로 제이의 어깨를 감싸고 본관 쪽으로 걸음을 옮겼다.

다음날 유민과 박해상은 다시 휴게실에서 만났다. 두 사람은 둥근 탁자를 사이에 두고 마주앉았다. 탁자 위엔 오렌지 주스가 담긴 유리컵이 놓여 있고, 박해진과 제이는 문 입구 쪽 의자에 앉았다. 창 밖의 숲은 부드러운 햇살과 나무그늘로 명암이 드리워져 한 폭의 은은한 수채화 그림 같다. 벽시계는 오후 네 시를 가리키고 있다. 시간은 낮을 뒤로 하고, 어두운 곳으로 방향을 돌려 조금씩 다가가고 있다.

"누나한테 너 소식을 들은 뒤부터 언제 한번 꼭 오려고 했어. 너를 만나야 내가 지옥 같은 날들에서 벗어날 수 있을 것 같았어."

박해상의 안경 속의 날카로운 눈엔 연민의 그늘이 어려 있다.

"왜, 고자질했어?"

"내가 아니야. 황기수가 그랬어. 넌 날 오해하고 있어."

"그럼? 어제하고는 말이 다르잖아. 난 기수랑 나쁠 이유가 없어. 우리는 입사동기고, 마음이 맞아 친하게 지냈어. 또 기수는 인사부인데, 어떻게 사정을 알아?"

"경리부에 가까이 지낸 미스 강 있잖아. 미스 강이 말해주었다고 해."

"그럼, 네 말을 믿으라는 거야? 네가 나한테 원하는 건 뭔데?"

"넌 항상 착했잖아. 남을 배려했어. 그게 너야."

"착한 사람은 당하고 얻어터지게 되어 있어. 네가 보는 나는 내가 아냐. 네가 말하는 나라는 사람은 나도 몰라."

"너 때문에 회사 타격이 컸어. 경쟁사인 '써보이'가 그걸 빌미삼아 우리 회사를 제압하려 한다는 소문이 떠돌았어. 회사 여론은 주동자를 내몰자는 쪽으로 기울었어. 나는 그편에 섰을 뿐이야."

"또 말이 달라졌어. 넌 끝까지 자신을 합리화하고 있어. 너 때문에 난 병들고 이 꼴이 됐어."

"너 때문에 난 이중인간이 돼버렸어."

드디어 박해상 입에서 이중인간이라는 말이 튀어나왔다.

"진실이 더러워졌어."

유민이 자리에서 일어나 주먹으로 그의 뺨을 갈겼다. 그러고 나서 유리컵으로 그의 얼굴을 내려치려다가 비명을 지르며 쓰러졌다. 입구 쪽에 앉았던 제이와 해진이 재빨리 달려왔다.

"머리가 어지러워 터질 것 같아. 피, 피가 나올 것 같아……"

유민이 제이의 손을 잡으며 말했다. 낯빛이 새파랗게 질린 해진은 남동생을 부축해 그 자리를 떴다.

다음날 마당가의 꽃밭을 거닐며 유민이 제이에게 말했다.

"해상이 나에게 원하는 것은 파멸이에요. 그는 단순하게 불을 질렀지만, 나는 타버렸어요."

유민은 가해자라고 믿었던 친구 앞에서 흥분과 분노를 이기지 못하고 나가떨어졌다. 박해상은 자신이 어떤 일을 저질렀는지 알지 못한다. 궤도 안의 사람은 궤도 밖의 사람을 알 수 없다. 두 사람 사이로 슬픈 강물이 흐르고 있다. 강물은 어디에서 어디로 흘러가는지 알지 못 한다.

*

아침에 일어나 커튼을 젖히자, 유리문 밖의 검푸른 나무들이 바람에 흔들리고 있다. 나무 사이로 희부연 하늘이 비친다. 제이는 식사를 마치고 종탑 아래 벤치로 갔다. 박해진이 뒤따라 나왔다. 무슨 말을 해야 할지 서먹서먹하다. 맑고 큰 눈에 성격이 서글서글한 그녀는 사람들에게 호감을 준다. 자신 속으로 깊이 들어가 무언가를 늘 더듬고 있는 것 같다. 요양소에서도 늘 책을 읽고 있다. 언젠가 한번 깊은 대화를 나누고 싶었는데, 둘 사이에 벽이 생겨버린 것 같다.

"동생이 오늘 아침 일찍 떠나버렸어요. 고집도 세고, 공부하듯이 무얼 파헤치는 면이 있어요. 별명이 정의파였어요."

"그래서 그런 일을?"

"해상이는 무엇이든지 철저하게 해요. 그게 병이에요. 강박관념이라고 할까? 요즘은 이곳 생활도 외롭기 마찬가지예요."

무슨 이야긴가 했더니 박해진은 자연스럽게 자신의 심정을 고백한다.

"성원구 씨 괜찮지 않나요? 여기 와서 따듯한 사람을 찾았는데, 그분은 다른 사람한테 정신이 팔려있고. 거기다 동생 문제까지 겹쳐서, 유민 씨 보기가 민망해요."

제이는 요양소가 산속 고요한 치유 센터가 아니라 저 아래 세상 사람들이 그대로 자리를 옮겨 이 높은 데서 살고 있다는 생각이 든다. 해피와 곰돌이가 두 사람을 향해 꼬리를 흔들며 껑충 달려온다. 속이 깊은 해피는 두 사람의 어두운 얼굴을 보더니 근심어린 얼굴이 된다. 곰돌이는 그냥 좋아서 뛰어다닌다. 숲의 나무들은 바람에 떨고 있다.

*

    지난 여름 푸른 육체의 기운으로 한바탕 축제를 벌였던 나무들은 이제 새로운 계절을 준비하고 있다. 구월이 가까이 다가올 채비를 하고 있다. "지난번 태풍 때 앞집 기왓장이 막 날아다니더라. 캄캄한데, 꼭 죽은 영혼들이 날아다니는 것 같더라. 갑자기 변해버린 날들이 수상하지. 네가 아프지만 나에게는 힘이 된다."

    다섯 번째 치료를 위해 서울집에 왔을 때였다. 라디오에서 흘러나온 베토벤 「환희」 합창소리에 콧노래를 부르며 달밤 숲 속에서처럼 뱅글뱅글 춤추고 있는 모습을 보고 어머니가 말했다. 제이는 어머니의 따뜻한 말에서 힘을 얻어 준우에게 말한다. "조금만 참아주렴. 건강해지면 잘해줄게. 그때 여행 많이 다니자." 준우는 전보다 더 재밌게 학교나 학원에서 일어난 얘기를 들려준다. 준우는 무엇이든지 혼자서 헤쳐나가야 한다고 스스로 다짐하는 것 같다. 그런 준우에게 무엇이든 다 해주고 싶은 마음이 솟구쳐오른다. 제이는 어머니에게 준우를 떠맡기는 것 같아 마음이 무겁다. 갈수록 어머니는 마음이 통하는 친구처럼 느껴진다.

    초등학교 동창을 만나고 온 날 어머니는 안개 속에서 각자 이야기 보따리를 들고 나타난 친구들에 대해 말했다.

"친구들을 만나면 초등학교 시절로 돌아간 것 같아야. 그때의 반장이 지금도 반장같고, 그때 한 가닥 노는 애들이 지금도 잘 놀고, 나는야 어린시절의 내 성격대로 인생을 살아온 것 같구나. 그때 어른들 속에서 꼬마인 내가 몰래 보았던 영화들이 내 인생의 길잡이가 된 것 같다니까. 〈며느리 설움〉 같은 영화를 볼 때는 며느리들은 원래 슬프구나, 하고 생각했어. 깡패가 나오는 영화는 무섭지만 의리가 뭔지 알 것 같았고, 서부영화를 보면서는 올바른 사람이 이기는 것을 배웠고, 그냥 내 인생 앞날에 무엇이 있는지 모르지만, 그냥 밀고 나가다보니 네가 생기고, 손자가 생기고, 너랑 준우 곁에서 지금이 행복하구나."

지난한 세월의 흔적처럼 어머니의 얼굴은 어쩔 수 없이 거뭇거뭇한 반점들이 뚜렷해지고 있다. 제이는 그 흔적에서 자신이 겪어보지 않은 세월의 아픔을 느낀다. 어머니의 슬픔이 자신에게 닿아 강물이 되어 흐른다. 여자의 강물은 저 너머 어디로 홀로 기뻐하고 슬퍼하며 흘러간다.

가을을 재촉하는 비가 내리는 날이었다. 제이는 유민의 메일을 받았다.

박해상을 미워하는 것이 죄가 되었어요. 내가 누구인지 잊어버리는 순간 햇살 속에서 마음이 평안해집니다. 박해상을 용서하고 안하는 것은 중요하지가 않아요. 이제 그를 미워하지 않아요. 살기 위해

서 그랬다는 그의 입장도 이해가 가죠. 모든 것이 다 내 문제이고, 신의 문제라는 생각이 듭니다. 모든 것을 그분께 맡깁니다. 요즘은 달빛 아래에서 춤추던 풍경이 때 없이 밀려옵니다. 둘이서 손잡고 무슨 암호 같은 노래를 흥얼거리며 뒤로 갔다 앞으로 갔다 뱅글뱅글 춤추며 어느 순간 그대에게 입맞춤했던 시간이, 바람과 새소리와 푸른 숲의 공기로 사랑이 압축된 듯한 그 시간이, 입으로 가슴으로 혼으로 느꼈던 그 팔딱거리는 시간이 영원한 현재처럼 느껴집니다. 컴퓨터 앞에 앉아 있으면 머리가 더 아파요. 그러나 제이 씨에게 쓸 땐 이상하게 힘이 생겨요.

내 사랑, 오늘 밤도 안녕.

메일을 읽는 동안 빗소리가 창문을 때리고 있다. 빗소리에 그의 목소리가 가슴으로 젖어든다. 저어 뭐라고 할까요? 그러니까…… 그의 젖은 목소리가 귓가에 맴돈다. 제이는 창가로 가 어두운 밖을 본다. 비가 톡톡 떨어지는 소리가 유민이 다가오는 발걸음 같다. 주사실에서 어두운 바닥으로 떨어지고 있으면 어두운 영도 따라 오고 있었다. 온몸을 짓밟은 그 영이 유민 속에 들어가 그를 고통으로 내몰고 있다. 그는 머리에서 소리가 들리는 순간 반사적으로 드넓은 창공을 더듬는다. 살기 위해 끝까지 환한 것, 환한 허공으로 두 손을 뻗는다. 그가 지친 몸으로 산에서 내려올 때 어느 순간 광채가 스치는 것을 본다. 어둠과 빛이 교차하는 그의 모습은 주사실에서 고통을 견딜 수 있게 해주는 묘약처럼 느껴진다. 그의 입 밖으로 터져나간 절규가 그가 사랑하는 숲을 울게 만든다. 새들은 침묵을 하고, 해는 구름 뒤로 숨어버린다. 그가 고통 속에서 침몰할 때 사랑은 더욱 뜨거워져,그의 심장에 꽂힌다. 풀냄새 나는 그의 입술이 뺨에서 느껴진다. 제이는 포근한 빗소리를 들으며 방 안을 거닐다 잠이 들었다.

*

　다섯 번째 치료를 받고 요양소를 찾았을 때는 산그늘로 숲은 침침하고, 뜰의 사철나무와 세 그루의 감나무 잎엔 지는 햇살이 반짝거리고 있었다. 가지마다 주렁주렁 달린 감들이 구월의 부드러운 햇살에 주홍빛으로 물들어 가고 있었다. 제이는 복도 끝의 방에서 가방을 정리한 뒤 종탑 아래 벤치로 갔다. 숲그늘이 대기 속으로 퍼져가는 시간, 저쪽 길 입구 쪽에서 하얀 챙모자가 움직이는 것이 보인다. 계곡 물소리와 흐릿한 산의 윤곽과 회색 대기 속에서 김유민이 작은 하나의 물체처럼 움직이다가 어느 순간 빠른 걸음으로 뜰 쪽으로 올라온다. 얼마쯤 걷다가 걸음을 멈추고 계곡 옆의 산 쪽을 바라보다 다시 걷는다.
　지난번 주사실이었다. 제이는 몽롱한 의식으로 어딘지 모를 캄캄한 바닥으로 떨어져내리고 있었다. 그러다 유민을 더듬다가 잠이 들었다. 주사바늘을 꽂은 채 그의 옆으로 다가가자, 자신을 알아보고는 손을 잡고 익숙한 산길로 올라갔다. 얼마쯤 가자, 전

망 좋은 곳에 우람스러운 나무 한 그루가 보이고, 그는 그 아래로
가 자리에 누웠다. 햇살이 나뭇가지 사이로 스며들고 부드러운
바람에 나뭇잎들이 살랑거렸다. 제이는 그의 품에 쓰러졌다. 서
로의 허기를 빨아들이며, 서로의 가슴에 온기를 흘려 보내는 그
기운으로 눈을 뜨자 주사실이었다. 어느새 37분이 지나 있었다.

저녁식사 시간에 유민이 보이지 않는다. 제이는 습관처럼 그
를 찾는다. 얼마 있다 사람들이 자리에 앉아 먹기 시작할 때 그
가 약간 상기된 얼굴로 들어와 식판에 음식을 담고 빈자리로 가
앉는다. 그가 자리에 앉아 주위를 둘러보다 제이와 눈이 마주치
자 미소를 짓는다.

방으로 들어와 얼마 있다 휴게실로 나갔다. 회원들이 차를 마
시며 얘기를 나누고 있다. 유민이 보이지 않는다.

"우주에는 여러 가지 파장이 있는데, 사랑 파장을 받아야 기가
살아납니다."

성원구가 최일심을 보며 말한다. 그의 말에는 씨앗이 들어있
다. 씨앗은 사랑이다. 그는 최일심을 향해 꾸준히 씨앗을 뿌린
다. 최일심은 재빨리 그 씨앗을 받아들여 푸른 싹을 틔워 성원구
에게 돌려보낸다. 푸른 잎들은 암호와 신호로 출렁인다.

"미치지 않고 살려면 따뜻한 애정이 필요한데, 난 항상 결핍
속에서 살았어요. 지금은 마음이 편안해요. 좋은 사람을 만났기
때문인가 봐요. 이제는 내 자신을 사랑하면서 살아야겠다고 마

음을 다잡아요. 내 일도 열심히 하고. 선생님은 국어를 가르쳤으니까 고급독자잖아요. 선생님이 제 글을 좀 봐주세요."

최일심은 자신의 꿈에 대해 말을 할 때 눈이 빛난다. 자신을 사랑하면서 살겠다는 말할 때는 사람들이 미소를 짓는다. 자신을 너무나 사랑해 전체 분위기가 흐려지는데, 사랑 사랑하니까, 사랑이라는 말이 코믹하게 들려온다. 그런 그녀를 박해진은 두 눈을 크게 뜨고 의아한 얼굴로 바라본다.

"최일심 씨는 열정이 많아요. 감정도 풍부하고. 원하는 것이 있으면 얻잖아요. 그런 용기가 부러워요. 저는 생각이 많아서 쉽게 뭘 밀고 나갈 수가 없어요. 건강해지면 돈을 벌어서 여행가고, 또 벌어서 떠나고. 전공을 살려 수채화도 그리고. 오다가다 로맨스가 생기면 즐기고. 우연히 생긴 로맨스는 공짜라 좋아요. 이 세상 좋은 것은 다 공짜잖아요. 하늘, 바다, 공기, 숲……"

박해진은 말하고 나서 창 밖 어두운 숲을 본다. 눈빛에 스치는 허무한 그늘이 사람을 끌어당긴다. 제이는 그 눈빛이 어디서 본 듯하다. 마당에서 유민을 처음 봤을 때 스친 자신의 표정이었을까. 정우현은 박해진을 깊숙한 눈으로 본다. 시선이 마주치자 두 사람은 둘만이 아는 미소를 주고받는다.

"그때 같이 다닙시다. 여행이 이 병에 좋다고 하니까, 좋은 공기 마시며 살아야죠."

정우현이 용기와 힘을 주는 말을 한다. 이곳에 온 사람들은 몸이 아파도 대수롭게 여기지 않다가 병원에 가서 어느 부위가 나쁘다는 진찰을 받고 큰 병원으로 옮긴 사람들이 대부분이다. 그 사이에 가까운 림프절로 전이가 되어 있거나 2기에서 3기가 되었다는 말을 듣게 되기도 한다. 3기에서 4기가 되었다는 말은 죽음이 문 앞까지 바짝 다가와 곧 쳐들어올 거라는 선전포고처럼 들린다. 이런 경우 인생이 너무 억울한 것이다. 억울한 사람끼리 할 수 있는 말은 힘이 되는 말뿐이다.

"얼마 전에 남동생이 왔잖아요. 그렇게 한판 벌어질지 몰랐어요. 근데 유민 씨가 쓰러졌잖아요. 요즘 동생은 신경정신과에 다니고 있어요. 가슴이 답답하고 두렵다는 생각이 너무 자주 들어 병원에 갔더니 강박증이라고 하드래요. 치료가 끝나면 남동생이 있는 캐나다로 이민을 갈 거예요."

박해진은 차를 마시며 담담한 목소리로 말한다.

"남동생이 회사에서 유민 씨를 왕따시킨 장본인이라는 말이 맞아요? 유민 씨 눈에 불이 켜진 건 처음 봤어요. 제가 보기에는 두 사람 다 회사조직의 피해자로 보입니다. 유민 씨도 인간이죠. 그렇게 한 대 때리니까, 훨씬 더 인간적으로 보이던데요."

성원구가 근심어린 얼굴로 박해진을 보며 말한다.

"제이 씨는 아래로 내려가 건강해지면, 어떤 인생을 살고 싶으세요?"

최일심이 말을 바꾸어 묻는다. 그녀의 얼굴에 불안의 그늘이 어려 있다. 죽음이 언제 닥칠지 모르는 사람들에게 기쁨은 잠깐이고 두려운 그늘은 시시때때로 몰려온다.

"지금까지 살아온 인생과는 반대로 살고 싶어요."

유민이 보여주는 세상은 새롭고 경이롭다. 소리로 묶여진 유한한 그가 무한한 세계를 향해 발버둥친다. 병은 운명을 바꾸어놓고, 그 운명은 알 수 없는 곳으로 높이 올라갔다 깊이 떨어졌다 넓게 확장한다. 유민을 따라가는 것은 고통 속에서 훔쳐보는 죽음 너머의 광채이다.

"지금까지는 다른 사람을 위해 살았단 말인가요?"

다시 최일심이 묻는다. 그녀는 무엇이든지 알고싶어 한다. 새로운 공기와 꿈과 사랑으로 미쳐버린 자신의 세포를 일으켜 세우려고 한다.

"그냥 허둥지둥 살았어요. 지금 생각하니까, 그건 누구를 위한 삶도 아니었어요."

"최일심 씨는 정말 몰라보게 얼굴이 밝아졌어요. 예쁘기도 하고. 이제 거의 나은 사람처럼 보여요."

성원구의 칭찬에 최일심은 어깨를 펴고 자신이 요즘 쓰고 있는 「병과 새출발」이란 시에 대해 말한다.

"병은 고통을 주지만, 그게 다가 아니예요. 또 다른 삶의 새로운 시작이기도 해요. 이참에 잃어버렸던 자신을 찾는 것, 세상 보는 눈이 높고 깊어진 것, 다 고통의 산물 아닌가요?"

최일심이 한 손으로 앞머리카락을 귀 뒤로 넘긴다. 조금 있다 다시 그 머리카락을 목덜미 쪽으로 흩어지게 한다. 하얀 얼굴에 가늘고 흰 목덜미가 요염하게 보인다.

"지난번 병원에 갔더니 암세포가 많이 줄었대요. 여긴 음식과 공기가 좋아 얼마간 더 있으려고 해요. 내려가면 기타도 배우고 춤도 배우고. 그러다 보면 자연 글도 좋아지겠죠."

최일심은 자기를 한 단계 높여줄 대상을 향해 질주하려고 한다. 저 아래 세상에 내려가면 성원구조차 하나의 디딤돌로 여기며 스쳐지나 가버릴 것만 같다. 자신 속에 빠져 자기 멋대로 살다가 어느 순간엔 스스로 함정에 빠져버릴 것 같은 공기가 맴돈다.

"촬영공부를 해서 다큐멘터리 감독도 하고 싶다고 하지 않았나요? 언젠가 들은 것 같은데. 사람이 중심이 있어야지, 한 우물을 파야지. 최일심 씨는 본능적이고 너무 솔직해 말릴 수 없어요. 아무튼 독자로서 앞으로 지켜보겠습니다."

성원구는 앞으로 최일심과 사막의 오아시스 같은 장소를 꿈꾸고 있다. 자신의 꿈을 향해 질주하려는 최일심과 눈앞에 보이는 사랑을 쟁취하려는 그의 부딪침이 갈수록 위태로워 보인다.

육지의 섬 같은 산속 요양소의 저녁이 깊어가고 있다. 어두운 밤바다에 떠있는 외로운 섬은 앞섬 옆섬에게 도란도란 말을 건넨다. 비안개 자욱할 때 파도에 실려 내뱉는 외로운 신음소리와 허기진 말, 문득 떠오르는 그리운 사람들, 죽음이 갑자기 닥칠 것 같은 두려움…… 그럴수록 살고자 하는 뜨거운 욕구…… 환우들은 건강한 자신의 모습을 그리며 적막한 하루를 보낸다. 밤이면 죽음이 가까이에서 얼씬거린다. 죽지 않고 살아남기 위해 시도 때도 없이 신을 찾는다. 살려주세요! 창 밖의 어두운 숲은 자신 속에 달라붙어 있는 죄의 검은 형체로 보인다. 하루에도 여러 번 하늘을 향해 날개를 펴거나, 어두운 곳으로 추락한다.

이곳 사람들은 오해나 착각 속에서도 서로에게 겨울의 따스한 햇살 같은 존재가 되고자 한다. 혈색이 안 좋고 얼굴이 야위어 보여도 사실대로 말하면 안 된다. 악성세포가 줄어들었다는 말도 자칫 자랑으로 보일까 조심해야 한다. 복도 끝방에 있는 오십 대 여자는 유방암인데 겨드랑이 임파선으로 전이가 되었다. 날이 흐리거나 비가 오면 고통으로 짓눌린 소리가 복도를 울린다. 모두가 희망으로 고통을 견디어야 한다. 집이나 병원에 갔다올 때마다 제철과일이나 견과류나 허브차 같은 선물보따리를 가지고 들어온다. 함께 나누어 먹으며 게의 껍질 같은 단단하게 붙은 세포들이 떨어져나가길 바라면서 웃어댄다. 웃음소리가 숲의 어둠 속으로 빨려들고, 계곡 물소리는 빨리 꿈속으로 들어가게 한다. 내일 새벽 종소리가 울리면 일어나 가짜웃음을 웃으며 진짜로 몸이 변화되기를 갈망한다.

*

산길 입구에서 조금 올라가다 오른쪽으로 들어서면 산자락에 둘러싸인 평평한 대나무밭이 나온다. 짙푸른 대나무들은 굳은 의지의 표상처럼 위엄있게 서 있고, 싱싱한 댓잎들은 사람들을 반기듯 살랑거리고 있다.

대나무밭에서 하는 운동치료 시간이다. 엷은 연둣빛 모시한복을 입은 태극권 강사의 목소리가 대숲 사이로 흘러 이쪽저쪽에서 메아리치고 있다.

"여러분의 지난날은 다리 밑 강물이 이미 지나가버린 것같이 흘러가버렸습니다. 머리의 천문을 통해, 발바닥의 지문을 통해, 손바닥을 통해 우주의 기운이 들어오게 하십시오. 악집, 죄집, 병집의 세포 하나하나를 쓰러뜨리고 우주의 생기를 불어넣으십시오. 우리 몸속의 모든 세포는 우리의 생각을 엿듣고 있습니다. 자아, 발바닥에 힘주고, 윗몸은 힘을 빼고 서서 무릎은 살짝 구부리십시오. 그 상태에서 살랑살랑 손을 흔들어 주세요. 속의 굳어진 것들이 빠져나가는 것을 상상하면서, 살랑살랑 손을 흔드세요."

저쪽 대나무밭 가장자리에서 유민이 산 쪽을 보고 있는 모습이 보인다. 속이 텅 비었지만 푸른 기운으로 가득한 대나무처럼 비친다. 그는 어디 있든지 자신 속으로 들어가 있는 것 같기도 하고, 마음은 어디로 떠돌고 있는 듯도 하다.

"각자 자기 나무를 정하고 다가가세요. 두 손으로 나무를 감싸고 정기를 맡으며 말하십시오. 너를 사랑한다고. 나를 도와달라고. 사랑은 암에 대항하는 신비의 에로스 화살입니다. 가장 강력한 예방주사입니다."

제이는 튼실하게 위로 뻗어 있는 한가운데의 왕대나무에게 다가간다. 두 손으로 대나무를 어루만지다 이마를 대자, 속에서 맑은 숨소리가 새어나오는 듯하다.

"몇십 년 만에 너를 만져본다. 어린시절 너희들에게서 정기를 마시며 자랐어. 대나무야! 널 잊지 않았어. 그 시절의 정기와 기운을 지금 나에게 심어다오."

제이는 대나무집 딸이었다. M시의 고향집 창고엔 짙푸른 대나무가 가득 쌓여 있었다. 창고 곁을 지날 때는 싱그런 대나무 향이 밀려왔다. 고향집을 떠난 뒤에도 어린시절 그 대나무 향이 그리워지곤 했다.

"계속해서 살랑살랑 손을 흔들어 주십시오. 몸속의 굳어진 것들이 나가고, 정상적인 세포들은 제자리를 향해 기어든다고 상상하십시오."

굳어진 생각과 불필요한 세포들이 몸 밖을 빠져나가는 상상을 하며, 제이는 힘껏 숨을 들이마신다. 댓잎 사이의 희미한 햇살이 그녀를 감싸고 있다. 저쪽 굵은 대나무에 기대고 있는 유민이 안타까운 얼굴로 제이를 바라보고 있다.

운동치료가 끝나자, 환우들은 생기어린 얼굴로 좁은 산길을 따라 내려간다. 그들의 맑은 웃음소리가 산자락으로 스며든다. 제이는 친구 같은 한가운데 우뚝 선 왕대나무 곁으로 가 두 손으로 껴안는다. 돌아오는 겨울, 그리고 봄, 지켜주렴. 너도 건강히 잘 지내렴. 푸르디푸른 기운이 응답하듯 꿈틀거리며 몸속 깊숙이 쳐들어오는 듯하다. 유민이 다가온다.

"어제 저녁 모임에 보이지 않아서 걱정했어요."

"어제는 구름이 끼고 날이 흐렸어요. 어지러워 산속을 마구 걸어다녔어요. 머리에서 휘이휘이 소리가 나니까 걸을 수밖에 없었어요. 박해상을 만난 뒤로 소리가 더 심하게 들려요. 갑자기 심장이 멎은 듯하고 호흡이 빨라지고. 그럼 걷는 시간이 더 길어져요. 해상이가 정신과에 다니다니…… 난 죄인이 되어버렸어요. 이제 내 힘으로 끝까지 할 수 없는 것은 그냥 다 내려놓으려고 해요. 신이 원하는 것이 무엇인지 두드려도 들려오는 소리는 없어요. 어떤 삶의 결과를 맞이하든 버림받은 것이 아니라고 생각해요. 침묵 속에서도 한 사람의 운명을 완성시키려는 손길을 느껴요."

어제의 흔적을 알리는 듯 그의 옷자락엔 부서진 가랑잎이 묻어 있고, 회색 운동화엔 황토 흙이 묻어 있다.

"해상을 때린 것은 내 한계를 드러낸 거죠. 그게 고통스러워요. 죄가 무엇인지 모조리 토해내고 싶지만, 이제 죄가 무엇인지조차 희미해져버렸어요. 요즘은 저쪽 산등성이까지 오르곤 해요. 높은 곳으로 가면 들려오는 소리가 있을 거라고 믿어요."

"박해상을 용서하는 거죠?"

"똑같은 사실을 놓고도 다르게 보는데, 용서라고요? 해상이가 건강해져 행복하게 살았으면 좋겠어요. 잃은 것이 있으면 얻는 것도 있죠. 이제 보는 것, 느끼는 것이 제한없이 더 넓은 공간으로 뻗어가는 것을 느껴요. 매일 보는 숲이지만, 매일 다르게 느껴져요. 건강해져서 아래로 내려가면 여기저기 떠돌며 살고 싶어요. 어떤 때는 어딜 내가 가는지조차 몰라요. 그냥 위라고 생각하는 어디를 향해 걸어가죠. 일하다 쉬고, 또 일하다 쉬고 하면서 숨겨진 진실을 수집하는 사람이 되고 싶어요."

"가고 싶은 곳은?"

"항구도시, 이국의 골목길, 백야가 있는 러시아…… 언젠가 나만의 자리를 찾았다고 했죠? 대개 그리로 발길이 옮겨지죠. 어느 순간, 온몸이 텅 빈 것 같기도 하고, 가득 차 있는 것 같기도 한 그런 순간이 있어요. 내가 한 그루 나무나 바람이 된 듯한 그런 순간에 죽어도 좋겠다는 생각이 들어요. 그게 아마 결박을 풀어주는 신의 구원인지 모르죠."

"먹을 걸 가지고 다니세요."

"알았어요, 선생님. 아니 누나, 아니 아줌마, 아니 어머니……"

"나의 대명사가 그렇게 많나요?"

"가냘픈 몸속에 여러 얼굴이 들어 있어, 어떤 때는 종잡을 수가 없어요. 소녀같기도 하고, 천사같기도 하고, 어떤 때는 인생을 다 살아버린 할머니같기도 하고. 어제 저녁에는 최일심 씨가 따왔다는 취나물 쌈을 맛있게 먹었어요. 된장에 풋고추와 마늘을 넣어서."

어제 저녁식사 때 제이는 몇 번인가 맞은편의 그를 보았다. 정말 그는 다른 때하고는 달리 많이 먹었다. 제이는 자신의 배가 부른 것처럼 포만감이 느껴졌다. 그는 다 먹고 난 뒤 자리에서 일어나 제이에게 목례를 한 뒤 먼저 나갔다. 제이는 그를 뒤따라가고 싶었지만, 자리에 그대로 앉아 그의 뒷모습을 바라보기만 했다.

"식사하고 방으로 들어와 곧 잠이 들어버렸어요. 자면서 뭔지 따듯하고 마음이 편했어요. 꿈에 제주 오름의 환영이 쓱 지나갔어요. 생기에 찬 오름. 새처럼 붕 떠서 날아다녔죠. 아침에 일어나 커튼을 젖히니 산이 나를 부르는 것 같았어요. 그 힘으로 저기 산 높은 봉우리까지 갔더랬어요."

그는 손으로 머리카락을 뒤로 젖히며, 생기와 공포어린 눈으로 제이를 본다. 한 가지 고통이 찾아왔다가는 사라지기도 전에 또 다른 고통이 또 다른 모양으로 밀려온다. 그는 그 고통으로 포위당하고 끌려간다.

"오늘은 제이 씨를 보려고 운동치료에 참석했어요. 요즘 몸이 안 좋았는데, 오늘은 좋으네요. 비가 오기 전엔 정수리 한가운데의 조금 위쪽에서 톱니바퀴가 돌고 있는 소리가 들려요. 그러다 얼마 후엔 빗소리가 창을 두들기는 소리가 나곤 하죠. 빗방울이 떨어지면 통증이 싹 가시기도 해요. 제이 씨한테는 묘한 향기가 있어요."

제이는 그를 놀란 눈으로 본다. 저 사람은 누구일까? 악취와 싸워서 간신히 획득한 한줌의 향기, 그 영혼의 향기를 맡을 수 있는 저 사람은 누가 보낸 것일까? 약물과 방사선으로 기진한 세포와 분비물로 벌레가 썩어가는 듯한 냄새가 따라다닌다. 나쁜 냄새를 몰아주는 꽃향기와 이른 아침의 태양과 밤하늘의 달과 별의 손짓, 그 영원한 것들…… 달라진 삶의 눈으로 보는 이 세상의 나무와 하늘과 땅과 허공의 풍경들…… 새로운 의미로 반짝이는 낱말들과 새로운 길이 갈망한 만큼 앞에 놓여 있다. 끈 질긴 생명이 획득한 보물들에게서 향기가 새어나온다. 유민은 그 향기를 맡는다. 그가 다가와 한 손을 감싸듯 어깨에 올리고 얼마쯤 가다가 두 손을 겨드랑이 밑으로 넣어 와락 껴안는다.

"어젯밤엔 꿈을 꾸었어요. 아니 꿈이 아니라, 제이 씨를 껴안 고 잤어요. 이렇게……"

김유민은 두 팔을 벌려 제이를 껴안고 그녀의 입술에 풀냄새 나는 거친 입술을 재빨리 댄다. 새 소리가 후루룩 울어대고 싱그 러운 산 냄새가 두 사람을 에워싼다. 제이는 갑자기 속이 환해진 다. 새벽녘쯤 가슴팍으로 안겨드는 어떤 촉감 같은 것이, 무게가 느껴질 때가 있었다. 아마 그의 허기진 육체의 방문이었나 보다. 저 앞쪽에서 일행이 오솔길 모퉁이를 막 돌아서고 있다. 유민은 제이의 손을 잡고 산 쪽으로 달려간다.

조금 올라가자 큰 나무들 사이로 평평한 바위가 있고 한쪽엔 수북하게 쌓인 마른 나뭇잎들이 부드러운 햇빛에 반짝거리고 있 다. 햇볕이 따스한 장막처럼 느껴진다. 그는 그 위에 제이를 눕 히고선 그녀의 가슴에 얼굴을 묻는다. 어느새 그는 그녀의 옷을 하나씩 벗겨 수풀 쪽으로 내던진다. 나뭇가지 사이의 은은한 햇 빛이 내려다보고 있다. 한 손이 아래로 내려간다. 떠도는 숲의 기운이 그의 편이 되어 안으로 육박해 들어온다. 시들한 몸 안의 세포들이 갑자기 밖에서 들어온 생기로 파닥거린다. 허기진 세포들이 입을 벌려 그의 외로움을 빨아들인다. 두 혼이 부딪쳐 불꽃이 튀긴다. 그녀는 온기의 끝을 향해 자신을 내던진다. 사랑해요. 이쪽저쪽 산으로 퍼져 나가는 말은 영원히, 영원히, 사랑한다고 메아리쳐 울린다.

*

마지막 항암치료를 앞두고 제이는 요양소로 내려갔다. 주말이라 그런지 요양소는 적요의 그늘에 싸여 휴식을 취하고 있는 것처럼 보인다. 택시에서 내리자 강총무가 나와 시무룩한 얼굴로 인사한다. 어느새 다가온 곰돌이와 해피가 꼬리를 치며 반긴다. 해피 얼굴이 핼쑥하고 침울해 보인다. 캐리어를 끌고 뜰을 지나가자 그림자가 따라온다. 서울에서 요양소로, 요양소에서 서울로 왔다갔다하는 사이에 한 사람이 그림자처럼 함께하고 있다. 불쑥 어디서나 찾아오는 유민의 환영이 현실처럼 느껴진다. 요즘은 그 흐릿한 환영이 자주 찾아온다. 이제 두 사람이 하나가 되어 뜰을 거닐고 있다.

방으로 들어와 커튼을 젖히자 이제 물들기 시작한 시월의 나무들이 오래된 친구처럼 반겨준다. 그동안 숲을 향해 쏟았던 독백들이 나무에 스며있는 듯하다. 방사선과 항암치료를 받는 시간이 길어지자 몸은 만신창이가 되어가고 있다. 머리카락은 빠지고 때도 없이 손발은 저리고 백혈구 감소로 기력이 쇠잔해지고 있다. 나무들은 끝까지 힘내라고, 지난날의 삶에서 탈출하라고 속삭여주고 있다. 영혼으로 나가라! 푯대를 향해 나가라! 계시와 예시를 믿어라! 우람스런 참나무가 속삭여주는 듯하다. 짐을 정리하고 조금 지나서 땡그랑 땡그랑 하는 저녁식사 종소리가 울린다.

식당엔 유민이 보이지 않는다. 그가 자주 앉았던 직원들의 옆자리엔 모자를 쓴 처음 보는 젊은 여자가 말없이 식사하고 있다. 호박죽과 통호밀 빵에 딸기잼을 발라 야채샐러드와 함께 먹고 있던 최일심이 얼굴을 돌려 찬찬히 본다. 오렌지 주스를 한 모금 마시고 나서 나지막한 목소리로 말한다.

"저 젊은 여잔 다이어트를 하다가 건강이 나빠졌대요. 이참에 공무원 시험을 준비하러 왔다고 하네요."

제이는 그 젊은 여자와 눈이 마주치자 가볍게 목례한다. 최일심 앞자리에 앉은 성원구가 그녀의 접시에 쑥인절미 하나를 담아준다. 두 사람은 어디서나 거침이 없다. 그런 두 사람을 새움하듯 바라보고 하던 박해진은 보이지 않는다. 제이는 최일심에게 박해진에 대해 묻는다. "갈등이 심해 내려간다고 정우현한테 말했대요. 남동생 때문에 유민 씨 보기도 민망하다고. 또 짝사랑처럼 외로운 것이 없다고 하면서 이곳에 있으면 병이 더 심해질 것 같다고 말했대요."

정우현은 자기가 좋아하는 여자한테 그런 말을 들은 뒤로는 산행도 가지 않고, 휴게실 모임에도 나오지 않는다고 했다. 병

때문에 아픈 가슴에 마음의 갈등까지 이 사람 저 사람한테 옮겨다녀, 요양소는 저 아래 세상과 닮아가고 있다. 독소를 품은 말들이 공중을 떠돌고 그 말에 중독된 사람들이 비틀거리며 쓰러져 간다. 이곳도 저 아래도 아닌 평화로운 새 땅이 그립다.

식사가 끝나자, 제이는 부엌으로 가서 유민의 빵과 샐러드를 플라스틱 통에 담아 가지고 나왔다. 유민의 방에 가 본다. 방이 깨끗하게 정리되어 있다. 가슴이 철렁 내려앉는다. 그의 목소리가 바로 등 뒤에서 들려오는 것 같다. 돌아본다. 살짝 열려진 문으로 고요한 복도가 보인다. 그의 손길이 어깨에서 느껴지는 듯하다. 하얀 벽엔 그의 숨은 얘기들이 스며있는 듯하다. 밖으로 나와 종탑 아래에 서서 어둑어둑해지는 산 쪽을 바라본다.

밤새 어두운 영이 주위를 맴돌았다. 주사실에서 컴컴한 바닥으로 떨어질 때 찾아온 영이었다. 밤이 무섭고 두려웠다. 아침 햇살이 창문을 채우자 제이는 간단한 운동복차림으로 밖으로 나왔다. 대숲으로 향했다. 대나무 사이로 햇빛이 비쳐 어두우면서도 환하다. 대밭 한가운데 우뚝 서 있는 친구 같은 대나무로 다가가 두 손으로 만지자 유민의 감촉이 살아난다. 그의 숨소리가 가슴에서 뛴다. 버리지 말아달라는 그의 말들이 푸른 대나무 잎들 사이로 빠져나가 언덕을 넘어 능선을 타고 멀리 퍼져나가는 듯하다. 소리로 묶여진 몸이 하나의 못을 잡고 험한 절벽을 기어오르는 모습이 스쳐지나간다. 거기에서 또 다른 손이 또 다른 못을 잡고 위로, 환한 곳으로 비애와 슬픔과 환희의 십자가의 못을 잡고 올라간다.

"바닥까지 떨어졌으니 위로 올라가는 일만 남았어요. 못은 나를 구원시키는 도구예요. 못을 잡고 하나씩 올라간 땅, 하늘이 가까운 그곳에서 결박이 풀어진 몸으로 날아갈 것을 꿈꾸어요."

햇살로 환한 나뭇가지에 새들이 앉아 합창하듯 지저귀고 있다. 뭔가 새로운 탄생을 축하하듯 대나무밭엔 진한 푸른 생명의 기운이 흐르고 있다.

언덕길을 내려와 요양소 마당을 가로질러 가는데 강총무가 제이를 보고 뒤뚱거리며 다가왔다.

"저어, 할 말이 있어요."

"무엇인데요?"

"김유민 씨 죽었어요."

"네? 뭐라고요?"

거대한 쓰나미 같은 어둠의 형체가 포효하며 달려든다. 순식간에 주사실을 떠도는 신음소리와 절망의 공기가 산야를 덮어버린다. 한 배를 탄 위태한 배가 좌초해 검은 바다 속으로 들어가버리고, 황혼녘에 얼굴이 비쩍 마른 그림 속 남자가 입을 크게 벌려 살려달라고 절규한다. 신은 침묵하고, 산과 나무가 흔들리며 신음한다.

지난 수요일 주사실이었다. 주사액이 몸속으로 들어오는 동안 무력감 속에서 검은 바닥으로 떨어지고 있었다. 살과 피와 뼈와 혼이 각기 흩어져 분해되어 떨어진 것 같은 세포들은 살기 위해서 바닥에서 움찔댔다. 죽음과 생명이 맞붙어 싸우고 있었다. 그때였다. 부드러운 손길이 옆구리를 탁 치는 듯했다. '아담아, 네가 어디 있느냐.' 하고 물으시는 그분의 손길처럼 느껴졌다. 산너머 산에 바다가 있을 거라는 유민의 말이 떠오르면서 싱그러운 바닷바람이 주사실 안을 채웠다. 어느새 영의 바람으로 허리를 감고 점점 높이 올라가고 있는 그의 모습이 어른거렸다. 그의 피가 몸 안으로 들어와 세포 구석구석까지 돌아다니는 듯 이상하게 생기가 돌았다. 더 깊어진 피와 살로, 새로 태어난 듯한 제이는 주사실 밖으로 나왔다. 강렬한 햇빛이 거리를 비추고 있었다. 그녀는 그 빛 속으로 걸어갔다.

강총무는 잠깐 침묵을 지켰다가 다시 차분한 목소리로 말을 이어나갔다.

"어제 말을 할까 하다 차마 못했어요. 지난주 수요일이었어요. 하루 종일 그가 보이지 않아서, 직원들이랑 환우들이 찾아다녔어요. 허탕을 치고 집으로 전화했더니 유민 씨 형이 안 왔다고 하더군요. 다음날 이른 아침 산에 갔다가 유민 씨를 봤어요. 사람들이 잘 안가는, 저기 산 너머 또 다른 산 언덕예요. 남자가 나무 아래 누워있었어요. 죽은 사람에게서 향기가 풍겨나오는 건 생전 처음 봤어요. 햇빛 속에 누워있는 환한 모습이, 살아있는 사람 같았어요. 참 선하고, 좋은 사람이었는데…… 선생님을 좋아했는데…… 며칠 전에 그가 말했어요. 요즘 들어 머리가 더 어지럽다고. 갑자기, 라는 말이 무섭다고 했어요. 유민 씨의 죽음은 그의 인생을 닮았어요. 그는 끝까지 믿으며 자신의 한계와 악령과 투쟁한 사람입니다. 자신을 있는 그대로 받아들이면서 자기 길을 끝까지 간 승리한 사람입니다. 그가 뿌린 씨앗이 거대한 숲이 되리라 믿습니다. 다음날 가족들이 와서 그의 시신을 인계했어요."

그와 함께 보았던 꽃과 나무들을, 함께 걸었던 길들을, 숲속의 태양이 비쳐주고 있다. 죽음 너머의 먼 곳에서 찾아온 그 빛이 그와 함께한 시간과 삶을 감싸고 있다. 땡그랑 땡그랑…… 특강이 있는 날이라 종소리가 울리고 있다. 영혼의 숨결처럼 느껴지는 종소리는 유민이 가고 싶은 그 어디를 향해 울려퍼지고 있다. 제이는 숙소를 향해 걸어간다.

*

마지막 항암치료의 주사실이다. 스무 명쯤 되는 환자들이 불편한 기다란 의자에 앉아 주사를 맞고 있다. 1분, 2분…… 재깍 재깍…… 그동안 어떤 꽃을 피우기 위해 피와 땀을 흘렸을까. 허무한 잿빛덩어리 같은 것이 가슴을 쾅하고 친다. 아니다. 사막에 핀 한 송이 꽃은 땀도 피도 원하지 않는다. 어느 한 순간 회오리바람에 실려오는 꽃의 향기, 그것은 신의 선물이다. 그런 어느 순간이다. 가슴문이 비스듬히 열리면서 희끄무레한 빛의 형체가 스며든다. 조금씩 그 빛은 강해져 한 줄기 빛다발이 된다.

37분쯤 되었을까. 몸뚱이의 힘이란 힘은 다 어디로 증발해버린 것 같은 그때쯤 깊은 심연으로 떨어진다. 두렵고 무서운 아득한 곳으로, 죽음을 미리 연습하는 어떤 공간, 처음으로 들어가는 어떤 미지의 공간으로. 그곳에 유민이 누워있다. 허기진 그리움으로 그의 허기를 빨아들인다. 그가 깨어나 자신의 허기를 빨아들인다. 그와 하나가 된다. 마음이 서로에게 흘러가 두 영혼은 하나가 되어 환한 위를 향해 피어나간다. 그 순간, 신의 선물 같은 꽃향기가 밀려온다. "주사 다 맞았어요. 이제 일어나세요." 간호사 목소리다. 제이는 눈을 떠 주사병을 본다. 약물이 안 보인다. 40분이 된 것이다.

밖으로 나오자, 하늘은 높고, 오후의 햇빛이 거리를 비치고 있다. 요양소 숙소 창가에서 바라보는 정다운 숲 속의 그 빛이다. '햇빛은 칠 배가 되어 일곱 날의 빛과 같다'라는 이사야의 광채다. 그 빛 속을 걸어간다. 하늘의 이 빛을 붙잡기 위해 병에 걸렸는지 모른다. 조금 앞으로 걸어가자, 유민의 체취가 물씬 풍겨온다. 달빛 아래 그와 함께 춤추었던 그 짧은 시간은 꿈이었을까. 주사실의 열망이 그에게 떨어져 무한을 향해 퍼져나간 것일까. 꽃가게 앞의 통 안에 장미와 백합화와 국화꽃이 담겨 있다. 가까이 다가가자, 꽃냄새가 온몸을 감싸버린다. 유민과 함께 걷고 있는 듯하다. 옆을 본다. 자신의 그림자가 따라오고 있다. 제이는 몽롱한 얼굴로 계속 걷는다. 뿌연 시야 속으로 한 남자가 들어온다.

앞쪽에서 작은 배낭을 메고 하얀 챙모자를 쓴 젊은이가 혼잣말하며 걸어오고 있다. 제이도 그 남자 쪽으로 가까이 다가간다. 하얀 챙모자가 옆을 지날 때였다. 갑자기 그 젊은 남자가 꺼이, 꺼이, 하고 비명을 지른다. 햇빛이 그를 환히 비쳐주고 있다. 제이는 걸음을 멈추고 그 젊은이는 본다. 맑은 눈이며 순진한 아이 같은 표정이 어딘지 유민을 닮았다. 그 젊은이를 보자 가슴이 뻐근해 온다.

어깨가 구부정한 할아버지가 스마트폰을 귀에 대고 젊은이를 슬쩍 보며 지나간다. 이어폰을 귀에 꽂은 노랑머리 아가씨가 잠시 걸음을 멈추고 그를 보더니 그냥 지나가버린다. 창백한 얼굴의 하얀 챙모자는 다시 한 번 비명을 지른 뒤, 뭐라 혼자 중얼대며 걸어온다. 말로 묶여진 저 남자…… 소리로써 묶여진 유민이 가슴에서 살아나면서 가슴이 쪼개지듯 통증이 느껴진다. 너도 아프고, 나도 아프고, 모두가 아파 아파 아파……

저 남자를 버리지 말아주세요. 제이는 언제나처럼 입술을 달싹거리며 종로 쪽을 향해 걸어간다. 젊은이는 병원 쪽을 향해 걸어간다. 산과 숲 모양 같은 하얀 구름들이 푸른 하늘 여기저기 떠있다. 제이는 꽃시장을 지나고 동대문을 지나, 유민이 떠돌고 싶어하던 이 세상 넓은 곳을 향해 걸어간다. 유민의 어깨에 앉은 하얀 새 한 마리가 하늘 저 너머 높은 곳을 향해 날아간다.

"생의 마지막이 다할수록 더 높은 곳을 향해 날아갑니다. 저는 미래지향적인 사람입니다."
무슨 말끝에 이 말을 했던가. 회원들은 의아한 얼굴로 의사를 보았다. 그의 말은 오직 자신에게만 보내는 암호같았다. 진아는 자신만의 비밀노트에 붉은 펜으로 또박또박 썼다.
'점점 높이 날아라!'
그 순간 그 말은 언약이 되어 온몸을 감아버렸다.

숲2. Woods. 27×24cm

언약의 새

투쟁

진아는 아침식사를 하기 위해 부엌으로 간다. 시리얼에 좋아하는 사과를 먹기 위해 오른손으로 작은 칼을 집어들자, 공포감이 밀려오고 숨이 거칠어진다. 순간 칼이 허공에 떠 누군가를 찌르려고 한다. 뿌연 안개 속의 흐릿한 실루엣은 한때 사랑했던 고이현이다. 진아는 그를 방어하기 위해 두 손을 들고 밀어내는 동작을 한다. 어두운 악령 같은 흉기는 허공에서 잠시 그녀를 노려본다. 날카로운 금속성의 물체를 보면 일어나는 연상작용, 양파 껍질 벗기듯 파고 들어가면 그가 있다. 어떤 날은 악령이 말한다. 오늘은 즐겁게 해주기 위해 쉬겠다. 자신 속의 어두운 영과 살려고 바둥거리는 천사의 바스락거리는 소리가 부딪쳐 혼돈으로 빠지게 한다. 자연히 칼이나 포크를 멀리하고 몸은 쇠약해져 가고 있다.

결혼한 지 삼년 만에 고이현이 여자를 만나고 있다는 것을 알았다. 결혼 전부터 아는 사이라고 했다. 아내하고도 헤어질 수가 없고 자신 때문에 유산을 한 그 여자하고도 헤어질 수 없다고 했다. 둘 사이에 자라고 있는 것은 죄와 악의 그늘이었다.

"앞으로 어떻게 할 거야?"

"애쓰고 있어. 나를 그냥 내버려두면 좋겠어."

그가 무슨 말을 해도 거짓말처럼 느껴진다. 처음 보는 모자, 새 넥타이를 보아도 누군가가 그 옆에 서 있는 듯한 느낌이 스친다. 말없이 밤늦게 들어오는 그를 보면 그의 등뒤에 서성이는 여자가 보이는 것 같다.

고이현을 의심하면서 바닥으로 떨어지고 있던 어느 날이었다. 무엇이 문제인지 알기 위해 그의 서랍 속에서 일기의 한 페이지를 훔쳐보았다. '신을 바라보는 것은 그녀의 신을 바라보는 것이다.' 지금까지 살려고 바동대며 애쓴 것이 이렇게 불안의 정체에 불과하다니…… 그 무렵의 어느 새벽, 반의식 상태에서 어두운 영이 다가오는 소리가 들렸다. 가슴의 문으로 거무튀튀하고 키 작은 왜소한 인간이 속으로 들어왔다. 진아는 고이현과 여자의 관계가 깨어지길 원했다. 그러나 자신의 마음이 깨어져 흉악한 인간이 심장 한복판에 떨어져 자리를 차지했다.

주말 오후였다. 차를 마시고 있는데, 익숙한 불안감이 가슴을 스친다. 짧아진 가을과 저 앞에서 웅크리고 있는 긴 겨울. 언뜻 속에서 바스락거리는 소리가 들린다. 헛것이다. 가슴이 두근거린다. 물러가, 물러가. 분열을 원하는 어두운 영과 맞서는 밝은 기운이 부딪쳐 몸에서는 비릿한 피냄새가 난다. 신은 침묵하고 사방 문은 닫혀 있다. 산과 숲에서는 향기로운 냄새가 퍼져나오고 있다. 자신을 살려줄 것 같은 저 냄새…… 진아는 눈에 보이는 것일지라도 수호천사가 필요했다. 가을비가 촉촉하게 내리는 을씨년스런 날이었다. 진아는 밖으로 나가 향기나는 색색의 국화꽃과 분홍빛 백합을 샀다. 어깨에 새가 세 마리 앉아 있는 하얀 날개 달린 인형도 샀다. 바람 불고 스산한 날엔 얼굴에 주름살이 진 나이든 여자 목각인형 천사를 샀다. 선반의 이 인형을 볼 때마다 경험 많은 여자가 친구가 되어 아린 마음을 쓰다듬어주는 듯하다. 하늘 향해 한숨 돌리고 있는 듯한 인형을 보면 생기가 돈다. 증인 같은 크고 작은 인형들이 여기저기서 날갯짓하며 힘내라고 응원하는 듯하다. 책상과 식탁의 꽃병엔 한두 송이의 장미꽃이 꽂혀져 있다. 실내를 떠도는 꽃 냄새는 온몸의 굳은 세포 사이사이로 스며들어 빨리 일어서라고 흔들어대는 듯하다.

병을 앓으면 세월은 빨리 흘러간다. 어느 순간, 갑자기 몸 안의 어두운 영이 어디로 데리고 갈 것처럼 속에서 바스락거린다. 진아는 후딱 밖으로 뛰쳐나간다. 집 뒤 관악산 밤나무 길을 걸으며 입술을 달싹거리며 읊조린다. 버리지 말아주세요. 입 밖으로 나간 말은 날개를 달고 멀리 퍼져 나간다. 어떤 날은 동네 벤치에 앉아 읊조린다. 버리시나요? 하고 신에게 묻는다. 나무들이 바람에 살랑거린다. 언제 당신을 만날 수 있나요? 행(行)함 속에서. 생각지도 못한 엉뚱한 말이 입 밖으로 불쑥 뛰쳐나온다. 왜, 고통을? 하고 진아는 계속 묻는다. 응답처럼 센바람이 지나가자 나무들이 휘이익, 하고 소리낸다. 컴컴한 바닥 저 아래에서 환희, 라는 말을 건져 진아는 집으로 돌아온다.

어느 새벽녘의 꿈이었다. 가슴의 문이 보였다. 문의 한쪽은 침침하고 한쪽은 환한 기운이 감돌았다. 몸 안의 기운도 어둠과 밝음으로 나뉘어져 끙끙거렸다. 어느 한쪽이 한쪽을 누르기 위해 상대방 쪽으로 쳐들어갔다. 악몽 속에 시달리면서 봄이 가고 여름이 가고 가을이 왔다. 그 옆에서 할 수 있는 일이란 그가 가고 싶은 대로 가게 하는 일뿐이었다. 이혼하고 나자, 몸과 정신은 망가져 있었다.

그 즈음에 어머니가 말했다. 병원에 가자구나. 미친 사람처럼 나가, 나가, 혼자 중얼거리며 갑자기 두 손을 들어 이리저리 흔들어대냐? 아마 내 약한 피가 네 속에서 흐르고 있나보다. 조그만 일에도 가슴이 두근거려. 떠돌아다니면서 이리 기웃, 저리 기웃하는 게 다 이유가 있어. 난 날고 싶은 거야. 다 벗어버리고 훨훨 날고 싶었던 거야. 난 너를 꿈속에서 키웠어야. 그런데…… 다 자기 운명이 있나 보다. 앞으로 너만이라도 훨훨 세상을 날아다녀라. 그 순간 한 마리의 새가 획 날아가는 환상이 스쳤다. 어머니의 꿈은 한 마리의 새로 잉태되어 가슴에 자리를 잡았다. 요즘은 마음이 조금만 아파도 정신병원에 간단다. 감기 걸리면 병

원에 가듯이 말이다. 진아는 가까운 평촌의 이구인 의사의 정신
과 병원을 찾아갔다. 몇 번인가 신문에서 그의 칼럼을 읽은 적이
있었다. 글이 진솔하고 인간에 대한 연민이 있어 울림이 있었다.

소그룹 시절

　병원은 평촌의 범계역 근방에 있었다. 남향의 조금 낡은 삼층
건물이었다. 길가의 가로수가 그늘을 만들고 햇살은 나뭇가지
사이로 비치고 있었다. 병원은 이구인 의사의 글과 어딘지 비슷
한 냄새와 분위기를 풍겼다. 일층은 약국이고 이층은 무슨 산업
연구 기관이 들어 있었다. 삼층의 병원 대기실은 시골 기차역의
대합실 같았다. 몇 명 환자들이 뭔가 골똘히 생각하는 듯한 얼굴
로 앉아 있었다. 혼자 빙긋이 웃는 사람도 있었다. 삶에 지친 사
람들이 기차를 타고 어디로 흘러가고 있는 것 같았다.

　진아는 자리에 앉아 창밖을 보았다. 투명한 햇살이 건너편 유
리문에 반사되어 뿌연 대기가 환해진다. 그때 속에서 뭔가 바스
락거리는 소리가 들린다. 갑자기 연상작용을 알리는 신호가 오
면 두 손을 들어 이쪽저쪽으로 옮기며 방어한다. 물러가, 물러
가. 진아는 나지막하게 읊조린다. 간호사가 이름을 부른다.

　"내 속에 다른 존재가 들어있는 듯한 생각이 들어요."

　진아의 병의 증세를 듣고 나서 의사는 심각한 얼굴로 말했다.

　"오랫동안 스트레스를 받아 신경이 감당할 수 있는 한계를 넘
어서버린 것이죠. 혼돈 속에서 헤어나오지 못한 것을 또 다른 자

신은 알고 있다고 할까요?"

"우주론에서는 어둠과 혼돈은 수천 개의 얼굴을 갖고 있다고 하는데, 그 상태인가요?"

"네?"

의사는 고개를 갸우뚱하며 의아한 눈으로 진아를 보았다.

"이제 잃어버린 자신을 찾고 싶어요."

"혹시 예술을 하나요?"

"문학을 좋아해요. 특히 시를."

"그래서 그런지 어딘가 다릅니다. 서로 다른 인격체가 모여 한 사람을 만들 수 있습니다. 그것 역시 자신의 모습이죠. 집안일을 하면서 음악을 틀어놓고 좋아하는 다른 것들을 생각하도록 하세요. 본인 스스로가 자신이 어떤 상태라는 것을 알고 있으니까, 조금씩 좋아질 겁니다."

의사는 진아가 어떤 말을 해도 놀라지 않는다. 냉정한 얼굴로 듣고 있다가 어둠이 아닌 밝은 쪽에 속한 말을 계속 자연스럽게 한다. 그의 말에 굳은 생각이 깨지는 듯 아, 하는 소리가 속에서 터져나온다. 그가 펼쳐놓은 문 밖 밝은 세상으로 뛰쳐나가고 싶은 갈망이 밀려온다. 그 뒤 진아는 일주일에 한 번씩 병원에 가 상담했다. 한 달쯤 지났을 때 의사가 물었다.

"요즘은 어떻게 지내세요?"

"학원에서 중학생들 영어를 일주일에 세 번 가르쳐요. 시간이 나면 돌아다녀요. 내가 악취나는 벌레 같다는 생각이 들거든요.

그래서 아름다운 것들을 보러다녀요. 천사 인형이나 꽃이
나…… 향기나는 것들은 잠깐이라도 고통을 잊게 해주거든요."

일층 주인집 뜰엔 갖가지 장미꽃과 야생화들이 계속 피고지고
한다. 아침에 집을 나갈 때는 습관처럼 열려있는 대문으로 들어
가 비밀의 화원 같은 뜰을 둘러보며 숨을 돌린다. 꽃나무들의 생
기가 몸으로 스며들어 발걸음이 가볍다.

"악취라뇨?"

"어두운 영과 싸우고 나면 쓰러진 세포들이 토해내는 역겨운
냄새가 느껴져요. 사람 관계에서 피어나는 악취도 있어요."

"낮고자 하는 강한 의지가 좋아요. 어둠 속으로 깊이 내려간
자는 빛이 무엇이라는 걸 알게 됩니다."

그 순간 의사의 말이 향기로 다가온다. 언뜻 천사의 환영이 스
친다.

병원 대기실에서 진아는 최영우와 심향미를 만났다. 이목구비
가 뚜렷하고 체격이 건장한 최영우는 세련된 옷차림에 약간 우
울한 얼굴을 하고 있었다. 가끔 그는 이맛살을 찌푸리며 소리나
게 혀를 차기도 한다. 창가에 앉아 밖을 보고 있다가 실내로 눈
을 돌리면 최영우가 자신을 보고 있는 것을 느낀다.

원색 계통의 옷을 즐겨 입는 심향미는 처음부터 눈에 확 띄었
다. 얼굴엔 슬픈 기운이 감돌았다. 언젠가 그녀의 옆자리에 앉게
되었을 때 말을 텄다. 목소리가 크고 거칠었다. 뿌리 내릴 곳이
없는 이놈의 팔자, 확 죽어버리면 되겠지. 중국 연길에서 온 조

선족이라고 자신을 소개했다.

진료가 끝나면 최영우의 제안으로 세 사람은 병원 근처 찻집에서 차를 마셨다. 세 사람을 진료하는 의사가 강조하는 변화나 용기 같은 말을 실천하기 위해서라도 서로가 서로에게 손을 내밀어야 했다.

진료받은 지 일 년쯤 지나서였다. 이른 아침잠에서 깰 무렵이었다. 두 손을 모은 크기만한 검은 정체가 옆구리에서 폴싹, 폴싹 하고 쏙 빠져나간 듯했다. 그 환영이 스치고 자리에서 일어나자 몸이 날아갈 것처럼 가벼웠다. 병은 의식적 욕구와 무의식적인 욕구가 부딪쳐 분열될 때 생긴 갈등의 싹이라고 의사는 말했다. 진아는 열심히 두들겨 간신히 열린 문 밖으로 한 발짝 내디뎠다. 자신이 사랑해야 할 사람이 바로 눈앞에 있었다. 의사였다. 그를 따르면 잃어버렸던 자신을 찾을 것 같은 예감이 밀려왔다. 병은 아직 완치가 안되었지만 조금이라도 이상하면 다시 병원을 찾으라고 했다.

삼월이었다. 진아는 의사가 이끌고 있는 종로 5가 K회관에서 하는 소그룹에 들어갔다. 얼마 있다 최영우와 심향미도 소그룹의 회원이 되었다. 소그룹은 한 달에 두 번씩 금요일 오후 두시에 모였다. 그는 에리히 프롬의 책이나 정신분석 책을 주로 다루었다.

이구인 의사는 밤색 가죽가방을 들고 눈과 입이 웃는 밝은 모습으로 강의실에 들어왔다. 진아는 언제나 그와 대각선 맞은편 창가 오른편에 앉는다. 진아는 그의 말을 적기 위해 붉은 노트를 펼쳐놓고 그의 삶 속으로 돌입할 준비를 한다. 그는 자리에 앉으면 그 사이에 일어난 소소한 일상을 진솔하게 말하면서 사람을 끌어당긴다. 단둘이 낯선 곳의 오붓한 찻집에 앉아있는 것 같다. 눈이 마주치면 자신을 있는 그대로 받아들이려는 것처럼 느껴진다. 그의 마음은 어느 깊은 골짜기로 흘러가며, 그의 영혼은 어디만큼 높이 날아가고 있는 것일까.

회원들은 대부분 전화상담 기관의 봉사자들이거나 정신병원에서 치료를 받은 옛환우들이거나 정신분석 분야에 관심을 갖고 있는 일반인들이다. 열댓 명 되는 회원들은 그의 말을 열심히 적고 질문하고 웃는다.

"느낌의 전달이 사랑입니다. 잘해주고 싶은데 못해줘서, 하는 게 사랑 아닐까요?"

새로 깨어난 듯한 순간 진아는 빨려가듯 의사를 본다. 그런 때, 왼편 대각선으로 앉아있는 최영우는 자신을 보고 있다는 것을 느낀다.

소그룹 들어간 해의 십이월이었다. 진아는 프랑스 희곡작가이며 배우였던 가브리엘 보시가 신과 나눈 대화를 기록한 『그와 나』의 책에 카드를 넣어 의사에게 선물했다.

'네 인생의 날이 다할수록 더 높이 날아라!'

진아는 가브리엘의 일기 중 좋아하는 한 구절을 카드 앞쪽에 큰 글씨로 썼다. '가을이 되어 바람이 거세므로 더 이상 날지 못하는 시월의 나비처럼 되지 말아라. 네 인생의 날이 다할수록 더 높이 날아라!' 그 다음해 일월 모임에서 그가 말했다.

"생의 마지막이 다할수록 더 높은 곳을 향해 날아갑니다. 저는 미래지향적인 사람입니다."

무슨 말끝에 이 말을 했던가. 회원들은 의아한 얼굴로 의사를 보았다. 그의 말은 오직 자신에게만 보내는 암호같았다. 진아는 자신만의 비밀노트에 붉은 펜으로 또박또박 썼다.

'점점 높이 날아라!'

그 순간 그 말은 언약이 되어 온몸을 감아버렸다.

날들이 흘러갈수록 붉은 노트의 양도 두꺼워지고 있다. 상징과 암시로 무성한 말의 여운 속에서 그를 알아간다. 봄기운에 마음속 희망의 싹들이 자라고 있는 듯한 어느 화창한 날이었다.

"진아 씨는 시를 쓰려고 하니 잘 알 것입니다. 상대방의 심벌을 아껴주는 것, 그게 상대방을 생각하는 것입니다. 상대방의 상징이 실현되도록 도와줘야 합니다. 그때서야 승화하는 관계가 이룩하는 것이죠."

"저는 음성이 부드럽고, 눈빛도 용모도 부드러운 사람을 좋아합니다. 마음속에 좋아하는 사람, 그림자가 있으면 상대방보다 자기 쪽에서 변하지요."

"요즘 중국어 공부를 시작했는데 어렵습니다. 심향미 씨한테

레슨을 받아야겠습니다. 허허."

의사가 심향미를 보며 말한다. 자신의 이름을 불러주는 의사를 심향미는 웃으며 본다. 의사에게서 심향미의 상징어는 중국어이다.

"의식에 비해 무의식 세계엔 많은 에너지가 있어요. 진실한 사람끼리의 만남은 그 무의식의 사랑을 가능케 하죠. 영혼의 자유함을 꿈꾸는 사람은 그 꿈을 가능케 하는 사람을 만나면 사랑을 하게 되지요."

아름다움이란 하나의 말이 떨어져 변화되어 한 번도 가보지 않은 곳으로 들어갈 때의 공기, 냄새, 풍경이다. 그의 사랑을 알기 위해 그의 말에서 상징을 찾아서 긴 줄에 꿴다. 말의 상징들이 출렁거리며 몸속을 돌아다닌다.

붉은 노트에는 지난날의 자신이 들어있다. 사는 것이 막막할 때 노트를 열어보면 그때그때 의사가 한 말들이 살아나 꿈틀거린다. 그의 얼굴 표정이 살아나고, 말의 의미가 뒤늦게 깨달아져 자신을 끌어당긴다. 그의 말 속에서 잃어버렸던 시절의 희미한 기억이 다가온다. 아득한 시절의 삶의 냄새와 색깔이 뭉뚱그려져 수채화처럼 번져나간다. 그때 그 젊은 시절엔 당당하게 걸어서 누굴 만났던 것일까.

언젠가 과 커플인 고이현을 만나러 버스터미널로 나갔다. 학원에서 영어를 가르치면서 영국으로 유학갈 준비를 하고 있을 때였다. 그는 큰 출판사에서 근무하고 있었다. 둘은 저녁식사하고 호수가 있는 산언덕 쪽으로 걸어갔다. 조금 걸어가자 나무 아래 편평한 납작바위가 엎드려져 있고, 나뭇가지 사이로 달빛이 비치고 있었다. 바위에 앉자 초여름 낮의 뜨거운 열기가 느껴졌다. 저 아래 꽤 큰 호수에 둥근달이 비치고 있었다. 고이현은 잠깐 자리에 서 있다가 옆에 앉았다. 둘은 몇 번 차를 마시고 데이트했다. 몇 번째 만났을 때였던가, 그가 결혼하자고 했다. 진아는 그의 당돌한 말에 웃어댔다. 그때 진아는 같은 동네에 살고 있는 십년 연상의 화가를 짝사랑하고 있었다. 해질 무렵이면 화가가 걸어오는 모습을 보기 위해 언덕길 모퉁이에서 서성거렸다. 저기 달 좀 봐요. 진아의 말에 호수 쪽을 보고 있던 고이현이 얼굴을 돌리며 응, 하고 짧게 말했다. 그는 갑자기 진아를 번쩍 들어 바위 옆의 수북이 쌓여있는 건초더미 위에 눕혔다. 그의 혀가 목에서 아래로 내려갔다. 거친 손은 어느새 청바지의 지퍼를 끌어내리고 아랫도리를 더듬기 시작했다. 그의 혀와 손이 거칠게 온몸을 헤집고 쑤시며 빨아대면서 한쪽 손은 자신의 바지를 아래로 내리고 있었다. 다음날 아침 거울에 비친 몸뚱이는 상처 투성이였다. 양쪽 가슴엔 할퀸 듯한 상처가 쫙쫙 그어져 있고 목은 검붉게 멍이 들어 있었다. 온몸이 발가벗겨져 길로 내쫓긴 듯했다. 거울 속 여자의 부끄러운 모습이 자신의 꿈을 비웃고 있었다. 기차를 타고 유럽을 여행하다가 취리히나 베를린역에서 잠깐 내려 좋아하는 사람을 만나 차 한 잔 마시고 얘기하다 헤어지는 장면을 더듬곤 했다. 그 뒤 몇 달 있다 유산되고 진아는 고이현과 결혼했다.

이상기후 탓인지 한여름처럼 더운 날, 이구인 의사는 조금 피곤한 얼굴로 강의실에 들어왔다. 자리에 앉아 차를 마시면서 언제나처럼 자신의 근황에 대해 얘기한다.

"어제는 진료기록을 쓰다가 깜박 잠이 들었어요. 하도 피곤해서. 그래서 오분간 잤죠."

자신의 민낯을 보여준 그의 인간적인 모습에 끌린다. 그는 호흡을 가다듬고 나서 오늘은 어디할 차례죠? 하고 물으며 프롬의 『건전한 사회』를 펼쳤다.

진아는 의사의 말을 기록한다. '사랑은 자신의 독립감을 잃지 않고 다른 사람, 모든 인류, 자연과의 결합을 경험하는 것이다. 사랑의 경험에서 두 사람은 하나가 되면서 동시에 둘로 남아 있는 역설적 현상이 생겨난다. 이런 의미에서 사랑은 결코 한 사람에게 제한되지 않는다. 만일 내가 참으로 한 사람을 사랑한다면, 나는 모든 사람을 사랑하고 세계를 사랑하고 삶을 사랑하게 된다.' 프롬의 『사랑의 기술』을 읽을 때는 광야의 먼동이 두 손 벌려 환영하는 듯한 이미지가 어른거린다.

강의실은 완행열차 같다. 각자 자기 자리에 앉아서 자기의 목적지로 가기 위해 쓰고 질문하고 웃으며 말을 나눈다. 강의를 듣다가 진아는 어느 순간 고이현과 갈등하며 살았던 그 시절로 떨어져버린다. 아아, 무서워. 벌떡 자리에 일어나 밖으로 뛰쳐나가고 싶은 그런 순간 최영우가 연민어린 눈으로 보고 있다. 강의가 끝나면 세 사람은 가까운 찻집으로 간다.

심향미는 어딘지 상한 흔적이 몸 구석구석 배여, 뭐라 한마디만 하면 곧 울음을 터뜨릴 것 같은 연약하면서도 질긴 기운 같은 것에 싸여 있다. 함경도 악센트에 중국어 말까지 섞어 빨리 말하면 어느 다른 나라 말처럼 들리기까지 한다.

"중국 연길에 가니까, 남편에게 여자가 생겼더란 말입니다. 아들은 꽃제비 꼴이 되어 있고. 아들 양육권 때문에 박터지게 싸우다 혼이 홀라당 나가버렸습니다. 남편과 이혼하고 한국에서 아픈 세월 보냈어요. 저는 북한을 밥먹듯이 다녀서 박사님이 북한에 관한 글을 쓴 것을 보고 펜이 되어버렸죠. 선생님의 실천적인 삶이 궁금증을 풀어줍니다. 중국에서 조선족으로 살아가는 사람의 정체성을 회복시켜주었지 뭡니까. 여기에선 삼류인간으로 취급받고 있지만, 우리는 꿈을 안고 압록강을 건넌, 개척자들의 후예들입니다. 저의 아버지는 일제 때 만주에서 독립운동을 했더랍습니다. 여기서는 잘나도 못나도 무조건 조선족으로 통해요. 지금은 열살난 아들하고 살면서 중국어도 가르치고 아르바이트도 하고. 사는 것은 별 걱정이 없어요. 우리 조선족들은 남의 나라에서 뿌리내리기 위해 생명력이 엄청 강합니다. 한국도 마찬가지입니다. 강대국 속에서 살아야 하니까요. 서로 손잡고 밀어줘야 합니다. 그 연대감이 중요합니다. 한때 같은 말을 쓰면서도 소속감이 없어 미쳐버릴 것 같았는데…… 선생님 병원에 찾아가서 새 인생을 살게 되었습니다. 내 인생 최고로 잘한 선택이 죠."

창밖의 부드러운 햇살이 세 사람을 감싸며 그리운 마음을 흐르게 한다. 심향미가 말하면 최영우는 고개를 끄덕거리며 받아들인다. 심향미를 통해 잃어버린 정서를 찾으려는 사람처럼 보인다. 사랑은 결코 한 사람에게 제한되지 않는다. 심향미와 최영우가 서로 마음이 오가는 것을 느끼면 진아는 프롬의 말을 되씹으며 어느 순간보다도 의사 쪽으로 기울어지려고 한다.

"심향미 씨를 보면 어딘지 우리 어머니와 닮은 데가 있어요. 강한 생명력이랄까…… 말 속에 우리나라 숨결이 들어있어요."

"최영우 씨 때문에 한국남자가 좋아 보인다니까요."

심향미가 한국에서 찾고 있는 이상형이 최영우인지 모른다. 병원에 다닐 때 그녀는 자주 혼잣말했다. 무슨 안타깝고 억울한 일이 있는지, 어떤 섬뜩한 환영에 잡혀 헤어나오지 못하는지, 진아는 자신을 보듯 했다. 전직교사로 뿌리를 확인하러 연길에서 어머니와 언니가 있는 한국에 왔다. 학원에서 중국어를 가르치면서 먹고 사는 데는 별 어려움이 없다지만 스스로 국적 없는 이방인이라고 생각한다. 억양이 강한 큰 목소리로 일사천리로 말하고 당당하지만 얼굴엔 슬픈 그늘이 드리워져 있다. 북쪽의 현실이 말의 여운 속에 스며있는 것 같다. 진아는 방랑인 같은 심향미에게 묘한 친밀감을 느낀다.

황사로 온통 뿌연 사월 첫 주였다. 진아는 보랏빛 얇은 니트에 보라색 모자를 쓰고 창가에 앉았다. 붉은 노트를 펴고 의사의 말을 기록하다가 창밖의 흐린 풍경을 끌려가듯 본다. 가끔 가다 회원들이 왁자하게 웃어대는 소리가 들린다. 어딘지 자꾸 음습한 곳으로 마음이 빠져들고 있는 듯하다. 누군가 하진아 씨, 하고 부른다. 심향미다.

"선생님이 진아 씨한테 물었잖아요. 어느 순간이 행복하냐고."

마음은 어디로 흘러간 것일까. 강의를 들으면서 정체성이 회복될 때가 행복해요, 하는 말을 하고 싶었지만 입 밖으로는 다른 말이 흘러나온다.

"여행 중에 호텔에서 아침식사한 뒤 커피 마실 때가 좋아요. 창 밖 거리 풍경을 보면서."

진아의 말 끝에 의사가 말했다.

"언제 한번 단체여행이라도 가야겠네요."

그 다음 주에 의사가 말했다. 밀알회 회원들과 북한의 국경지역을 가는데, 원하는 사람은 같이 가도 된다고 말했다. 진아는 그 말이 자신을 위해 한 말처럼 느껴졌다. 진아는 국경지대는 춥다고 해서 사월인데도 여행을 위해 따뜻한 모직 회색 스웨터를 샀다. 다음달 모임에서 의사가 말했다.

"국제정신과협회 세미나에 참석하러 스위스 베른에 갈 수밖에 없었습니다. 더 좋은 기회를 만들도록 하겠습니다."

진아는 의사의 말에 응답하기 위해 붉은 노트에다 적었다. '어

디로, 처음 보는 어디로…… 아직 소화하지 못한 말들이 하나씩 풀어질 때의 환희……'

다섯 시쯤에 강의가 끝나면 의사는 언제나 먼저 자리에서 일어난다. 사람들에게 자신의 생각이나 인생관을 털어놓고, 빈자(貧者)의 몸으로 북한돕기 모임이나 병원으로 가는 것 같다. 그는 이념과 체제를 떠나 사람은 사람을 끌어안고 더불어 살아야 한다고 생각한다. 회원들과 찻집을 가거나 저녁을 먹으로 가는 일이 없다. 여러 가지 방법으로 자신을 지키기 위해 울타리를 친다. 서로 부딪치는 눈빛과 한 마디의 말 속에서 뜻을 읽고, 그 말의 여운 속에서 자신의 자리를 잡아간다.

붉은 노트가 두꺼워질수록 의사의 말은 살아있는 생명체처럼 작용한다. 흐릿한 것이 뚜렷해 보이고, 뚜렷한 것이 안개 속으로 사라져 멀어진다. 깨어나라고, 흔들어주는 듯한 그의 말에 취해 지난날의 곤고한 바닥에서 위로 기어올라가는 연습을 한다.

그의 말을 종합하면 숲이라는 장소가 떠오른다. 바람에 살랑이는 생기로 반짝거리는 연둣빛 나무들, 싱그러운 바람의 상쾌함, 나뭇가지의 햇살…… 노트 속의 그의 말이 어느 순간 자신을 끌고 숲을 향해 달려가는 듯하다. 꿈속 숲길의 향긋한 냄새로 영혼은 눈을 떠, 그의 살과 피 구석구석으로 쳐들어가 하나의 온전한 몸을 이뤄 미지의 세계로 나가려고 한다. 그의 짧은 말과 어떤 때는 조금 긴 말들…… 시를 쓰라는 말들…… 언약이 되어버린 말들……

진아는 강의가 끝나면 가끔 과천 어머니 집으로 간다. 어머니 집은 청계산 자락의 문원동에 있고, 딸집은 반대편 관악산 자락에 있다. 서로 보고 싶으면 새마을버스를 타고 왔다갔다한다. 언덕바지의 붉은벽돌 이층 연립주택은 먼발치에서도 어머니 냄새를 풍긴다. 오래된 붉은 벽돌담엔 어머니의 추억이 어려있는 것 같다. 어머니는 딸이 사는 동네로 오면 주택가 정원의 꽃나무들이 기억 속에서 낯설지 않다고 한다. 서로 다른 산 밑에서 살아가는 흘러가는 시간 속에서 어머니와 딸은 닮아가고 있다.

"넌 요즘 왜 전화 자주 안하냐?"

"엄마 요즘 내 꿈꾸어요? 난 자주 엄마 꿈꾸는데."

"요즘은 갑자기 어디로 휙 떠나고 싶다. 살다보면 다 허무해야."

"복지관 친구랑 여행가세요. 국내여행은 이박삼일이 좋대요. 맛있는 것 사먹고, 좋은 데서 주무시고."

"시안이가 보고 싶은데, 친할머니인 나한테는 차례가 안 오는구나. 시안이가 웃고, 춤추고 말하는 것이 큰 기쁨인데…… 지난번에 사돈댁이 단체로 여행가서, 내가 유아원에 데리러 갔거든. 근데 시간을 잘못 계산해서 한 시간이나 늦은 거야. 시안이 엄마한테 혼구멍이 났다. 눈물이 다 나더라."

어머니는 네살짜리 손자를 보면 삶이 비로소 둥그런 원처럼 꽉 찬 느낌이 든다고 한다. 손자를 보면 살맛이 생긴다고. 고모도 조카를 좋아한다. 멀리서 짝사랑하는 마음으로 헤어지면 또 만날 날을 기다린다. 생일이나 어버이날에 오면 오빠 부부는 시안이를 하루 놓고 간다. 진아는 초등학교 때 소풍가는 날을 기다리듯 그날을 위해 선물도 사놓고 계획을 짠다. 시안이를 보면 넉달간 뱃속에 잠깐 있었던 아이를 본 듯하다.

　언젠가 비온 뒤끝의 스산한 해질 무렵이었다. 뜰의 감나무와 건너편 주택지붕이 젖어있고, 한길가 은행나무들이 습기찬 대기 속에서 을씨년스럽게 보였다. 이 도시를 감싸고 있는 짙푸른 청계산이 가깝게 보였다. 어머니가 생각났다. 이런 날 어머니는 무엇을 하고 계실까. 어머니의 적막한 인생이 밀려왔다. 전화하지 않고 새마을버스를 타고 문원동 복지관 앞에서 내려 길을 건넜다. 모퉁이를 돌아 언덕길로 들어서자 저쪽 연립주택 앞에서 관악산 쪽을 바라보며 서 있는 어머니가 보였다. 젖은 대기 속에서 딸이 사는 동네 맞은편 산을 바라보고 있는 모습이 가슴을 아리게 했다.

　"엄마!"

　한 발 한 발 다가가 떨리는 목소리로 불렀다. 딸을 보자 어머니의 얼굴이 환해졌다.

　"왜 나와 있어요?"

　"이상하게 네가 올 것 같았다."

　딸이 어머니를 떠올릴 때 어머니도 딸을 그리워하고 있었다. 불빛이 집집마다 새나오고, 희부연 둥근달이 건너편 산 가까이 떠 있는 저녁 시간, 진아는 달이 엄마 얼굴처럼 보였다. 둥근달 같은 어머니의 한 생애에서 터져나오는 말이 듣고 싶었다. 진아는 그럴 때 전화했다.

아버지는 건축자재상을 하면서 재산을 일구었다. 시골에 다니며 업자들을 만나고 판로를 개척하느라 바쁠 때였다. 어머니는 아버지에게 여자가 생긴 것을 알았다. 그 뒤로 어머니와 아버지는 자주 싸웠다. 아버지는 마음 붙일 데 없어 객지에서 나그네처럼 떠돌았다. 어머니는 참고 살았던 인생살이, 불쑥 뜨거운 것이 올라오면 혼잣말하곤 했다. 나도 이제 내 인생 살아야겠다. 스스로 획득한 자유 독립선언을 한 뒤 아버지처럼 밖으로 나돌았다. 아버지가 갑자기 심장마비로 세상을 뜬 뒤에도 어머니의 나들이는 계속되었다.

평양

붉은 노트의 남은 페이지가 얼마 남지 않았을 때였다. 이구인 의사는 일년간의 종강 선물로 회원들에게 평양 방문을 선물했다. 빵공장과 국수공장을 지원한 후원자 몇 사람이 사정상 갈 수 없게 되자, 북한돕기 밀알회 이사장인 그가 소그룹회원들에게 북한여행을 선물한 것이다. 회원 중에서 원하는 다섯 사람이 사박오일간의 색다른 여행을 하게 되었다.

평양은 잿빛 도시이다. 차창을 통해 본 평양 시내는 이상하게 꽃이 보이지 않는다. 텃밭엔 채소가 심어져 있지 않고, 회색 고층시멘트 아파트 입구엔 '선구자 식료품' '네거리 양복점' 등의 간판이 보이지만, 들어오고 나가는 사람이 없다. '우리식대로 살

아가자!' '위대한 주체사상 만세!' 그 많은 동상과 초상화들을
보면 비현실적인 어두운 나라에 들어선 듯하다. 어딜 가나 김일
성과 김정일의 초상화와 붉은 글씨의 구호가 넘쳐난다.

관광지에서 버스를 타기 위해 걷다보면 버스 차창으로 이구인
의사가 자신을 보고 있는 것을 느낀다. '삶의 마지막이 다할수
록 점점 더 높이 날아오르라.' 카드의 언약 같은 한 구절이 언뜻
스치고 지나간다. 높이 날려는 한 마리의 새는 지금, 어디만치
날아가고 있는 것일까?

대동강의 주체사상탑을 보러 가는 길이었다. 옆에 앉은 김일
성대학을 나왔다는 안내원은 호기심어린 얼굴로 묻는다.

"요즘 남쪽에선 어떤 직업이 인기있습니까?"

그는 통일된 그날을 준비하려는 것일까. 그와의 사이에는 체
제가 다른 사회의 벽이, 그 벽이 낳은 또 다른 벽이 미로처럼 깔
려 있다.

"요즘은 공무원이 인기있습니다."

차를 보고 손을 흔들어주는 행인들 눈빛에도 회색 장막을 찢
어버릴 것 같은 갈망의 그늘이 어려 있다. 주체사상탑을 보고 버
스로 숙소인 고려호텔로 가는데, 어디쯤에선가 선홍빛 접시꽃이
눈에 들어온다.

만경대 김일성 생가의 나지막한 짚울타리 아래에 갖가지 색색
의 꽃들이 피어 있다. 진아가 집 둘레의 꽃밭을 보고 나서 일행

뒤로 걸어가자 최영우와 심향미가 다가온다.

"이곳 사람들은 서로가 서로를 감시하고, 서로를 못 믿어요. 거짓말이 거짓말을 낳아 진실이 숨어버린 것이죠."

최영우가 담담한 목소리로 말하며 주위를 둘러본다. 썰렁한 광장엔 붉은 글씨의 현수막이 펄럭이고 있다. 단조로운 회색 콘크리트 벽에도 민둥산에도, 쾌도전차에도, 호텔 입구에도, 엘리베이터 앞에도 똑같은 제복에 똑같은 배지를 달고 있는 깡마른 사람들이 딱딱한 자세로 서 있다. 매일 똑같이 대동강변이 보이는 큰길로 왔다 갔다하며 주최측이 보여주는 관광지만 다니다보니 무거운 방망이로 한대 얻어맞은 것처럼 멍멍해진다. 같은 언어를 쓰고 있는 북녘 땅. 한 나라, 한 민족의 운명 밖으로 뛰쳐나가고 싶은 충동이 스친다. 차창 밖의 암담한 풍경을 보면 남쪽 땅에서 사는 것이 죄인 같고 부끄럽다. 차창에서 눈을 돌려 앞쪽을 보면 의사는 창밖을 보고 있다. 그와 함께 어디론지 한번 떠나고 싶었다. 숲이나 항구나 어디든지…… 그 어딘가가 평양이다.

쑥섬 사적지를 보고 버스에 타자 진아는 창가에 앉아 밖을 본다. 옆에 앉은 안내원은 익숙한 침묵 속에 앉아있다. 어디쯤에선가, 아파트 담가에 진달래꽃이 보인다. 언젠가 이 도시에서 벌어질 꽃들의 잔치…… 어느새 하늘과 땅도 그 향기로 채워지고, 자유스런 새처럼 빛바랜 배지들이 날아다니다 하나둘씩 땅으로 떨어져내린다. 회색의 대기는 찢겨지고, 그 틈 사이로 말간 빛살이 얼굴을 내밀고 있다. 국경의 두만강을 비치는 그 환한 햇살이다. 그때였다. 반수면 상태를 깨고 익숙한 우리나라 말이 들려왔다. 안내원이었다.

"도서관에서 남한 책을 많이 읽고 있습니다."

안내원이 조금 심각한 얼굴로 주위를 한번 둘러본 뒤 나지막한 목소리로 말한다. 남한에 대한 호기심이 아련한 향수를 느끼게 한다. 그의 얼굴에 내일을 알 수 없는 불안한 그늘이 어려 있다.

평양의 공기와 풍경과 사람들이 허기와 슬픔에 차오르게 한다. 어디서부터 허기는 솟구쳐오르며 슬픔은 밀려오는 것일까. 의사가 혼자 있을 때 다가가 몇 마디 말을 나누면 최영우는 심향미와 자연스럽게 얘기를 나누고 있다. 최영우는 이제 자신을 바라보는 것에 피곤을 느끼는지 모른다. 최영우의 진실이 어디에 있는지 그의 얼굴과 손과 가슴을 들여다봐도 보이지 않는다.

사적지를 보고 호텔에 돌아오자 저녁식사 시간까지 어느 정도 여유가 있었다. 진아는 최영우와 심향미와 함께 호텔 입구로 나왔다. 입구에는 깡마른 서너 명의 남자들이 서 있다. 진아가 그들 앞으로 다가가 말했다.

"거리를 좀 걷고 싶은데요."

"안 됩니다."

세 사람은 호텔 앞만 이리저리 왔다갔다한다. 잿빛 구름이 떠 있는 하늘 한쪽엔 불그레한 광채가 비치고 있다. 언젠가 터질 것 같은 강렬한 기운을 풍기고 있다. 최영우가 몇 발짝 가다 걸음을

멈추고 하늘을 본다. 그에게로 다가가 어깨에 손을 살짝 올려놓는
다. 심향미가 알듯모를 듯한 미소를 지으며 자신의 짧은 오후의
그림자를 달고 그 자리에서 한 바퀴 돈다. 진아는 그 애잔한 모습
을 물끄러미 바라보다가 최영우 뒤로 몇 발짝 떨어져 걸어간다.

사흘째 되는 날이었다. 저녁식사 후 호텔 안 커피숍에서 최영
우와 차를 마시고 책 코너 앞에서 구경하고 있을 때였다. 이구인
의사가 들어왔다.

"여기 오니까, 얼굴이 더 환해졌습니다."

진아를 보며 그가 말하자, 최영우가 그녀를 보호하듯 한 팔로
감싸안는다. 언젠가 밀알회의 모임이 있는 봄날이었다. 연둣빛
이파리 위에서 햇빛이 반짝거리고 꽃냄새가 대기를 떠다니고 있
었다. 진아는 의사에게 인사하고 몇 발짝 떨어져 있는 최영우에
게 다가가 보란 듯이 그의 팔을 잡았다. 엘리베이터 앞으로 걸어
가 이구인 의사를 보았다. 그가 시무룩한 얼굴로 자신을 보고 있
었다. 그 뒤 소그룹 시간에 의사가 말했다.

"뿌리는 자와 거두는 자가 달라요. 뿌리는 자가 거두면 얼마나
좋겠는가."

진아는 그의 말을 들으며 붉은 공책에 적었다. '뿌리를 내릴
터가 없기 때문에 떠나는 것이다.'

내일이면 평양을 떠나는 마지막 날 저녁이다. 스무 명쯤 되는
일행이 포장마차에 갔다. 일행은 기다란 테이블에 빙 둘러앉았

다. 의사가 한가운데 앉고 그 옆으로 심향미가 앉고, 최영우는 심향미 앞에 앉았다. 진아는 의사 앞에 앉아 그를 바라보았다. 미소짓고 있는 그의 얼굴이 따스한 겨울 햇살같다. 언젠가 스스로 뿌려서 찾아온 새로운 세상 속으로 앞장서 홀로 가고 있는 것 같다. 얼굴이 희고 갸름한 여자종업원이 다가왔다.

"뭐 드시겠습니까?"

일행 중 누군가가 맥주와 마른안주, 하고 말했다. 종업원이 잽싸게 주문한 것을 가져다 식탁 한가운데 놓는다. 일행은 서로의 잔을 부딪치며 위하여, 하나의 조국을 위하여, 하고 축배를 한다. 반달의 은은한 빛 아래에서 사람들은 주위 사람들과 조용조용하게 말한다. 사람들이 맥주를 마시며 마른안주에 고추장을 찍어 먹으며 말을 나누고 있을 때, 후줄근한 제복을 입은 담당 안내원이 다가왔다.

"안 따라다녀도 됩니다. 이 시간에 가면 어딜 가겠습니까?"

일행 중 한 사람이 말하자 안내원은 계면쩍게 웃으며 돌아간다. 저녁이 깊어가고 있다. 이 어두운 저녁 시간에 감시하는 눈초리가 곳곳에 숨겨져 있는 듯하다.

"아침에 산책하기 위해 호텔 입구로 나왔어요. 입구엔 배지를 단 대여섯 명의 남자들이 서 있더라고요. 평양역을 좀 구경하고 싶다고 했더니 안 된다고 하드라고요. 같이 가자고 하니까, 그것도 안 된다고. 십분도 안 걸리는 평양역을 구경도 못했으니, 우린 평양을 봤다고 할 수 없죠."

최영우의 말에 중절모자를 쓴 신문기자가 말했다.

"여행하면 그 도시의 풍경이나 냄새, 인상 같은 게 남잖아요. 보여준 것만 봤으니, 절반만 본 거라고요."

건너편 아파트의 가물가물한 불빛은 깡마른 육체에서 터져나오는 신호처럼 보인다. 어둠은 새벽을 맞이하기 위해 밀려오고, 밤하늘의 희미한 별들은 한숨을 쉬는 듯하다. 여기저기서 가물거리던 불빛이 하나씩 꺼져간다. 진아는 잔을 들어 마신다. 취하자, 이 밤이 가기 전에…… 분단된 이 나라의 운명, 이 허기진 밤…… 그리움도, 아픔도, 꿈도 모두 마셔버리자…… 이구인 의사와 눈이 마주치면 꿈속의 장면이 현실처럼 밀려온다. 어젯밤 꿈속의 숲길에서 그와 걸었던가.

"남대문 시장 물건을 여기다 풀어주면 좋을 텐데."

"지금보다 조금씩 달라지면 됩니다."

진아의 말에 의사가 담담한 목소리로 말한다. 그는 환자를 치료하듯 북쪽을 대한다. 베풀고 아무런 기대없이 떠난다. 또다시 가서 그리운 사람들을 만나고 헤어진다. 그러면서 다시 만날 날을 기다린다. 행동하면서 스스로 길을 만들어 가는 그가 고독하게 보인다. 그의 쓸쓸한 그늘이 영혼을 흔들어 깨워준다. 최영우 옆에 있으면 뭔지 모를 허무감이 밀려온다. 아까부터 최영우는 소곤소곤 심향미하고 뭔가 말하고 있다. 자신이 없는 것을 심향미는 가지고 있다. 상대방의 허전한 마음을 알아채고 감싸주는 포근함, 굴곡이 많은 인생을 두런두런 옛이야기하듯 들려주는 거칠지만 따뜻한 마음씨를 지니고 있다. 그러면서 세월이 흘러간다. 어느 순간 자신을 이끌어준 의사에게 마음이 열리지만, 가슴이 텅 비워있을 때는 최영우가 눈에 들어온다. 한쪽이 무너지면 다른 한쪽이 다가온다. 서로 만날 수 없는 두 세계…… 가슴엔 반쪽을 그리워하는 국경의 두만강이 흐르고 있다.

일행은 자리에서 조용히 일어나 모퉁이를 돌아 호텔 쪽으로 걸어간다. 고즈넉한 저녁거리를 희미한 달빛이 비쳐주고 있다. 발걸음 소리가 고요한 길에서 울려퍼진다. 낮에 보았던 허기진 풍경들이 어둑한 형체로 변해 뭐라고 웅얼거리고 있는 듯하다. 호텔 앞 붉은 글씨의 승리식당과 푸른 글씨의 약산식당의 불빛은 꺼져 있다. 아파트의 괴기스런 형체가 사람 냄새나는 시끌벅적한 축제의 날을 기다리고 있는 것 같다. 저 안에서 사람들은 무엇을 하고 있을까. 섬 같은 남쪽 나라는 지금 편안할까. 반달이 따라오고 있다.

일행은 저만큼 앞장서서 걸어가고 있다. 심향미는 의사의 옆에서 걸어가고 있다. 진아는 불 꺼진 아파트 쪽을 보며 걸어가고 있는 최영우한테 다가간다. 두 사람이 제일 마지막으로 걸어가고 있다. 순간 넘을 수 없는 것들에 대한 이탈해버리고 싶은 마음이 불쑥 솟구쳐오른다. 어딜 가나 그림자 같은 결핍된 반쪽 나라의 흔적들…… 남쪽에서도 북쪽에서도…… 위쪽도 아래쪽도 뭔가가 닮아 있다. 한 나라의 공기가 돌고 돌아 이쪽저쪽이 신음

하고 있다. 반쪽끼리 만나 충만해지는 둥근달에 대한 그리
움…… 진아는 최영우 옆으로 다가갔다. 최영우가 몸을 돌려 갑
자기 끌어안고 입을 맞춘다. 그때 최영우의 어깨 너머로 누군가
가 보고 있다. 앞서 걸어가던 의사가 부동의 자세로 서서 보고
있다. 어두운 하늘에 가까이 뜬 반달이 남쪽을 향해 느리게 움직
이고 있다.

추종자

라디오에서 '그리운 금강산'이 흘러나오고 있다. 어느 집 마당
에서 개가 컹컹 짖어대는 소리가 들려온다. 시간이 흘러서 또 다
른 계절을 향해 흘러가고 있다. 영어학원에 가려면 아직 한 시간
이 남았다. 어젯밤 꿈속에서 이구인 의사와 숲길을 걸었다. 숲길
은 곤고한 삶처럼 좁다랗고 어둑어둑하지만 언덕 너머의 저쪽엔
불그레한 빛이 비치고 있다. 간혹 그의 옷자락에 스치기도 하고
울퉁불퉁 길에선 그쪽으로 쏠려 닿기도 한다. 숲의 생기로 벌어
진 몸 안의 세포는 그의 체취를 빨아들인다. 꿈이 현실 속으로
들어와 현실은 안개 속처럼 자욱하고, 꿈속은 생시처럼 생기로
파닥거린다.

진아는 소그룹이 끝나고 평양을 갔다 오자 이구인 의사가 그
리웠다. 언젠가 화사한 가을 햇빛이 비치는 날의 오후였다. 학원
강의가 끝나자 평촌으로 갔다. 한적한 길가의 병원은 부드러운
햇살 속에 잠겨 은밀한 성(城)처럼 보였다. 해마다, 계절마다, 날

씨따라 그와 쌓은 은밀하고 향기로운 추억과 기억이 하나의 풍성한 우주가 되어 출렁거렸다.

한참 동안 바라보다 걸음을 옮겼다. 택시정류장에 낯익은 모습이 보였다. 그가 어느 젊은 여자와 무슨 말을 하고 있었다. 그는 미소를 지은 얼굴로 여자를 보고 있었다. 진아는 빠른 걸음으로 그들 곁을 지나갔다. 숨이 차오르고, 거기 그 자리에 갔던 자신이 높고 짙푸른 하늘 아래에서 부끄럽게 여겨졌다. 그 순간 최영우의 얼굴이 언뜻 스쳤다.

그와 가까운 도시에 살면서 신문에서 통일세미나 같은 소식난에서 그를 찾고 있는 자신이 너무 한심스러워 도주하고 싶은 열망이 솟구쳐오른다. 그러나 그의 말, 삶의 태도, 방향은 몸 구석구석으로 스며들어 함께 하고 있다. 그를 자신의 영혼처럼 부르면서, 어딘가를 떠돌 때 그 낯선 땅에서도 밀려온다. 침묵 속에서 아직 말로 표현되지 않은 가슴에 쌓인 것들을 허공으로 뱉으며, 그에 대한 생각으로 차오른다. 여전히 그를 갈망하고 있다. 그의 음성, 몸짓, 행동에는 이 지상에서만 끝나지 않을 것 같은 여운이 깃들어 있다.

진아는 평양에 갔다 온 뒤 그를 만날 수 있는 기회를 찾고 있었다. 토요일 아침식사한 뒤 허브차를 마시며 아침신문을 보고 있는데, 그의 이름이 확 들어왔다. 진아는 그의 칼럼을 읽고 또 읽었다.

'중국과 북한을 잇는 끊어진 다리, 적막한 국경지대의 사완자다리에 밀알회 일행들과 함께 도착했을 때 이 민족의 눈물 같은 빗방울이 두만강 위로 떨어지고 있었다.'

자신속의 무의식은 그를 부르고 있었던 것이다. 진아는 평촌의 그의 병원을 찾아갔다. 크리스마스트리를 연상케 하는 커다란 주목나무 몇 그루가 입구 쪽에 서 있는 큰길 가 병원 창문의 희뿌연 불빛이 밤바다를 비추는 등불처럼 새나오고, 멀리 뿌연 산의 형체가 저녁 어스름의 피곤한 도시를 껴안고 있었다. 한길 건너 병원은 어딘지 암울하게 보이지만 이층 창문의 불빛은 길 끝을 향해 퍼져나가고 있었다. '창조적이고 애정이 있는 상태에서는 다양할수록 좋아요. 끝까지 변화하며 도전을 주는 관계가 이상적입니다. 그렇지 않으면 그 관계는 파괴적이 되죠.' 언젠가 그가 한 말의 여운 속에서 한 블록의 어두한 길을 천천히 거닐었다. 그때 갑자기 누군가 자신을 찾고 있는 것 같았다. 어두한 빈집에서 외로운 공기에 젖어 있는 익숙한 사물들이 빨리 오라고 손짓하고 있을 것이다. 피곤한 몸으로 캄캄한 현관에 들어서 스위치를 올리면 천사들이 주인님, 하면서 날개를 파닥거리며 반겨 맞아준다. 갑자기 어머니가 보고 싶다. 이제 어머니라는 여자의 한 생애가 한눈에 들어온다. 어머니에게 전화를 하면 들려오는 아주 짧은 나지막한 말들…… 아, 그랬냐, 응, 그랬었구나…… 그립고 따뜻한 것을 그리워하는 목마름이 말 속에 묻어있다.

주말 오후 집에 있으면 이층계단을 오르는 발자국소리에 습관적으로 귀를 기울인다. 문 밖에서 바스락거리는 소리가 들리면 혹시 옆방에 세들어 사는 여자인가, 하고 문을 열어본다. 아무도 없다. 현관문엔 중국집 음식 스티커나 마트의 광고 전단이 새로 붙어있다. 응, 하고 바람소리 속에 응얼거리는 소리가 들리는 것 같았는데…… 어머니를 생각하니 어머니 목소리로 착각한다.

지하도 입구로 걸어가면서 폰을 꺼내 어머니한테 전화한다.

"엄마!"

"잘 있었냐?"

"네. 어머니는?"

"……"

침묵에 익숙하다. 침묵 속에 혼자서 울고 혼자서 웃는다. 무엇이든지 혼자서 한다.

"온몸에 죽음이 와 있는 것 같다. 죽음과 같이 사는구나."

죽음과 같이 살아가는 삶의 고즈넉한 그늘, 그 속엔 깊은 침묵과 평온이 숨겨져 있다.

"어머니, 어디 아프세요?"

저쪽 수화기에서 울음소리가 가느다랗게 들려온다.

"종일 말을 안 해서 말이 잘 안 나와……"

"심장은 어때요?"

"가만 있어도 두근두근한다. 집에만 있으니까, 이상하게 없는 병도 생기는 것 같다. 항구도시에 가서 며칠 있다 오마. 올 때 건어물도 좀 사오고. 요즘 마음은 평안하냐? 헛것은 안 보이지?

"가끔 가다 검은 수렁 같은 데로 툭 떨어질 때가 있어요."

"병원에 더 다니렴. 몸이 약해져 기력이 없어서 그런다. 잘 먹고 잘 자거라. 파김치 담았으니, 와서 가져가거라."

"원래 정신분열은 재발이 잘된대요. 스트레스 받거나 충격 받으면 그리 되기 쉽대요. 옛날로 돌아갈까봐 그게 두려워요. 모임에서 의사를 가끔 만나고 있어요. 그게 나한테 더 맞아요."

부엌에서 일을 하다가 갑자기 속에서 뭐가 꿈틀거리며 뛰쳐나올 것 같은 징조를 느낀다. 밖으로 나와 입술을 달싹거리며 동네의 나뭇길을 돌아다닌다. 도와주세요. 응얼거리면서 굳게 닫힌 문을 갈망의 힘으로 열려고 한다. 주택가 울타리의 사철나무 이파리 위에 햇빛이 반짝거리는 것을 걸음을 멈추고 보다가 다시 가야 할 길을 간다.

그리움

진아는 미니 검정색 스커트에 진홍빛 실크 블라우스를 입고 그 위에 하얀 재킷을 걸친 뒤에 서랍 속 상자에서 흑진주 목걸이를 꺼내 목에 두르고 거울을 본다. 암갈색의 긴머리에 붉은 립스틱을 바른 여자가 자신을 보고 있다. 거울 속의 얼굴은 너, 누구니? 하는 듯한 의아한 얼굴로 보고 있다. 언젠가 봄이었던가, 가을이었던가, 어느 날 소그룹시간에 의사가 말했다. 옷에 목걸이가 어울립니다. 그때 무슨 옷을 입었던가. 그 뒤로 목걸이는 소중한 사물이 되어 서랍을 열 때마다 반짝거린다. 끝없는 변신의 끝에서야 먼발치에서 만날 수 있는 그 사람, 이구인 의사를 만나러 가기 위해 진아는 집을 나섰다.

강의실에 들어서자, 사회자가 세 사람의 강사와 일정을 소개하고 있다. 「현대사회의 소외적 현상」을 청강하려는 사람들로 강의실은 차 있다. 진아는 뒷좌석 빈자리에 앉은 뒤 습관적으로 이구인 박사를 찾는다. 그는 맨 앞좌석에 앉아 있다. 그의 뒷모습이 고즈넉하다. 평양에 갔다 와서 그가 나오는 강연회나 세미나에서 몇 번 만났던가. 어젯밤 꿈이었다. 그가 두만강 가에 서서 강 건너 저쪽 황폐한 산야를 바라보고 있었다. 눈을 뜨자 그에 대한 그리움이 살아났다. 얼마 전 신문에서 그가 쓴 '같은 민족으로 도와주는 게 반공'이라는 그의 두만강에 대한 칼럼을 읽었다. 그 뒤 어머니 생신축하기념으로 오빠네와 중국으로 여행을 갔을 때 국경지대 두만강 산간지대에 비가 내리고 있었다. 비가 그치면 대기는 투명하고 상쾌한 바람이 불어댔다.

두 번째 강사로 이구인 박사가 강단에 올라섰다. 그는 도시적 공간이 미치는 정신건강에 대한 강론을 시작하기 전에 먼저 평양에 갔다온 보고를 한다.

"여러분이 보낸 후원금으로 북한 땅에 병원을 세우고, 국수공장도 빵공장도 세울 수 있었습니다. 우리는 인내와 애정을 갖고 인격적으로 서로 만나야 합니다. 작년엔 연중행사처럼 연변에 가서 국경의 강을 봤습니다. 중국에 가면 꼭 두만강을 보게 됩니다. 안 보면 뭔가 허전하고 아쉬운 마음이 듭니다. 우리 일행이 북한으로 가는 가장 큰 다리인 도문다리에 갔을 때는 강바람이 세게 불고 있었습니다. 모든 것을 다 알고 있는 강바람이었습니다. 좁다랗고 굽이굽이 흐르는 강을 보면 백마디 말보다 많은 것을 느끼게 합니다. 너희들은 지금 무엇을 하고 있는가, 세찬 강바람이 묻는 것처럼 들렸습니다. 앞으로는 우리라는 공동체 단위로 살 수밖에 없습니다. 새 시대의 다리는 인종을 이어주고, 남북과 빈부를 이어주고, 환경과 우리 모두의 운명까지 공유하도록 이어주는 다리가 되어야 합니다. 이 세기에 신이 완성하려는 메시지는 사랑입니다."

그의 말에 강 풍경이 어른거린다. 지는 햇살에 강가의 버들강아지가 바람에 흔들리고, 어디선가 비명소리가 들리면 강은 어느새 붉은 핏물이 되어 넓은 바다로, 너와 나의 가슴으로 흘러간다. 그의 말과 행동은 어긋나지가 않아 묘하게 울림이 있다. 그가 북한에 가 있으면 그가 있는 곳과 하나가 되려는 듯 마음이 위쪽으로, 강물소리 흘러가는 곳으로 기울여진다.

보름 전이었던가. 진아는 아침식사한 뒤 습관처럼 뭔가 찾으려는 듯 우편물을 훑어보다가 그의 이름이 눈에 번쩍 띄었다. 「현대사회의 소외적 현상. 정신과의사 이구인 박사」 병리학협회에서 보낸 소책자 속의 봄학기 강좌 소개 난에서 그의 이름을 찾아낸 것이다. 강의일정은 사월 초순에서 오월 말까지이다. 앞으로 두 달간 매주 두 번씩 그를 볼 수 있다. 평양을 갔다 와서 팔 개월 정도 지난 이월 중순이었다.

어느새 세 번째 마지막 강의가 끝나고, 사람들은 박수를 친 뒤 자리에서 일어난다. 진아는 밖으로 나와 창 쪽에 서서 의사를 기다린다. 그가 부드러운 미소를 지으며 사람들과 악수하고 있다. 헐렁한 밤색 재킷을 입은 키 큰 남자 최영우가 걸어나오며 아는 체한다. 그 옆에 심향미도 보인다. 정신의 병을 치료해준 의사를 그들은 따르고 있다. 최영우가 다가와 차 한잔 하자고 말한다. 진아는 두 사람에게 먼저 찻집에 가 있으라고 말한 뒤 창가로 간다. 한 무리의 사람들이 사라진 틈을 타서 이구인 의사에게 다가갔다.

"안녕하세요?"

"진달래색 블라우스가 어울립니다. 요즘 시 쓰는 것은 어때요?"

"저어……"

진아가 무슨 말하려고 하자, 또 다른 무리의 사람들이 재빨리 그에게 다가온다. 그 중에서 붉은 스카프에 검은 모자를 쓴 여자가 그의 두 손을 덥석 잡고 큰소리로 인사한다. 진아는 모자 쓴 여자를 물리치고 싶은 마음을 누르고 엘리베이터 쪽으로 걸어간다.

진아는 K화관에서 나와 빠른 걸음으로 혜화동 쪽으로 걸어간다. 길가에서 할머니 한 분이 쪼그리고 앉아 서너 개의 고무다라에 담긴 나물을 팔고 있다. 오후의 엷은 햇빛이 도라지와 취나물을 뒤집고 있는 그녀의 손을 비치고 있다. 마르고 주름진 손이 고단한 삶의 흔적처럼 보인다. '북한 핵발사 실험 임박' 길가 좌판대 신문의 헤드라인이 눈에 들어온다. 평양의 붉은 글씨의 구호가 어른거리고, 두만강의 비명소리가 뿌연 대기를 뚫고 울려 퍼지는 것 같다. 거리는 폭풍 전야처럼 고요하다. 진아는 미세먼지 바람 속으로 걸어간다.

진아는 찻집의 나무문을 밀고 안으로 들어선다. 창가엔 심향미가, 그 앞엔 최영우가 앉아 있다. 두 사람은 차를 마시고 있다. 진아는 카운터에 가서 로즈마리 차를 시키고 나서 심향미 옆에 가 앉는다. 창가 난화분과 부드러운 햇살과 군데군데 놓여있는 목각작품들이 어울려 분위기가 아늑하다.

"진아 씨는 더 젊어진 것 같아요. 비결이 뭐예요?"

심향미가 힐끗 보며 묻는다. 그녀의 거친 목소리엔 고단한 삶의 흔적이 스며있다. 중국에서도 남한에서도 북한에서도 뿌리를 내리지 못하고 떠도는 암울한 그림자가 따라다니고 있다.

"그냥 견디면서 사는 것이죠."

진아의 말에 최영우가 본다. 소그룹시절에 자신을 보곤 하던 그 눈빛이다. 상대방 중심을 향해 다가서려는 의지가 어려 있다. 심향미가 실쭉한 표정을 하고 최영우를 본다. 그동안 두 사람은 어딘지 가까워진 느낌이 든다.

"진아 씨는 이구인 의사가 등대같죠?"

심향미가 웃으며 장난기어린 얼굴로 묻는다.

"등대라뇨?"

"방향을 제시해 주는 사람."

"세 사람 다 마찬가지죠."

"변화가 심할수록 잊지 못하죠."

최영우가 말한다. 세 사람은 변화하려는 욕구가 서로를 결속시키고 있다. 최영우를 보면 다시 한번 시작하고 싶은 마음이 스치기도 한다. 그러나 모든 것은 바람결에 스치는 마음이다. 그 마음이 어디로 흘러가는지 붙잡을 수가 없다.

봄날의 시간

강의가 끝나면, 세 사람은 찻집에 간다. 세 사람이 들어가면 데스크의 젊은이가 아는 체한다. 진아는 찻집에 들어갈 때 바로 여기서 무슨 일이 일어날 것 같은 설렘이 인다. 대여섯 명의 손님들이 여기저기 앉아 있다. 젊은이들이 책을 읽고 있거나 태블릿 PC나 노트북을 켜놓고 글을 쓰거나 공부를 하는 이도 있다. 중년 여자들이 입구에 앉아 얘기를 나누고 있다. 언제나처럼 세 사람은 창가에 앉아 인생살이에 대해 담소를 하기 시작한다. 서로 엇갈리는 눈빛에 긴장하면서도 순간을 즐기려는 듯 태연한 얼굴로 자주 웃는다. 서로의 말 한마디에, 손짓에 갈등이 일지만, 이상하게 아픔이 자신을 더 견고하게 부축해주는 것 같다.

상대방의 마음을 확인하고 싶은 유혹이 불쑥 솟구쳐 오르기도 한다. 마음과는 달리 눈앞에서 벌어지는 일은 사람을 외롭게 한다. 세 사람은 묘한 그 외로움의 연대감 속에서 호흡하고 깔깔거리며 이 도시의 객이 되는 연습을 한다.

"난 도문에 살 때 북한에 자주 갔더랬어요. 이상하게 한번 가면 또 가고 싶다는 마음이 들어요. 북한 건어물 등을 가져다 장사하기 위해서였지만, 꼭 그것만은 아닙니다. 한번 가면 인생의 뿌리가 뽑힌 듯한 느낌을 받아요. 사는 게 너무 비참해서 강 건너오면 멋 낼 마음이 싹 달아나버립니다. 중요하다고 생각하는 것들이 달아나버려요. 골격, 뼈다귀, 질긴 풀…… 이런 것들만 남아 있는 것 같죠. 가지고 간 물건을 가난에 찌든 사람들에게 바다에 돌 던지듯 주고 오면, 정체성이 흔들거려요. 중국 사람도 아니고, 북한 사람도 아니고, 그렇다고 한국 사람도 아니고. 답을 찾으려는 듯, 두만강이 보이는 강가로 자주 갔더랬어요. 북한에 가면 고통이라는 소금물에 마음이 흠뻑 적셔져 돌아옵니다. 이상하게 갔다 오면 또 그 폐허의 땅이 눈에 선해요. 중독이 된 것처럼 말입니다. 한국에 오게 된 것은, 무엇보다 나의 뿌리를 알기 위해 왔드랬습니다. 여기 와서 정말 혹독하게 당했어요. 사람들은 조선족이라 하면 그냥 돈 벌려고 온 줄 알아요."

심향미의 꾸미지 않은 말엔 울림이 있다. 최영우는 고개를 끄덕이며 심향미의 말을 듣고 있다가 뭔가 골똘히 생각하는 듯한 눈빛으로 진아를 본다.

"나도 전에 연길 갔을 때 두만강 따라 러시아 국경지대까지 간 적이 있어요. 강가 바람이 어찌나 센지 상점 앞 입간판이 넘어져 버렸죠."

진아가 두 사람을 보며 말한다. 국경의 강은 울고 있는 것 같기도 하고 햇빛 속에서 찰랑이며 춤추고 있는 것처럼 보였다. 강물소리는 슬프면서도 기뻐하는 두 개의 얼굴을 지닌 것처럼 보였다. 조국의 현실을 정직하게 비쳐주는 거울 같은 강. 남쪽과 북쪽 사이에 슬픔과 갈망의 공기가 스며 밤낮으로 웅얼웅얼 소망의 말을 뱉어내고 있는 듯했다.

"두만강은 보기하고는 달리 물살이 셉니다. 죽음을 담보삼고 건널 수 있는 강이라 그런가 봐요. 언젠가는 두만강에 시체가 떠다니는 것을 본 적이 있어요. 때때로 피맺힌 외마디 비명소리가 들려오고. 탈북자들은 강을 건너와서는 흉흉한 소문을 달고 다니죠. 공안당국 눈을 피해 숨어다니고. 살길이 없어 이 집에서 자고 저 집에서 자고. 거짓말하고 도둑질하고. 강을 건너와서는 아이들은 꽃제비가 되고. 조선족들은 떠도는 그들을 껴안고 살려고 애씁니다. 한 민족이니까, 공안당국에 고발 같은 것은 안합니다. 두만강은 이구인 의사처럼 자신을 들여다보게 하는 구석이 있어요. 두만강 가를 맴도는 사나운 공기가 어느 땐 남한을 덮고 있는 것을 봅니다. 언어가 같은 한 나라이니까, 당연한 겁니다. 언젠가 해질녘이었어요. 강 저쪽 살벌한 북녘 땅의 마른 풀들이 햇살에 잠겨 있는데, 그 쓸쓸한 풍경에 눈물이…… 이렇게 아름다운 비극의 강을 본 적이 없어요."

심향미의 빠르고 강한 악센트의 말투에 그때그때마다 강가의 이야기와 풍경이 다르게 펼쳐진다. 강바람은 강에서 보고 들은 얘기를 토해내듯 세차게 불어대고, 강물은 울부짖는 소리를 풀어놓으려는 듯 넓은 바다로 흘러간다.

"연변바람은 소머리가 깨진다는 말이 있어요. 얼룩진 역사를 날려보내려는 듯이 강바람이 셉니다. 봄 강좌가 끝나면, 도문에 가 한 달간 있다 오려고 합니다. 중국에 오면 들르세요. 한국생활은 사람을 지치게 하는 구석이 있어요. 강대국들 사이에 끼어 있는 이 작은 나라의 한 개인의 짐이 너무 무겁습니다. 북한을 들락거리며 건어물을 팔고, 꽃제비들에게 조국이 있다는 것을 심어주고 싶습니다. 이번에 연길 가면 조선아들한테 옷이랑 신발이랑 사주려고 돈 좀 모았어요. 내가 좋아하는 열살된 남자애가 있어요. 먹지 못해 예닐곱 살로 보여요. 밤이면 다른 꽃제비들과 강둑에서 자요. 건너편 아파트 불빛을 보며 엄마 생각하면서…… 그래야 잠이 온대요. 어릴적 돈 벌러 집 나간 엄마 얼굴을 본 적이 없대요. 이번에 가면 애들한테 돈 좀 써야겠어요. 그래야 사는 것 같으니까. 이게 내 운명인가 봅니다."

국경지대에 자주 내리는 비, 적막한 공기, 녹슨 철조망, 강물 속에서 터져나오는 살려달라는 아우성 소리……

"심향미 씨 말을 듣고 있으니까, 병원 다닐 때의 악몽이 살아나는 것 같습니다. 두만강은 절규하는 강 같습니다."

최영우가 절규, 하고 힘줘 말하고선 허탈한 표정으로 진아를 본다.

"살아보니까, 사랑은 눈물의 씨앗이라는 말이 맞아요."

심향미가 입술을 씰룩거리며 말한다. 최영우가 멀게 느껴져 한국에 처음 왔을 때처럼 갈등하는지 모른다. 최영우의 눈빛엔 암담한 그늘이 어려 있다. 의사한테 마음이 기울수록 잿빛 그늘이 그의 얼굴에 타인처럼 드리워져 있다.

"사랑은 두 개의 얼굴을 지니고 있어요."

진아가 말한다.

"그래서 슬픈가요?"

최영우가 묻는다.

"슬프기도 하고, 기쁘기도 하고."

해가 어느새 넘어가버린 유리문 밖은 땅거미가 지고 있다. 어둠이 몰려올 태세를 하고 있다. 진아는 갑자기 가슴이 막막해진다. 세 사람은 자리에서 일어나 밖으로 나갔다.

"우리 맛있는 것 먹으러 갑시다."

최영우는 가운데서 두 여자의 어깨에 손을 얹고 느릿한 걸음으로 걸어가며 말한다. 진아는 어둠이 무섭다. 이때쯤이면 불안감이 밀려든다. 진아의 몸이 최영우한테 기울어진다. 심향미는 몇 발짝 떨어져 혼자 걸어간다. 어디에 숲이 있을까. 서로 손을 잡고 달밤에 춤을 추고 싶다.

토요일 오후 집에 있는데 최영우한테 전화가 왔다. 한번 만나자고 했다. 진아는 햇살 가득한 대공원 근처의 커피집 창가에 앉아 그를 기다린다. 사방 유리문 가득 햇빛이 비치고 있다. 커피 냄새와 햇살과 창밖의 푸른 나무들의 풍경이 어울려 아늑한 자기만의 공간에 있는 것 같다. 조금 있다 그가 들어왔다. 그는 진아를 보자 한 손을 들어올린다. 키가 크고 이목구비가 뚜렷한 그가 어깨를 펴고 당당하게 걸어온다. 그는 어디 여행에서 막 돌아오는 사람처럼 생기차 보인다. 그가 자리에 앉자 종업원이 다가온다. 그는 카페라떼를, 진아는 비엔나커피를 시킨다.

"아내를 사랑했어요. 췌장암으로 몇 달 앓다 갑자기 세상을 떠났어요. 죽고 나자 아내의 여운에서 쉽게 빠져나오지 못했어요. 아쉬운 마음뿐이었어요. 무심했던 것, 화를 자주 냈던 것, 잘해주지 못한 것, 인색했던 것이 죄인 같아서. 그러나 어떤 아픔도 흘러가는 세월 속에서는 희미해지기 마련이죠. 진아 씨를 만난 뒤로는 이상하게 희망이 하나 둘 생겼어요. 사랑은 사랑으로 극복된다는 말이 있잖아요."

"영우 씨는 성실한 사람예요. 무슨 일이든지 잘 헤쳐나갈 거예요."

"가구업계에서 일한다는 게 참 피곤해요. 디자인 공부도 계속해야 하고. 건축학과 나왔지만, 전공하고는 별로 관계도 없어요. 고객들을 만나다보면 요령만 생기는 것 같고, 대인관계도 어렵고. 무엇 때문에 이렇게 살아야 하나, 회의가 들기도 하고. 나를 시험하기 위해 사회전선으로 뛰어들었죠. 정체성을 찾은 지금 갈 길이 보여요. 의사 선생을 열심히 따라다니다 답을 얻었다고 할까요. 강의 끝나고는 시간 내기가 힘들었어요."

상처의 후유증도 어느 정도 가셔서 새롭게 출발하고 싶다며 최영우는 애처로운 눈빛으로 진아를 본다.

"공사현장을 자주 들여다보고, 주부들을 만나 상담하고 실적도 좋지만, 이게 뭔가 하는 생각이 요즘 자꾸 들어요. 덜 벌고 덜 쓰면서 사랑하는 사람 곁에서 단순하고 행복하게 살고 싶어요. 어린시절을 시골에서 커서 그런지 도시 체질이 아니예요. 부모님이 하는 과일농장에 가서 일을 배운 뒤 가업을 잇고 싶어요. 지금은 외국인 노동자를 대여섯 명 쓰고 있어요. 항상 일손이 부족하죠. 좋은 먹거리를 함께 나누어 먹는 것도 가치있는 일이라고 생각해요. 난 진아 씨를 처음 병원 대기실에서 봤을 때부터 마음이 움직였어요."

"심향미하고 잘 어울려요."

"허허, 그렇게 보이나요? 진아 씨는 어떤 때는 비에 젖은 새처럼 떨고 있어요. 우리가 아직 경험하지 않은 새로운 세상이 있을 거예요. 진아 씨를 처음 봤을 때 삼십대 후반으로 보이는 여자가 창가 햇살 속에 앉아 있었어요. 밤색 테를 두른 하얀 모자에 하얀 레이스가 달린 블라우스를 입고 있었어요. 참 잘 어울렸어요. 얼굴은 몽상적인데, 젖은 입술에서 무슨 말이 새어나오는 것 같았어요. 혼잣말하고 있었던 것 같아요. 갑자기 두 손을 들어 밀어내는 시늉도 하고. 어울리지 않게 먼 여행을 떠나려는 사람처럼 설렘도 스며있고. 일년 전 아내가 죽고 상실감과 죄의식에 빠졌더랬어요. 근데 그날, 진아 씨를 본 순간, 저 여자를 알고 싶다는 마음이 들었어요."

그때, 창가의 여자는 의사를 알고 싶다는 생각하고 있었을까. 그 암담한 시절, 상처를 안겨준 일을 더듬고 있으면 어느 사이에 끊을 수 없는 생각이 생각을 낳아 연상작용의 미로에 빠지게 했다. 그 통에 쇠붙이들이 날카로운 도구로 변해 한때 사랑했던 사람을, 자신을 사정없이 치려고 했다. 가슴에서 악령이 어슬렁거리는 소리가 들려오는 것 같기도 하고, 그 사이사이 파닥거리는 천사의 날개 소리가 들려오는 것도 같았다. 온몸이 두 개의 세력으로 나뉘어져 투쟁하고 있었다. 낮의 고통이 물러가면 밤엔 또 다른 고통이 밀려왔다. 병원 대기실에 들어서면 마치 기차역 대합실 같다는 생각이 들었다. 기차를 타고 어디로 가고 있는 그어느 날의 몽롱한 시간, 최영우는 자신을 본 것이다.

밖으로 나와 식사하기 위해 가로등 불빛이 은은하게 비치는 산책길을 지나 산밑 식당으로 들어갔다. 백반정식에 막걸리를 한잔 마시자 얼굴이 불그레해지면서 기분이 좋아진다. 여태까지 중요하다고 생각한 것이 중요하지 않고 무심하게 보았던 것이 의미를 띠고 반짝거리는 듯하다. 식사를 마치고 산책 코스인 관악산 밤나무 길로 걸어간다. 그가 손을 잡는다. 손이 따뜻하다.

깊은 산 아래엔 계곡의 물이 졸졸 흐르고, 하루의 마지막을 장식하려는 어둠이 숲에서 퍼져나오고 있다. 과천중학교의 담을 끼고 있는 고요한 길을 걸으면, 이 길을 함께 걸었던 사람들의 추억이 밀려온다. 언젠가 오빠와 시안이랑 저녁에 돗자리를 갖고 계곡에서 놀다가 자리에서 일어날 때였다. 세 살짜리 시안이가 말했다. '나무야, 달아, 별아, 잘 있어. 바람도, 풀도 잘 자.' 계곡 가를 지나면 아이가 한 말들이 바람에 스치는 것 같다. 모자 쓴 중년여인이 하얀 개를 데리고 옆으로 지나간다. 밤나무 잎들이 바람에 가볍게 흔들거리고 저녁 숲의 향기가 안개처럼 퍼져나와 온몸을 감싼다.

독일풍의 붉은벽돌집의 구세군 요양소 앞을 지나 시청 쪽으로 갈 때였다. 최영우가 마음속을 들여다보듯 옆으로 다가와 갑자기 끌어당겨 입을 맞춘다. 평양의 캄캄한 거리에서 느꼈던 그의 온기가 숲의 맑은 정기 속에서 온몸으로 스며든다. 그와 헤어지고 난 다음날 아침이었다. 베란다 유리문 너머 새 한 마리가 날아가는 것이 보인다. 의사의 얼굴이 어른거린다. 최영우를 만나고 나면 다른 어떤 것으로 또 다시 채우고자 하는 알 수 없는 마음이 솟구쳐오른다. 그러나 의사는 너무나 먼 존재이다. 너무나 억제된 사랑, 눈빛에서 눈빛으로 반응을 보이는 긴 세월, 문득 멀리 떠나버리고 싶은 충동이 밀려온다. 이쪽도 저쪽도 아닌, 또 다른 새로운 자리로 달아나버리고 싶은 충동이 일어난다.

유혹

강의실엔 옅은 봄 햇살이 흐르고 있다. 이구인 의사는 인간심리에 대해 실타래를 풀듯 강의하고 있다. 말 사이사이로 훈훈한 정이 흐르는데, 어느새 보면 울타리가 쳐져 있다. 강의를 끝내고 질문 있습니까, 하고 말하며 청강생들을 둘러본다. 진아가 손을 들자 미소를 지으며 어깨를 약간 구부정한 채 다가온다.

"인간은 풍경을 통해 치유받을 수 있나요?"

"예를 들면 어떤 풍경이죠?"

"숲이나 강 풍경…… 어떤 풍경이 떠오르면 그 속으로 빠져들곤 해요. 비정상인가요?"

몇몇 사람이 웃음을 터뜨린다.

"자신의 마음 상태에 따라 어떤 풍경은 잊지 못할 묘약이 될 수 있어요. 그때 그 풍경의 시간과 냄새, 색깔, 소리 등이 어울려 작용하죠. 어떤 장소에서 어떤 일이 벌어지는가가 중요합니다."

어젯밤 꿈속에서 누군가가 하진아, 하고 불렀다. 주위를 둘러보았다. 저쪽 안개 자욱한 곳에 의사가 서 있었다. 꿈에서 깨어나자, 그의 목소리는 무한한 허공으로 퍼져나가고 있었다. 그의 목소리가 새처럼 느껴졌다.

강의가 끝나 진아가 자리에서 일어나자, 사람들이 그녀를 힐끗 보며 나간다. 최영우와 심향미도 목례를 하고 그냥 나가버린다. 사람들이 자신의 비밀을 훔쳐보는 것 같아 부끄러운 마음이 든다. 이러다간 회원들 모두 떠나버리고 두 사람만 남겨질 것 같다. 두 사람만 남게 되는 강의실이란…… 낡은 밤색 가죽가방에 편한 밤색 구두를 신고 잿빛 재킷에 와인색 실크스카프를 한 그가 오늘따라 마음문을 활짝 열어젖힌 방랑자처럼 보인다.

밖엔 꽃향기가 떠돌고 있다. 진아는 빌딩 입구에 서서 그를 기다린다. 그가 걸어나오는 모습이 보인다. 그녀는 길 쪽으로 얼굴을 돌리고 서 있다.

"와줘서 고마워요. 가시죠."

그가 다가와 어깨에 손을 살짝 올리며 말한다. 발걸음은 가벼워지고 몸의 어디에서 갑자기 찔레향기가 나는 듯하다. 오늘은 그가 어디로 가는지 한번 따라가 보고 싶다. 어떤 일이 일어나는지, 끝까지 따라가 또 다시 한번 변신의 터널 속으로 들어가고 싶다. 그는 뭘 생각하는 듯 말없이 걸어가다가 걸음을 멈추고 진아를 본다.

"한 삼십 분쯤 시간이 있습니다. 오늘은 혜화동에서 탈북자 인권위원회 모임이 있어요. 지금은 무슨 책을 읽고 있나요?"

숲의 환상이 멀어지고 시끄러운 뿌연 거리가 눈에 들어온다. 진아는 의아한 얼굴로 그를 본다.

"캐서린 맨스필드 단편집을 원어로 읽고 있어요. 산문시 같은 글이 섬세하고 아련해요. 맨스필드는 병원 대기실에 관해 글을 쓰고자 했는데, 아파서 쓰지 못했어요. 삼십오 세의 짧은 생애 동안 결핵 때문에 병원과 요양원에서 대부분 보냈거든요. 저도 언젠가 병원 대기실에 대해 한번 쓰고 싶어요."

"좋겠는데요. 거기 앉아 무얼 생각하죠?"

"꿈도 생각하고, 의사 앞에서 무얼 말할까, 하는 생각도 해요."

대기실에 앉아 자신의 낯선 이름 부르는 소리를 기다린다. 어디로 떠나고 싶은 마음이다가 몸 안의 어두운 영에게 혼잣말하기도 한다. 나가! 나가!

"열망이 현실 속에서 이루어지는 것을 믿지요?"

그의 마음이 마음속 비밀을 읽어버린 것일까. 그의 마음이 어디까지 흘러가는지 따라간다. 마음은 저 홀로 떠돌다 육체의 집으로 돌아와 다시 상상의 집을 짓는다.

"오직 꿈을 꿀 뿐예요."

그는 씩 웃으며 연민의 눈으로 진아를 본다. 상대방의 마음을 읽은 뒤에 그 쪽으로 어쩔 수 없이 쏠리는 그런 눈빛이다. 보도블록이 패인 데서 넘어질 듯 갸우뚱하자, 그가 얼른 오른손으로 어깨를 감싸안는다.

"나도 젊은 시절에는 문학청년이었죠."

그런 시절을 보냈기 때문에 시를 쓰라고 자주 말했던 것일까. 그는 그 무엇 때문에 끈질기게 창조의 문 앞에서 서성거리고 있다. 그의 말들이 언젠가 풀어야 할 사슬이 되어 몸을 감고 있는 듯하다. 진아는 어머니 얘기며 학원에서 일어난 일들이며 일주일에 한 번씩 미술치료를 받고 있다는 말까지 한다. 가끔 최영우와 심향미를 만난다는 말까지 한다.

"의사도 머리를 앓는 순간이 있죠. 한 사람의 환자가 되는 것이죠. 갑자기 사는 것이 아찔하고 혼돈 속으로 빠져들고. 무의식 중에 엉뚱한 말이 튀어나오고. 자신의 한계에 대한 회한이 가슴을 짓누르죠. 체험하는 만큼 인간 이해가 깊어진다는 말이 있어요."

진아는 걸음을 멈추고 의사를 본다. 진실하고 솔직한 그가 친근하게 느껴진다. 언젠가 그와 함께 산에 가고자 하는 꿈, 그 열망이 어린 환상의 산이 어른거린다. 산등성 너머로 먼동이 터오는 그 불그레한 빛 쪽으로 두 사람은 걸어가고 있는 듯하다.

"저어……."

"네엣?"

"저어, 속에서 때때로 악령이 꿈틀거리는 듯해요."

"나 자신이 온전한 존재가 아니라는 것을 인정해야죠. 그 속에서 최선이 뭔지를 찾아야 해요. 시간이 지나가면 좋아질 겁니다. 새로운 곳에 자신을 던져 보세요."

"북쪽과 남쪽 사이에도 분열을 원하는 어떤 보이지 않는 존재가 있을까요?"

"우리 모두는 악과 죄의 존재가 아닌가요?"

"네, 그래요."

희미해진 햇살이 가로수 가지 사이로 은은하게 비치고 있다. 차들은 거칠게 달리고, 오후의 말간 햇살이 거리를 드리우고 있다. 바람이 부는지 푸른 잎들이 살랑거리고 있다. 말없이 걸어가고 있는 이 저녁길이 꿈속의 숲길처럼 아늑하게 느껴진다. 언뜻 스치는 몸 냄새, 사랑하는 사람의 냄새…… 갑자기 따뜻한 손, 따뜻한 품이 그리워지면서 음지의 길에서 떨어져나가고 싶은 충동이 솟구친다. 둘로 나뉘어진 마음은 파닥거리는 날갯짓 속에서 하나가 되려고 꿈틀거린다. 진아는 그 옆으로 다가가 그의 팔을 와락 껴안는다. 그는 잠시 움찔하더니 곧 여유로운 태도로 발을 맞춰 천천히 걸어간다.

"내가 진아 씨를 좋아하고 있다는 것을 알죠? 아내 다음으로……"

어젯밤 꿈속에서 영은 기쁨이구나! 하고 허공에서 들려오는 소리는 그의 목소리였던가.

"최영우는 만날수록 좋은 사람이던데, 귀농준비는 잘 되어가고 있나요?"

왜 갑자기 말의 방향을 틀어버리는 것일까. 그는 평양에서 최영우와 입맞추었을 때 뒤돌아보았다. 그 목격 장면조차 이상의 힘으로 누르고 더 넓은 광야로 홀로 나가는 듯 보인다.

"잘 되고 있어요. 부모님이 특수농작을 하신대요. 이제는 피곤하고 복잡한 삶이 싫다고 해요. 돈도 살만큼만 있으면 된대요. 그 사람은 부족한 게 하나도 없어요. 선생님 때문에 몸도 마음도 건강해졌대요."

"최영우와는 잘 통할 것 같은데…… 자신감도 있고, 장래성도 있고, 좋아보여요."

그는 무슨 말을 듣고 싶은 것일까. 마음은 홀로 떠돌다 불안한 삶의 자리로 돌아온다. 평양의 허공을 채웠던 회색 세상, 그 짙은 허무한 덩어리가 눈앞에서 출렁거린다. 저쪽 앞에 네거리가 보인다.

봄 강좌가 일주일 후면 끝나는 금요일 오후의 휴식시간이다. 진아는 창가에서 뿌연 미세먼지 바람이 불어대는 풍경을 보다가 차를 마시고 있는 최영우한테 다가가 말을 걸었다.

"오늘 강의 중에 누군가에게 다가가 먼저 말을 걸어보라고 했죠. 저어 최영우 씨를 진짜로 사귀고 싶은데요."

"언젠가 따라올 수 있느냐고 물었죠? 그 말에 대한 응답인가요?"

"자유롭고 싶어요."

자유롭게 살기 위해서 진아는 최영우한테 문자를 보내기 시작한다. 언젠가 진짜 시인이 되어 의사 앞에 나타나려는 것처럼, 글 쓰는 연습을 하려는 것처럼 자신의 생각을 쏟아놓는다. 날고자 하는 꿈만큼 찢겨진 날갯죽지는 파닥거린다. 어느 한 순간 고이현과 갈등했던 무거운 시절로 익숙하게 돌아가 있다. 어두운 영이 몸 안으로 들어와 자꾸 이탈의 선 밖으로 자신을 내몬다. 한 발짝만 잘못 딛으면 간신히 헤어나온 그 분열의 조짐인 연상작용 속으로 쉽게 빠지게 한다. 나가! 나가! 두 손으로 방어하면서, 또 다른 자신은 그 순간 의사를 찾는다. 그 대립된 두 세계의 사이사이에 갑자기 밀려드는 자유와 해방이라는 달콤한 말……
허무한 날들과 시간들…… 그때 그 틈 사이로 인계된 듯한 그
남자, 보이지 않은 상흔이 이마에 새겨져 있는 듯한 최영우가 비
로소 눈에 들어온다.

  ― 저에겐 숲에 대한 환상이 있어요. 숲에서 영육이 하나 되려는
그런 정신적 쾌감을 느끼려는 환상예요. 어느 땐 처음 병원에 다니
던 그 시절의 분열 증세를 앓을 때가 있어요. 한 몸뚱이 안에서 천사
와 악령이, 영혼과 육체가, 본능과 절제가 부딪치며 으악! 비명소리
를 질러대는 듯합니다. 하나로 통합된 나, 하나로 통일된 나라를 꿈
꿉니다. 이 연둣빛 계절, 변신을 꿈꿔요.

봄 강좌가 끝나면 언제 다시 이구인 의사를 만날지 모른다. 내
일 당장 신문의 칼럼에서 그의 글을 읽을 수도 있고, 일주일 후
엔 그의 통일세미나에 참석할 수도 있다. 일 년 후엔 가면을 쓴
듯 초췌하게 달라져버린 모습으로, 아니면 눈부신 요염한 자태
로 그 앞에 나타날 수도 있다. 기다리면서, 찾으면서 시간은 가
고, 강물은 흐른다. 흘러가는 세월 속에서 피와 살이 되어버린
언약의 말…… 아득한 어둠 속으로 떨어지면서도 점점 높이 날
아오르려는 황금빛 새……

  ― 진아 씨! 우리는 가슴에 구멍이 있는 사람들, 그 구멍을 이제는

메워가며 살고 싶습니다. 우린 서로가 가릴 것도 없고, 내세울 것도 없어요. 아내가 죽은 뒤 처음으로 여자로 보이는 사람이 진아 씨였어요. 진아 씨는 사람을 탁탁 쳐서 긴장시킨 뒤 더 넓은 세상 쪽으로 가게 합니다. 본인은 어두운 영으로 벌벌 떨고 있다고 하지만, 제가 보기에는 그게 은총 같습니다. 고통으로 그만큼 변화해서 자신의 한계를 극복하고 더 넓은 세상 쪽으로 뛰쳐나가려고 합니다. 그 행동하는 눈부신 모습에 저는 끌리곤 합니다. 그렇지만 둘 사이에는 가까이 할 수 없는 벽이 있어요. 그대가 원하는 것을 막을 수는 없으니까요. 생명력이 강한 심향미 씨는 나의 허한 구석을 메워주는 좋은 친구입니다. 우리는 전에 한때 머리를 앓았던 사람들입니다. 모두 새로운 삶을 원하고 있어요. 이보다 더한 유대감이 있을 수 있을까요? 스스로 택한 자유로운 삶의 길에서 이제 뒤로는 돌아갈 수가 없어요. 살아서 숨을 쉬려면 앞으로 나갈 수밖에 없어요. 북쪽과 남쪽에서, 우리의 우정과 사랑을 위하여.

진아는 지하철 벤치에 앉아, 갓 구운 빵 냄새가 나는 카페에서 재즈를 들으며 그의 문자를 읽는다. 인천 연안부두에서 바다와 하얀 새들을 하염없이 바라보다가 문자를 쓰기도 한다.

— 요즘은 낡은 것이 새로 보이고, 새로운 것은 아득합니다. 기억의 저 밑바닥에서 익숙한 낱말을 하나씩 끄집어내어 불러봅니다. 그 울림이 기쁩니다. 어제는 어린이날이라 어린이처럼 흥분하며 조카랑

보냈습니다.

— 내겐 진아 씨의 그런 모습이 꼭 아이처럼 느껴집니다. 그런 점이 너무 좋아요.

한낮에 그림자를 달고 시끄러운 길을 걸어가면, 큰 차들이 자신을 향해 달려올 것 같은 공포감이 밀려온다. 온갖 소음이 귀에 울려 먹먹하다. 방안에 천사들은 숨죽이며 깨어나라고 응얼거리고 있는 듯하다. 하늘 향해 두 팔 벌려 기쁨, 하고 소리치고 있는 것 같은 방안의 하얀 천사들.

— 요즘은 100명 중 한 사람은 정신분열증에 걸린 경험이 있다고 해요. 난 우울증에다 불안신경증에 시달렸어요. 억눌린 상황을 이기지 못해 또 다른 자아가 생겨난 듯했죠. 그런 나를 의사는 살려주었어요. 의식적 자아가 있다는 가능성의 문을 열어두고 치료를 받았어요. 그 뒤로 눈에 보이는 사물은 전에 보았던 익숙한 사물이 아니었어요. 한쪽은 어둡지만, 또 다른 한쪽은 이 세상의 무한한 빛을 계시하는 숲과 나무와 하늘과 태양으로 비쳤어요. 그 변화는 바로 눈앞의 한 사람을 빛의 존재로 바라보게 되었어요. 새로운 자아를 심어준 의사입니다. 그를 사랑하는 것은 내가 살아가기 위한 선택예요. 지금도 가끔 우울하고 속에서 뭔가 쿵하고 주저앉은 소리가 날 때가 있어요. 그때마다 두려움에 떨곤 해요. 내 속엔 아직도 분열을 원하

는 거무튀튀한 존재가 웅크리고 있는 듯이 느껴져요. 불안한 신경 때문에 공포감이 따라다니고 있어요. 최대한 증상을 억제하며 살아가다 보면 우연하게 완치가 되는 경우가 있다고 해요. 저의 무의식은 나를 나로 비쳐주고 건져줄 사람을 추종하게 합니다. 더 넓은 쪽, 더 높은 곳에다 자신을 내던져 둘로 나누어진 듯한 자신을 구하고 싶어요. 있는 그대로의 저를 받아들여주었으면 좋겠어요.

— 어떤 사람도 상대방의 자유를 구속할 수 없어요. 우리는 한때 정신적 위기를 겪은 사람들이기 때문에 지금 이 삶이 더욱 소중합니다. 진아 씨를 볼 때마다 항상 새로워요. 심향미를 볼 때는 우리 민족의 피랄까, 운명이랄까, 하는 게 연상이 되곤 해요. 매인 데도 없고 무서워하는 것도 없고, 당당하게 앞으로 돌진하는 거칠지만 순진한 여장부같습니다. 그게 때로는 묘하게 사람을 끌어당기는 구석이 있어요. 진아 씨는 영이 깨어있는 사람이라고 할까요. 그 영이 떨지 않도록 지켜주고 싶습니다. 우리 모두는 누구나가 분열의 위기를 겪습니다. 진아 씨는 지치지 않고 자신과 싸워 또 다른 새로운 자신을 잉태하려는 꿈이 있는 사람입니다. '햇빛 반짝이는 언덕으로 오라, 친구여!'라는 천상병의 시를 좋아합니다. 고향 시골집의 밝은 언덕으로 초대해요.

이구인 의사가 던진 순간순간의 짧은 말들, 그 말의 여운 속에서 빠져나오기 위해 최영우에게 다가간다. 길을 가다가도 최영우의 문자를 읽는다. 벚꽃이 눈처럼 내리는 길 위에서, 뜰의 꽃나무들이 손짓하는 희망로 길에서, 이 세상 어디에서 터벅터벅 다가오는 진실한 사람의 발소리를 듣는다. 그가 펼쳐놓은 삶의 풍경 저쪽 너머엔 이구인 의사가 비 온 끝의 무지개처럼 보인다. 그는 자유의 끝 지평선 그 어디로, 숲길 너머 광명한 어디로 여전히 가고 있다. 이쪽도 계속 전진해야 하므로, 계속 자유의 폭을 넓혀야 하므로, 서로가 상승해 존재의 향기를 날려야 하므로 허덕이며 배회한다. 그 향기에 한번 중독이 되면, 쾌감 속에서 죽음 너머의 영원한 세계로 날아가는 새가 되는 것일까.

말간 햇살이 거리와 집과 나무를 비추고 있는 주말의 황혼 무렵이다. 시원한 맥주거품과 여행과 추억, 이런 낱말들이 윙윙거리며 저녁거리를 부풀어 오르게 하고 있다. 우연이 일어나기 좋은 어스름녘의 거리를 젊은이들이 오간다. 혜화동 일번 출구에서 진아는 최영우를 기다린다. 저쪽 한길에서 최영우가 걸어오고 있는 모습이 보인다. 소매를 걸어 올린 푸른 셔츠에 청바지를 입고 있다.

"지난번 문자를 읽고 가슴 아팠어요. 헐떡이며 뿌연 황사 부는 거리를 걸어다닌다는 문구가."

그가 손을 잡으며 말한다.

"그걸 기억해요?"

"두 사람 중에 한 사람은 기억하고 있어야죠."

의사를 주시하고 있는 자신의 고독이 그에게서 느껴진다. 그는 심향미에게서 자신의 고독을 느끼는 것일까. 거리가 일몰의 희미한 빛에 싸여 있다. 진아는 그의 팔을 끼고 가벼운 걸음으로 그 빛 속으로 걸어간다.

"우리 어디 가서 간단하게 식사해요. 밥을 먹고 나서 연극 볼까요?"

"좋아요."

소극장 매표소 앞엔 젊은이들이 줄을 서 있다. 연극을 보는 시간은 항구를 떠나려는 배를 탄 느낌이다. 낯선 여행지에서 낯선 길로 들어설 때의 설렘이 있다.

"이구인 의사는 우리들 인생 길잡이 같지 않아요?"

"그래서 지금 이 자리에 있는 거지요."

"아버지가 내려와 농장 일을 도와주길 원해요. 여자가 있으면 같이 내려오라고도 하세요."

최영우는 자신의 마음을 꿰뚫어보고 있는 것 같다. 시골생활의 윤곽이 잡히자 더 자주 전화하고 문자를 보내며 마음을 읽으려고 한다. 울타리 밖으로 뛰쳐나온 망아지를 다시 그 우리 안으로 몰아넣으려고 한다. 희뿌연 저녁 대기가 점점 어두워지고 있다.

봄 강좌가 끝나는 오월의 마지막 시간이다. 수강생들이 강의실을 빠져나가자, 최영우와 심향미가 진아에게 다가왔다.

"차나 같이 해요."

최영우의 목소리가 부드럽다. 오늘은 마지막 시간이다. 이구인 의사와 한마디라도 나누어야 한다.

"먼저 찻집에 가 있으세요."

진아는 머뭇거리며 말한다.

"박사님한테 뭐 할 말 있으세요?"

심향미가 넌지시 묻는다.

"뭘 그렇게 알려고 해요. 그럼, 이따 만나요."

진아가 가만히 서 있자, 최영우가 심향미를 데리고 엘리베이터 쪽으로 간다. 진아는 문 입구에서 그를 기다린다. 그가 입구에서 수강생 두 사람과 악수를 하고 헤어지자, 그녀는 다가가 인사한다.

어둑어둑한 땅거미가 지는 거리를 두 사람은 말없이 걷는다.

"다음달 중순에 밀알회 회원들과 함께 평양에 갑니다. 어린이약을 가지고 갑자기 가게 되었어요. 후원금으로 지은 병원도 둘러볼 계획입니다. 두만강이 보이는 무산 쪽도 갑니다."

"전에 사보에서 선생님의 두만강 에세이를 감동있게 읽었어요. 강물 위로 떨어지는 빗방울이 눈물같다고 썼어요. 북한에 자주 가서 도와주는 이유가 궁금해요."

"신이 인간을 사랑하기 때문이죠."

이구인 의사는 신이 사랑하는 인간을 위해 해야 할 일을 하고 있다고 생각한다. 마음의 벽을 치우고 북쪽 땅을 자연스럽게 넘나드는 것은 신에 대한 믿음 때문이다. 진아는 그 옆으로 바짝 다가선다. 한 발짝씩 옮길 때마다 그의 셔츠의 팔소매에 스친다. 꿈속에선 그의 옷깃에 스친 몸 냄새가 숲 냄새와 어울려 발가벗은 푸른 여인으로 변화시킨다. 지는 햇살 속에서 증인처럼 가로수 잎들이 흔들거리며 자신을 보고 있다. 그는 여전히 절제된 걸음으로 한 걸음 한 걸음 걸어간다.

종로 오가 네거리에 오자, 진아는 그의 몸이 스치도록 옆으로 다가가 걷는다. 카키색 작업복에 푸른 챙모자를 쓴 젊은이가 색색 카네이션과 장미꽃을 길에서 팔고 있다. 짙은 꽃냄새가 대기를 떠돌고 있다. 뿌연 먼지로 탁한 거리는 어느새 숲처럼 느껴진다. 오늘은 그와 함께 어디만큼 가는 것일까.

"시간 약속이 있어 먼저 가야겠습니다."

택시가 지나가자 그가 손을 든다. 그가 차에 올라타 문을 닫는다. 다시 홀로 남겨졌다. 이제 다시 신문이나 기관지 사보를 훑어보며 그의 이름을 찾아내고, 그의 일정을 미리 알아 강의실에 앉아 있을 것이다.

진아는 멍하니 서 있다가 돌아서 찻집을 향해 걸어간다. 두 사람은 자신을 기다리고 있을 것이다. 어쩌면 둘만의 은밀한 대화를 나누고 있을지 모른다. 자신이 무례하게 느껴진다. 무엇에 홀려서 붙잡을 수 없는 것을 향해서 나가고 있는 자신이 낯설게 느껴진다. 그 때문에 경험하는 두만강이나 평양은 자신에게는 신천지 같다. 북녘의 오래된 낡고 삭막한 도시, 궁핍한 사람들은 도와달라고 아우성치고 있다. 의사는 바로 이런 내적 변화를 바라는 것일까. 최영우한테 다가가려면 용기나 변화에 대한 짐 같은 것은 다 벗어던져도 된다. 그 옆에 있으면 이게 잘 사는 것일까, 하는 의문이 든다. 적막한 도시의 저녁 공기가 차갑다.

진아는 가방에서 하늘빛 스카프를 꺼내 목에 두르고선 빨리 걷기 시작한다. 진동이 울린다. 어머니다. 딸의 쓸쓸한 마음을 느꼈나보다.

"여기 통영이다. 아까 점심때는 시장바닥에서 고등어조림을 먹었는데, 맛있더라. 젓갈도 맛있고. 식당 주인이 관상을 보는지, 내 얼굴을 보더니 한마디하더라. 딸이 아들 노릇하겠다고. 집에 있으면 이상하게 온 삭신이 더 아프니까, 돌아다닌다. 허허벌판에 움막 짓고 사는 노숙자 같구나."

어머니는 남도의 항구도시를 떠돌아다니신다. 아이들과 꽃과 바다와 낯선 사람들을 보며 세월 너머 저쪽에서 자신을 부르는 소리를 듣고 계신다. 죽음이 손짓하고 있는 듯한 그 소리를 들으며 어머니의 인생은 비로소 살고 싶은 의욕으로 차오른다.

"오빠는 시안이 엄마 치맛자락 속에서 잘 사니까, 걱정없어야. 시안이를 자주 못 봐 서운하지. 시안이 어미가 친정 쪽만 상대하니까, 어쩔 수 없는 거지. 그래야 집안이 잘 돌아가니까. 애가 할미, 할미, 하며 따르니까, 그게 행복이다. 고모, 고모, 하면서 너도 따르고."

어머니는 앞가슴을 내밀고 약간 뒤뚱거리며 위태한 걸음을 내딛는다. 아버지가 밖으로 나돌 때 어머니는 가정과 자식을 지켰다. 이제는 스스로 쟁취한 자유함 속에서 더 넓은 세상에 자신을 풀어놓고 헤매며 다닌다. 딸도 어머니처럼 떠돌아다닌다. 한 영혼에 취해 새로 태어나면서 한 번도 가보지 않은 광채나는 세상을 기웃거리며 헤매고 다닌다.

"너는 사랑받고, 마음 편하게 살았으면 좋겠다."

"제 걱정은 하지 마세요. 전에는 자신을 너무 짓밟아버렸어요. 지금은 스스로 처방하는 법을 배워가며 살고 있어요."

"처방이라는 게 의사 쫓아다니는 거냐? 어쨌든 널 믿어야. 일 없는 날에는 많이 돌아다녀라. 걸으면 산다는 말도 있으니까. 나이 드니까 떠돌며 사는 게 이리 좋을 수가 없다. 이게 자연의 순리인가보다."

생신날이나 명절 때 어머니 집에 가면 진아는 시안이를 따라다닌다. 시안이는 기관지가 안 좋아 늘 얇은 수건을 목에 두르고 있다. 네살난 아이는 무엇이든 호기심을 갖고 물어본다. 지난번 어린이날에 시안이는 할머니 집에서 잤다. 오빠와 올케가 어버이날에 다시 오기로 했다. 진아는 선물 사기 위해 시안이를 데리고 중심가에 갔다. 문방구에 들러 열두 가지 색깔의 크레파스를 사주었다. 공원을 지나 집으로 가는 길에 아이는 좋아서 선물이든 종이봉투를 들고 껑충껑충 뛰어다녔다. 고모는 무슨 색깔 좋아해? 빨간색. 너는? 파아란 색깔. 아이가 걷다가 걸음을 멈추고 무릎을 살짝살짝 흔들고 허리를 이리저리 흔들며 춤을 추었다. 진아도 시안이를 보며 덩실덩실 춤을 추었다. 맑은 하늘에 짙은 푸른 산이 한 걸음 다가와 지켜보고 있는 것 같고, 하얀 구름떼가 하늘 한쪽에서 서서히 움직이고 있었다. 천사들은 어디에 있을까? 구름 뒤에. 별님은? 캄캄한데. 바람이 부는데, 저어, 왜 나무들이 춤을 안 추어? 센 바람이 불면 춤을 춰. 저어, 센바람은 어디서 불어와? 저어기, 바다에서. 저기 봐. 부드러운 바람에 나무들이 살랑살랑 춤을 추지.

아이가 고개를 끄덕이며 응, 하고 말했다. 아이 눈에 비친 사물과 풍경은 안개가 걷히듯 새로운 얼굴로 붕 떠오른다. 아이는 어른처럼 말을 끊지 않고 저어, 하면서 말을 이어간다. 울퉁불퉁, 뛰뚱뛰뚱, 볼록볼록…… 깡꿍깡꿍, 깡꿍놀이해요. 아이 입에서 의성어가 하나하나 나올 때마다 말이 리듬을 타고 춤을 춘다.

지난번 어머니 생신날이었다. 학원에 가기 위해 점심을 먹고 자리에서 일어났다. 현관까지 따라 나온 시안이가 말했다. 고모, 보고 싶어. 아이도 웃고 어른들도 웃었다. 도서관 옆의 샛길로 들어서자, 아이가 빙긋이 웃으며 말한다. 할미, 할아버지, 엄마, 아빠, 고모, 이모…… 우리는 가족…… 우리는 가족이라는 말을 아이는 어디서 배웠을까. 아이의 말은 반딧불이처럼 어둠 속에서 빛을 발하며 국경의 경계와 강을 건너서 가슴을 둥둥 울린다. 때묻지 않은 아이의 엉뚱한 말은 이 땅의 기억이 스며있는 것 같은 심향미의 말을 연상시킨다. 역사의 증인 같은 강물에 말의 혼(魂)이 스며 먼 바다를 향해 흘러간다. 진아는 아이의 손을 잡고 말했다. 너와 나는 혼(魂)이 통하는 구나.

끝까지 간다

북한강은 석양빛에 물들어 반짝거리고, 저쪽 산기슭에서 어둠이 몰려오고 있다. 최영우는 무슨 생각을 하는지 말없이 강변를 따라 걸어가고 있다. 해질 무렵이면 이상하게 머리가 맑아져 뭔가 새로 시작해야 할 것 같고, 길을 떠나야 할 것 같은 마음이 된다. 낮과 밤이 두 세계로 나누어지고 있는 듯한 어슴푸레한 잿빛 시간, 어디로 이탈하고 싶은 마음이 솟구쳐오른다. 최영우는 자리에 서서 강을 보다 얼굴을 돌려 진아 쪽을 본다. 진아의 타이트한 검은색 바지가 저물어가는 주위 풍경을 받쳐주는 듯하다. 하얀색 블라우스는 강바람에 팔락거리고 있다. 갈색의 긴 머리카락도 나부끼고 있다. 바람 속에서 점점 그에게 가까이 다가간다. 앞을 보는 것 같기도 하고, 허공을 바라보는 것도 같다. 그는 그런 여자의 풍경을 빨려가듯 보고 있다. 그러다 눈이 마주치면, 순간 두 가슴이 맞부딪칠 것 같다. 그에게 다가가자 그가 기다렸다는 듯이 다가와 어깨를 감싸며 앞으로 걸어간다.

"날 따라오겠어?"

"어딘데요?"

"따뜻하고 깊은 곳."

따뜻하고 깊은 곳은 산밑의 아담한 목조 펜션. 한쪽 커다란 유리문엔 불그레한 강 풍경이 담겨 있고, 한쪽 작은 창엔 저녁의 고요한 산이 담겨 있다. 강물에 비친 나무 그림자가 흔들거리며 뭐라고 속삭이는 것 같다. 이구인 의사의 얼굴이 스친다. 그가 창 쪽으로 다가가 커튼을 친 뒤 끌어안는다.

"병원 대기실에서 처음 봤을 때, 너무 인상적이었어. 백치 같은 미랄까, 지적이면서 순수하달까…… 햇살이 비치는 창을 물끄러미 바라볼 땐 정말 아름다웠어. 특히 맑은 눈의 표정이…… 분열증에 시달리는 어두운 구석은 없었어. 소그룹 때는 대기실에서 봤을 때하고는 너무 달랐어. 누군가를 좋아하니까, 쉽게 껍질을 벗을 수 있었었나봐. 아니 사랑하니까, 아니 존경하니까, 어딘지 성숙한 여인의 향기가 풍겼어. 커피타임이나, 옆에 앉았을 때 말을 걸면 아주 짧게 말을 하고. 이상하게 그 말의 여운은 강렬하게 사람을 끌어당기는 구석이 있었어. 나도 모르게 빠져드는 것을 억제할 수 없었어. 심향미는 그런 나에게 위로가 되었어. 고통받고 위로받고. 그렇지만 고통스럽다고 해서 쉽게 한쪽으로 넘어갈 수는 없어. 사랑으로 한 단계씩 위로 올라가야 한다고 믿어."

그가 진아를 바라보고 있을 때, 자신은 이구인 의사가 하는 말을 수집하고 있었던가. 새롭게 태어나는 그 탄생의 시간을 무례하게 훔쳐보고 있었던 것일까. 음지에서 훔쳐보며 홀로 사랑의 뿌리를 내리고 있었던 것일까.

최영우가 뒤로 와서 끌어안고 목덜미에 입을 맞춘다. 그의 팔에 힘이 느껴지고, 그의 일어선 아랫도리가 밀착해온다. 숲속 달빛 아래 벌어진 환상 속의 세포들이 현실의 거센 힘 앞에서 날개 찢긴 새처럼 떨고 있다. 그의 뜨거운 손이 가슴을 만지다 더듬거리며 아래로 내려가자, 숲의 생기에 싸인 세포들이 하나씩 벌어지고 있다. 이 순간 만질 수 있고, 열려 있는 사람 곁으로 다가간다. 그러나 모든 것이 너무 얽혀버렸다. 최영우는 어딘지 전남편과 닮은 데가 있다. 성급하고 허둥대고 마음 가는 대로 쉽게 발걸음을 옮길 것 같다. 그는 자신이 극복한 세계를 다시 펼치려고 한다. 침대에 눕자, 그동안 쌓은 새로운 삶에 대한 갈망은 순식간에 무너져 내리고 육체의 어둡고 깊은 곳으로 피와 살이 하나 되는 골짜기로 떨어질 태세를 하고 있다. 달빛이 강의 수면 위로 튀어오르고 강을 건너 대륙으로 탈출하려는 사람들의 비명이 터져나오는 그 어느 순간, 하나의 거대한 육체가 밀착해 들어온다.

얼마쯤 지났을까. 환한 숲길을 걸어가는 것도 같고, 밀려오는 달콤한 잠 속으로 빠져들려고 할 때 그가 물었다.

"아까 강물소리가…… 선생님이……하고 흐느끼듯 말했어."

팔베개를 풀고 자리에 앉으며 말하는 그의 목소리에 슬픔이 묻어 있다. 뜨거워진 몸은 방향감각을 잃고 방을 숲으로 착각했나보다. 운명은 두 몸이 하나가 된 그 정화의 시간에도 끈질기게 달라붙어 몸을 조였나 보다. 자신의 몸속엔 어떻게 할 수 없는 타인의 흔적 같은 구석이 따라다닌다.

"내가 그랬어요?"

"응, 그랬어. 모든 게 다 한때야. 지나고 나면 안개 속에서 일어나는 일 같고."

"도통한 사람 같아요."

"살다보니까 변했어. 농장에 내려가면 밑바닥부터 일을 배우려고 해. 유기농 농작물도 재배하고. 이 지구에서 계속 생존하려면 그럴 수밖에 없어."

"새로 시작하는 인생, 축하해요!"

"지금까지는 앞만 보고 살았어. 중학생 때부터 광주로 나가 객지생활을 했는데, 이제야 시골집으로 내려갈 마음이 들어. 집 뒤언덕엔 내가 좋아하는 감나무 세 그루가 있어. 모과나무도 있고. 똘똘이 개도 있고. 어린시절 친구들과 놀았던 그 언덕이 세상에서 가장 따뜻한 나만의 고향이야. 고향집에서 새로운 추억을 만들어가며 살고 싶어. 진아 씨랑 함께…… 한 배를 타겠어?"

삶에서 필요한 모든 것들, 집과 부엌과 일터와 사람과…… 그걸 하나씩 얻기 위해 힘쓰다 쓰러져버린 지난날의 흔적이 아직도 따라다니고 있다. 그는 잔인한 삶 속으로 다시 들어오라고 손짓하고 있다. 삶 자체에 속았던 아득한 시절 너머에서 그가 자신을 부르고 있다. 햇빛 밝은 언덕으로 오라고. 온몸에 긴장이 풀어지고 마음이 편안한데도 흐릿한 이미지가 어른거린다. 부드러운 눈빛으로 응시하는 반쪽 같은 의사의 얼굴이다. 그림자처럼 어딜 가든지 따라오는 그의 환영에서 벗어나려는 듯 자리에서 일어나 창가로 간다. 커튼을 젖히자 달빛 아래 검푸른 강이 보인다.

"가끔 내가 둘로 나뉘어있다는 생각이 들어요. 온전한 자신, 하나가 되는 꿈을 갖고 있어요. 이구인 의사는 그때그때 방향을 제시해줘요."

"알아요. 기다릴게요."

진아는 베란다로 나가 유리문을 열고 하늘을 본다. 아침의 붉은 해가 구름떼 사이로 얼굴을 내밀고 있다. 이 도시를 감싸고 있는 맞은편 청계산과 한길의 키 큰 은행나무들과 집집마다 있는 뜰의 꽃나무들이 어울려 서로 화답하고 있는 것 같은 연둣빛 풍경이다. 산 둘레에는 연둣빛 테가 하늘 가까이 둘러져 있어 사방으로 푸른 기운이 퍼져나가고 있다. 이제 열흘만 있으면 이구인 의사는 평양에 간다. 그가 그 도시에 머무는 동안 그를 가까이 느낄 수 있는 두만강이 보이는 대륙으로 날아가고픈 마음이 솟구쳐오른다.

새벽녘 꿈이었다. 붉은 해의 반 조각이 수평선 위로 떠오르더니 이어서 또 다른 반쪽이 떠올랐다. 한 조각 한 조각 붉은 것이 입체그림처럼 서로 어긋나게 비치다가 어느 순간 잿빛 구름 사이로 하나의 붉은 태양이 붕 떠올랐다. 그 순간이었다. 키가 작달막하고 얼굴이 거무스름한 어두운 형체가 비스듬히 열려있는 가슴문을 통해 밖으로 휙 나갔다. 희끄무레한 어둠 속으로 걸어

나가던 형체는 얼마쯤 가다가 뭔가 아쉬운지 뒤를 돌아다보았
다. 잠에서 깨어나자 이른 아침의 먼동이 산기슭 사이에서 환하
게 터오고 있었다.

진아는 향미 씨에게 전화를 걸었다.

"향미 씨가 찻집에서 도문에 곧 간다고 했죠?

'네. 근데 목소리가 참 맑아요. 무슨 좋은 일이라도 있나봐요."

"오늘 새벽 꿈이 좋았어요. 이제 병이 물러갔어요."

"의사를 추종하다 새로 태어났나 봅니다."

아침 태양에 환해진 나무들과 하늘이 말간 얼굴을 내비치고
있다. 가벼워진 몸 깊은 바닥에서 환희라는 말이 뛰쳐나와 허공
으로 날아간다.

"언제 가나요?"

"다음주에 갔다가 한 달쯤 지내려고 하는데, 근데 갑자기 왜
요?"

"향미 씨가 자주 간다는 도문에서 저쪽 두만강 건너 북한 땅을
보고 싶어요."

이구인 의사의 병원에서 빛이 스며나와 마음에 닿듯, 강물 위
버드나무 가지 사이로 비치는 그 어른거리는 빛 한 줄기가 보고
싶어진다.

"며칠 있을 거예요?"

"열흘 정도."

"의사선생도 평양에 간다고 했죠? 나도 평양가서 선생님이나

만날까. 건어물도 사고, 돈을 벌면 꽃제비도 돕고. 최영우를 좋아하다 한국남자를 구체적으로 알게 되었어요. 나라는 여자가 어떤 사람인지 알게 된 셈이죠. 북한과 남한을 중재하는 사람의 위치라는 것을 새삼 깨달았어요. 내 인생에서 가장 큰 수확물입니다."

"심향미 씨의 삶이 너무 매혹적이에요. 여자인 나도 끌린다니까요."

"정말?"

"그래요. 저어, 꽃제비도 소개시켜줘요. 강둑에서 엄마 생각하며 잠을 잔다는 그애를 만나고 싶은데요. 애들은 뭐가 필요해요?"

"엄마 사랑!"

북쪽의 어린 유랑의 무리인 꽃제비. 아이들은 낮엔 강둑을 헤매고 밤엔 그곳 장마당의 차디찬 시멘트 바닥에서 밤을 보낸다. 건너편 아파트에서 불빛이 새어나오고, 그 불빛을 보며 아득한 얼굴, 희미한 엄마 얼굴을 그리며 잠을 잔다. 아이들 입에서 새어나오는 우리나라 말들…… 하늘, 집, 옷, 밥, 엄마…… 언어에는 그 민족의 혼(魂)이 스며있다. 혼이 울고 있다.

"그 애들을 모를 척하고 살면 편할 텐데…… 근데 마음이 자꾸 가는 것을 어쩌겠어요? 그 아이들 얼굴에 어른 같은 복잡한 그늘이 있다니까요."

"필요한 것은 연길 서시장에 가서 사면 되겠네요."

"그래요. 남대문시장만큼 커서 없는 것 없이 다 있어요. 두만강을 따라 러시아 쪽 삼국 국경지대까지 한번 가보세요. 강바람이 세고 여울 물살이 세기도 하고. 대륙에서 강 건너 황폐한 땅을 보고 있으면 절로 슬퍼져요. 두만강은 옆에서 봐도 그립고, 안 봐도 그립다니까요. 하여튼 묘해요. 반쪽 나라의 꿈과 피가 흐르는 강이라 그런가 봅니다. 그럼, 유쾌하게 보내시고, 연락주세요."

죽음과 피와 굶주림이 스며있는 반쪽 나라의 그리운 강……너와 나의 경계선 사이로 잔인한 강물이 흐르고 있다. 강물 위로 햇빛은 반짝거리고, 어디선가 비명소리가 강물에 섞여 흐르고 있다. 피의 강물이 자신을 부르고 있다. 땅과 하늘이 울부짖고 있는 그 땅에 사랑하는 사람이 있다. 반쪽 같은 그가 가는 곳이면 어디든지 따라간다. 점점 높이 날고 있는 빛의 새, 그 언약의 황금새가 자신을 향해 손짓하고 있다.

열흘 후에 진아는 가방을 쌌다. 진짜 시인이 되기 위해 손때가 묻은 세 권의 시집을 챙겨 넣었다. 푸른색 새 노트도 한 권 넣었다. 이제 자신이 그의 말에 대한 응답을 기록할 차례이다. 진아는 두만강 건너 저쪽 황폐한 반쪽 땅을 보기 위해 인천공항을 향해 집을 나섰다. ✈

지난날의 인생을 부정해야 어깨를 펴며 살아갈 수 있는데, 잊지 못할 추억은 스스로 버린 조국에 다 있다. 인생의 거짓 뿌리가 그곳에 다 있는데, 잘려진 나무토막에 푸른 싹이 돋아나지 않고 있다. 조선민주주의 인민공화국에서 새로운 세상이 오기를 기대하는 그리움은 이상하게 대한민국 서울 방 한 칸의 임대아파트에서 더 진해지고 있다. 새벽에 갑자기 문을 두드리는 소리도 없고, 돈되는 것을 모아 밀매하는 허기진 배를 채우려는 노릇도 하지 않는데, 인터넷과 카드와 핸드폰으로 이어지는 살벌한 개인주의 밀림 속에서 여전히 헤매고 있다. 두 개의 조국에서 다 외톨이가 되어 객처럼 떠돌고 있다. 돈을 벌어들이는 강행군의 예행연습도 없이 현장에 뛰어든 암담함. 수십 가지 주스 중에 어떤 것을 골라야 하는지, 전국은행이 어디에 있는지 몰라 물어봐야 한다. 떠나온 조국은 어디를 가나 만날 수 있는 부자의 초상화와 동상과 그 숱한 구호로 이상한 나라이지만, 남한 역시 자신에게는 이상한 나라이긴 마찬가지다. 두 개의 조국이 닮았다는 느낌은 이런 순간 밀려온다.

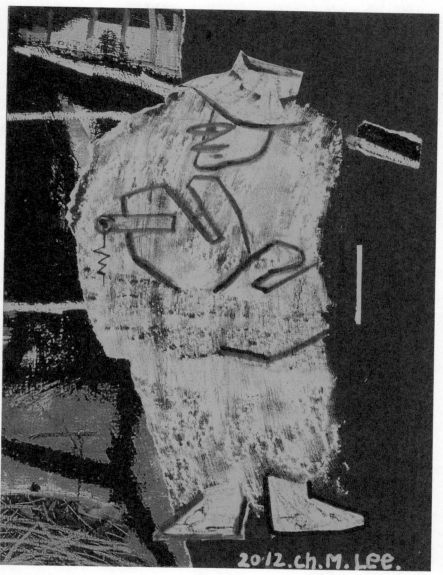

2012. ch. M. LEE.

사유. Collages. 15×20cm

떠도는 사람들

*

왜 술 취한 사람을 때렸나요?

무시를 당해 나도 모르게 일을 저질렀습니다.

주민등록증 좀 봅시다.

정완일은 무심한 얼굴로 주머니에서 지갑을 꺼내 아직도 생소하게 느껴지는 주민등록증을 이형사에게 건네준 뒤 창 쪽을 본다. 창가의 나무들 가지엔 겨우내 견디어낸 마른 잎들이 바람에 살랑거린다. 삼월이 흘러가고 있다.

피해자의 귀에서 피가 나고, 눈가가 퍼렇게 멍들었더군요. 손목도 많이 다쳤어요. 근데 무슨 이유인지, 고소하지 않더군요. 보기에는 순해 보이는데, 화가 많이 났었나보죠?

이형사는 컴퓨터 앞에 앉아 신원을 조회하고 나서 옅은 미소를 띠며 물어본다.

오랜만에 한잔하려고 음식점에 들어갔습니다. 벽에 곰탕이라고 써 있단 말입니다. 난 소주 한 병과 곰탕을 시키면서 물어봤습니다. 곰탕은 곰으로 만드는 것입니까? 그랬더니 종업원 아주머니가 네? 하고 의아한 얼굴로 날 봤단 말입니다. 그때 맞은편에 앉아 삼겹살에 술을 마시고 있던 젊은 남자 둘이 나를 보며 킥킥 웃지 않겠습니까? 기분이 나빠 왜 웃냐고 물었습니다. 그래도 대답을 하지 않고 계속 웃길래 화가 머리끝까지 나서, 자리에서 벌떡 일어나 사람을 뭘로 보냐고 말했죠. 그랬더니 사람을 사람으로 본다고 말했습니다. 그러면 왜 사람을 보고 웃냐고 했더랬습니다. 그러자 그쪽에서 탈북자다, 하고 소리치며 짐승보듯 쬐려보았단 말입니다. 그 순간 이성을 잃어버렸단 말입니다. 탈북자는 사람 아니냐, 하면서 식탁에 있는 술병을 바닥에 냅다 내던져버렸습니다. 그때 어깨가 딱 벌어진 남자가 달려들어 날 두들겨 팼어요. 나도 맞았죠.

보통 때는 울적하면 집에서 혼자 술을 마시는데 오늘은 왜 집으로 들어가기 싫은지 알 수 없었다. 열쇠로 문을 열고 현관에 막 들어섰을 때의 썰렁한 어둠은 자신의 마음 색깔 같기도 하고, 끈질기게 추적하는 감시자의 눈초리가 숨어있는 공간처럼 느껴지기도 했다. 더구나 날이 흐리고 종일 머리가 어지러웠다. 바깥 날씨처럼 연구실 공기는 무거웠다. 책상 앞쪽의 창문엔 작은 공원이 담겨 있고, 북한에 가본 적이 없는 두 명의 연구자는 책을 뒤적이며 컴퓨터에 무얼 입력하다 물어보기도 했다. 통일에 대한 심층적 탐구와 그 이후 심리적 극복 방법에 대한 창의적 방안을 말해보세요. 그들의 말은 학구적이고 논리적이었다. 자신과 그들 사이에는 벽이 있었다. 이 모임 저 모임 나가 사람을 만나지만 벽이 느껴졌다. 버리고 떠난 나라의 주체사상과 굶주림에 허덕이는 답답한 현실을 연구하는 자신이 이중인간처럼 느껴졌다. 중압감 때문인지 뒷골이 쑤시고 모든 걸 다 그만두고, 어디로 사라져버리고 싶은 충동이 불쑥 일어나곤 했다. 모스크바에선 그 충동 때문에 남한으로 왔다. 이제 다시 어디로 떠나고 싶은 충동이 살랑거리지만 가야 할 땅이 보이지 않는다.

정완일 씨! 가까이 지낸 사람과 통화 한번 했으면 하는데요.

정완일. 남한에 와서 새로 얻은 자신의 이름이다. 어색하고 생소한 이름처럼 자신의 삶도 낯설다. 그동안 무엇을 잃어버렸는지, 무엇을 버려야 하는지, 모든 게 아득하다.

왜 그렇습니까?

참고할 것이 좀 있어서요.

얼른 떠오르는 사람이 없다. 탈북자처럼 무언가 허기지고 목말라하는 박서경은 서울생활의 적응을 돕기 위한 안내자일 뿐이다.

없습니다.

지금까지 여기 와서 만난 사람 있잖아요. 누구라도 좋아요. 개인적으로 친분관계만 좀 있어도 됩니다.

정완일은 지갑에서 수첩을 꺼내 상담선생의 전화번호를 불러준다. 이형사는 사무실로 들어간다. 게시판엔 '실종자수배와 사람을 찾습니다' 벽보가 붙어 있다. 한쪽엔 부근 지도와 경찰서비스 현황에 대한 벽보판이 조금 비뚤하게 걸려 있다. 왜 나는 지금 경찰서에 와 있는 것일까. 기다렸다는 듯이 목을 죄이는 듯한 불안과 두려움이 밀려온다. 밤이면 어둠을 박차고 갑자기 누군가 문을 두들길 것 같고, 누군가 지긋이 자신을 따라다니고 있는 듯한 공포감이 다가온다. 길을 걸을 때 붉은 세월의 흔적이 살아나면 약국에 들어가 탈출구마냥 수면제를 산다. 스스로 찾아온 반쪽 조국의 선물은 병과 외로움이다.

상담선생은 불안과 우울증은 '양가감정에 의한 갈등' 때문인데, 다른 탈북자보다 증세가 심하다고 했다. 양가감정이란 두 개의 공존할 수 없어 보이는 감정, 생각, 인식, 충동이 한 사람의 마음속에 있는 심리적 갈등상태를 나타내는 정신의학적 용어라고 했다. 탈북자가 남한에 살면서 목숨을 걸고 찾아온 곳이 그런만한 가치 있는 곳이 아니다, 하는 소속감 부재와 자신의 문제를 능동적으로 해결하지 못하면 심리적으로 큰 갈등을 일으킨다는 것이다.

새가 떠난 회색 가로수 아래로 남자와 여자가 지나가고 있다. 언뜻 '한민족평화통일협회'에서 소개해준 상담선생의 얼굴이 스친다. 그는 자신을 평범한 사람처럼 자연스럽게 대해 주지만 쉽게 다가서기가 겁이 난다. 자신의 서울생활 안내역할을 하는 박서경도 그냥 보통사람처럼 자신을 대해준다. 두 사람은 자신의 감정을 얼굴에 나타내지 않는다. 어떠한 삶을 살아 그들은 쉽게 눈물을 보이지 않는 의지와 절제력이 생긴 것일까.

　정완일은 자리에서 일어나 정수기 쪽으로 가 물을 마시고 다시 자리에 앉아 유리문 밖의 뿌연 풍경을 본다. 눈에 익숙한 잿빛이다. 평양은 사람도 건물도 대기도 짙은 잿빛의 암울한 도시이다. 눈물과 고통이 스며들어 있는 듯한 회색 색깔이다. 겨울의 모스크바도 잿빛 도시이다. 햇빛이 비치면 눈더미는 금빛 은빛으로 변해 저쪽 자작나무 숲 쪽으로 몰려갔다. 경찰서 건너편의 작은 마트 주위에 서너 그루의 물오르는 나무가 보인다. 나뭇가지에 앉았던 새가 갑자기 휙 날아간다. 훨훨 날 수만 있다면 어머니 계신 곳으로 갈 수 있을 것이다. 그리움과 죄의식이 가슴을 압박해 온다. 어젯밤 꿈에 어머니가 야윈 얼굴로 나타나 마른 땅에서 아무 풀이나 캐고 계셨다. 아무것이나 입안으로 들어갔다. 꿈속에서 오마니, 하고 불렀다. 어머니는 무슨 암호 같은 소리를 응얼거렸다. 아마 어렸을 때부터 자주 들었던 입조심해라, 하는 말 같기도 하고 우린 속고 살았다, 무슨 일을 닥치면 하늘에 대고 말해라, 하는 말 같기도 했다. 꿈속에서 깨어나자 온몸은 땀에 젖어 있고, 왼쪽다리에 마비가 와 움직이지 않았다. 어머니가 꿈속에 나타나면 손발은 죄의식으로 오그라들곤 한다. 네가 원하는 곳에서, 원하는 인생을 살거라. 모스크바를 떠날 때 어머니가 한 말은 지금은 자신을 합리화시키는 말로 변해버렸다. 지난번 치킨집에서 햄버거를 먹고 있을 때였다. 장마당을 떠도는 오마니의 야윈 모습이 어른거렸다. 더 이상 먹을 수가 없어 자리에서 벌떡 일어나고 말았다.

다 잘됐습니다. 좋은 분 만난 것을 행복하게 여기십시오. 꿈을 안고 왔으니까 잘 살아야지요.

감사합니다.

한국에 온 지는 얼마나 됐습니까?

일 년 반됐습니다.

상담선생이 우울증이 심하다고 하더군요. 보기엔 아무렇지도 않은데.

상담소에 세 달째 다니고 있습니다. 많은 탈북자들이 남한생활에 적응을 잘못해 심리적 갈등을 느낀다고 합니다.

남 말하듯이 하는군요. 모스크바대학에서 의학을 공부한 유학생 신분이었으면 북한에서도 선택된 사람 아닙니까? 여기로 넘어온 그 정신이면 뭘 못하겠습니까?

자신의 삶을 부정하며 찾은 조국에서 겪을 앞날은 지금까지한 번도 겪어보지 않은, 조화와 균형이 뭔지 알게 해줄 그런 세월일 것이다. 자신을 속이지 않을 날들은 앞날에 있다.

고맙습니다.

정완일은 인사하고 경찰서를 나와 느린 걸음으로 가로수 밑을지나간다. 차 소리로 시끄러운 황사가 불어대는 길을 걸어가자머리가 지끈거리며 아프다. 누굴 만나 차라도 한 잔 하고 싶지만 정작 주위엔 사람이 없다.

 조금 걸어가자 세 갈래 길이 나온다. 어느 길로 가야 할까, 또 선택이다. 여기서 선택이란 죄와 악과 거짓의 체제에 길들여져 있는 나쁜 것을 버리는 것이다. 차들이 적게 다니고 가로수가 있는 조용한 길로 들어선다. 평양과 모스크바에서와는 다른 고달픔이 어깨를 짓누른다. 살기 위해 배낭에 돈이 될 만한 것을 담고 터벅터벅 민둥산을 넘어 황해도로, 황해도에서 함경북도로 생존의 밑바닥에서 헤매는 북한사람처럼 남한에 와서도 여전히 떠돌아다니고 있다. 모스크바의 겨울은 뿌연 안개 속 같았다. 아침 열 시가 되어도 사방은 뿌옇고, 그 희미한 빛 속에서 드러나는 건물도 사람도 뿌옇게 보였다. 마음속의 적막처럼 바깥세상도 회색이었다. 존재의 뿌리가 뽑혀져버린 듯한 절망감이 뼛속과 피 속으로 스며들어 자신이 다른 인간으로 변신하고 있는 듯했다. 상한 영혼을 위로하듯 기다랗게 뻗어있는 자작나무 숲과 고요와 온기, 평양 아가씨들의 해맑은 얼굴과 외진 곳의 수줍게 피어있는 가냘픈 봉선화와 나리꽃들…… 어디 가야 남북의 그 토종 꽃들을 볼 수 있을까.

*

 먼 옛날 어느 별에서 내가 이 세상에 나올 때
 사랑을 주고 오라는 작은 음성 하나 들었지.

언제부터인가, 평양의 젊은이들은 러시아 민요인 '백만송이 장미'를 읊조리곤 했다. 친구와 함께 남한방송을 처음 들었을 때 심수봉의 '아낌없이 아낌없이 사랑을 주기만 할 때' 하는 '백만송이 장미'가 흘러나왔다. 앙상한 골격만 드러나는 아파트 창문에서 반딧불이 같은 희미한 빛이 새어나오는 어두운 밤, 그림자를 달고 걸어갈 때 그 노래가 입에서 흘러나왔다. 허기진 몸뚱이에 심장이 뛰고 있다는 것을 확인하려는 듯 정서적인 별, 꽃, 사랑을 읊조렸다. 붉은 바탕의 흰 글씨 구호들과 어디서나 볼 수 있는 수령님 동상과 초상화가 가슴팍에도 거리에도 학교에도 큰 건물 입구에도 자리를 차지하고 있는 탈출구가 보이지 않는 도시, 눈물이 피가 되어 흐르고 있는 듯한 평양에서 사람이 살만한 땅을 그리며 장미향을 그리워했다. 모스크바에 오자 다른 나라의 정치와 문화가 신성한 공기 속에서 거울처럼 캄캄한 조국을 비쳐주었다. 새로운 인식은 삶의 뿌리를 송두리째 뽑아버리는 것이었다. 우울한 거리를 거닐며 새장 밖으로 뛰쳐나가고 싶은 유혹이 밀려올 때도 그 노래를 콧노래로 불렀다.

박서경을 처음으로 만난 날은 속이 허하고 유독 목이 말랐다. 평양의 거리를 걷고 있는 듯 가슴이 조여드는 그런 허기진 날이었다. 탈북자의 남한 적응을 위한 봉사자를 '한민족평화통일협회'에서 소개받았다. 서울생활에 어느 정도 적응할 때까지 서로 연락해 자연스럽게 만나기로 했다. 중국에서 일 년간 떠돌다 일

년 반 전에 귀순한 김택호는 남자대학생의 도움을 받고 있었다.

박서경. 협회회원. 대학원 2학년 건축학과 재학 중. 프랑스의 행동주의 작가인 말로의 사상에 영향을 받음. 삼수해서 대학에 들어갔고, 학비는 저녁에 김밥 집에서 아르바이트로 조달함. 작년 일년 동안 외국인 노동자들에게 한글을 가르침. 간사가 소개해준 박서경에 대한 짧은 약력이었다.

'자립통일연구소'에서 일하고 있습니다.

대학원에서 건축학을 공부하고 있어요.

박서경은 자신에 대한 소개가 어색하다는 듯이 씩 웃었다. 맑은 큰 눈에 넓은 이마, 콧방울이 약간 큰 것을 입가의 미소와 둥그런 턱선이 감싸안은 얼굴이었다. 자신을 타인처럼 대하며 건성으로 말할 때는 어딘지 불안한 표정이 스쳐지나갔다. 정완일은 자신의 마음을 있는 그대로 드러내는 박서경의 얼굴에 친밀감이 들었다. 주위 탈북자들의 상처로 덧입혀진 얼굴 같았고, 그 망가지고 부서진 이미지에 친밀감을 느꼈다.

지금 가장 힘든 것이 뭐예요?

외로움입니다.

외로움은 뿌리 뽑힌 존재의 가슴에서 터져나온 아우성이고 신음소리였다. 같은 아파트 2층에 살고 있는 김택호는 컴퓨터를 전공하고 있다. 날이 흐리고 마음도 흐려 썰렁한 방안을 서성거리고 있을 때 낙지를 들고, 그러니까 한국말로는 오징어를 들고 한 손엔 소주병을 들고 3층으로 올라왔다.

우리도 그래요.

사람은 누구나 외로워요. 박서경의 눈은 그렇게 말을 하고 있는 듯했다. 정완일은 그녀의 말에 이상하게 긴장감이 풀어지며 무슨 일이든 할 것 같은 자신감이 들었다.

다 바쁘게 사는데, 외로울 시간이 없을 것 같은데요.

사는 것은 다 똑같아요.

우린 여기에선 뿌리가 없습네다.

우리도 경제적으로 뿌리가 없으면 살기가 팍팍해요.

정완일은 자주 협회에 나간다. 협회에 나가는 것은 끊을 수 없는 음흉한 개인숭배의 흔적과 굳어있는 사고의 전환을 위해서다. 한마디로 버릴 것은 다 버리고 배울 것은 받아들이며 변화하여 잘 살기 위해서다.

탈북자를 어떻게 봅니까?

그냥 보통 사람으로 보죠. 나도 공부하며 아르바이트하며 힘들게 살아가고 있어요. 집에 가면 다리가 퉁퉁 부어있어요. 난 사람이 무서워요. 지난번엔 편의점에서 일했는데, 손님이 물건을 훔쳐가버렸어요. 월급도 못받고 쫓겨났어요.

난 밤이면 어둠이 추적하는 형체처럼 느껴집니다. 누군가 뒤를 따라다니고 있는 듯한 두려움이 엄습한단 말입니다.

나도 밤이면 혼자라는 생각이 들어요.

그럼, 어떻게 합니까?

신나는 음악을 듣거나 책을 봐요. 다음에 내가 지을 집을 위해 지금은 행동하며 배울 때라고 믿어요. 협회에 들어온 것도 그 꿈을 위해서죠.

박서경의 삶의 중심엔 남자가 없다. 자신의 꿈, 자신이 되고 싶은 이상형이 있을 뿐이다. 자신을 남자로 생각지 않고, 행동주의 인간이 만날 수 있는 하나의 대상으로 여기고 있는 것 같다. 언젠가 갑자기 닥칠 하나의 나라를 위해 미리 씨를 뿌리는 일을 해야 한다고 생각하고 있는지 모른다. 자신도 씨를 뿌리기 위해 박서경의 주위를 맴돌며 말과 행동 하나하나에서 남한 사람의 관습과 살아가는 법을 배운다. 북쪽과 남쪽은 북극과 남극의 차이만큼 거리가 멀다. 공기도 다르고 말도 다르고 교육도 다르다. 그 차이만큼 비틀거린다.

박서경은 인생을 즐기며 살아간다. 책을 읽을 땐 헝겊 필통에서 여러 가지 볼펜을 꺼내 줄을 그으며 읽는다. 중요한 곳은 형광펜으로 칠하기도 한다. 영화와 팝송도 좋아하고, 연극도 자주 본다. 박서경은 자신이 보기에는 자유인이다. 자유를 갈망하는 자신에게 펼쳐진 자유란 스스로 삶을 누릴 수 있는 능력을 말하는 것이다.

주말을 어떻게 보냈습니까?

포제션과 레브레타 비디오를 봤어요.

무슨 암호와 같은 영어가 튀어나온다. 그 암호를 풀어가야지 미팅과 펀드와 이벤트와 클럽 같은 이 사회의 거미줄처럼 얽힌 배경에서 나온 말들을 이해할 수 있을 것이다. 박서경을 알아야지 이 나라를 알아갈 수 있을 것이다.

*

정완일은 연구소에서 조금 일찍 나와 상담소가 있는 종로 거리를 걸어가고 있다. 비라도 올 듯 날이 우중충하다. 목이 답답하고 갈증이 인다. 공기도 잿빛이고 마음도 잿빛이다. 평양의 그 절망스런 잿빛이 마음속에 들어와 있다. 그는 조금 걸어가다 넥타이를 풀어 주머니에 넣는다. 비가 한 방울씩 떨어지기 시작한다. 빗방울이 아무 데서나 죽어가는 사람의 핏방울처럼 느껴진다. 온몸에 한기가 느껴진다. 나는 지금 왜 여기 있는 것일까. 지나간 무거운 시간들이 자신을 사정없이 압박한다. 강요된 이념들, 주입된 역사관들, 맹목적으로밖에 살 수 없었던 허무한 날들이 지금은 피가 되어 방울방울 몸에 달라붙어 있다. 반쪽 조국을 탈출한 대가는 목숨, 피이다. 반쪽인 또 다른 조국에서도 피는 계속 흐르고 있다. 버리고 떠난 조국도, 목숨 걸고 찾아온 반쪽 조국도 다 낯설다. 이것이냐 저것이냐, 러시아에서 하나를 선택해야 할 때 주체사상 대신에 매달렸던 신은 지금 어디에 있는 것일까.

정완일은 상담소가 있는 오층 회색 건물 앞에서 습관적으로 주위를 둘러본 뒤 삐거덕거리는 낡은 나무계단을 밟으며 이층으로 올라간다. 옷이 비에 후줄근하게 젖어 있고 가슴으로 냉기가 스며든다. 사무실로 들어서자 컴퓨터에 눈을 두고 있던 여직원이 잠시 기다리라고 말한다. 조금 있다 여직원은 이름을 부르며

들어오라고 상담실 앞으로 가 문을 열어준다.

지난번 형사가 전화했을 때 도와준 것 감사합니다.

경찰서라고 하니까, 놀랬지. 왜 그랬어요?

선생은 탈북자를 위해 무료로 상담해주고 있다. 목소리가 부드럽고 어떤 일에도 흔들리지 않을 중심이 있는 사람처럼 보인다.

그날은 종일 우울하고, 자신이 붕 떠 있는 고무풍선처럼 느껴졌습니다. 그냥 어디로 사라져버리고 싶었단 말입니다. 갈 데라곤 집뿐인데, 텅 빈집이 싫어 소주 한 잔 하려고 음식점에 들어갔더랬습니다.

요즘도 누가 감시하고 있는 것 같습니까?

평양에 살 땐, 항상 막연한 불안 속에서 살았습네다. 친구 때문에 몰래 듣기 시작한 남한 라디오 방송 때문인지 모릅니다. 외화벌이로 영국에서 살았던 친척 형의 자유주의적인 냄새 때문인지 확실하지는 않습니다. 당의 고위간부였던 아버지 성분 때문에 모스크바로 유학갔던 시절도 그랬습네다. 선배들과 나눈 체제 비판적 말로 감시원들이 나를 드러내놓고 주목하자, 다시는 조국으로 갈 수 없을 것 같았습니다. 러시아에서 내 의식도 이 년 동안 달라져 있었습니다. 갈등하다가 아버지가 심장병으로 세상을 떠났다는 소식을 듣고 나서, 남한으로 오게 됐습니다.

어디서나 정착하는 데는 아픔이 따르죠. 그러나 스스로 선택해서 왔잖아요. 모든 것이 이제는 자신의 책임 아래에 있는 거죠. 용기, 도전, 성실…… 그런 덕목들이 필요하지요. 그러면 진실한 사람을 인정하는 사람들이 생기기 마련이죠.

인천공항에 막 도착했을 때, 자신 속의 여러 가능성들이 하나씩 터져나올 듯한 생애 처음 느껴보는 그 빛 같은 환희는 선생이 말한 덕목들을 실현했을 때 찾아오는지 모른다. 여긴 진실했을 때 길이 열린다. 처음으로 인간답게 살 수 있는 땅을 밟은 것이다.

지금까지 경험하지 못한 것들을 스스로 하나씩 찾아야 한다고 생각하고 있습니다.

정완일 씨는 변화하려는 욕구도 있고, 그만큼 허무의식도 있어요.

협회에서 선생을 소개해줬을 때는 사람들 문제로 지쳐 있었다. 하나원에서 나온 지 얼마 안 되어 저녁에 영어회화반에 다닐 때였다. 중소기업에 다닌다는 선량하게 보이는 젊은 남자가 접근해왔다. 말을 트고 지내는 사이가 되자, 고금리 이자 때문에 힘들다고 말했다. 그의 입에서 천만 원, 하는 말이 튀어나오자 마음이 움직였다. 남한 친구도 사귀고 싶어 빌려주었다. 그것으로 끝이었다. 그는 학원에도 나오지 않고 전화도 받지 않았다. 가끔 억울하다는 생각이 들면 전화했다. 사람들은 자기가 필요한 사람을 선택해 만나고, 필요가 없을 땐 돌멩이 버리듯 잔인하게 차버리는 것 같다. 사람들이 명함을 주면 그걸로 관계가 이어지는 줄 알고 전화라도 하면 형식적으로 짧게 받았다. 오십대 중반의 상담선생을 처음 만났을 땐, 묻는 말에 퉁명스럽게 대답하고는 멀뚱히 바라보기만 했다. 지난번 경찰서 일로 도와준 뒤로는 굳게 닫힌 마음이 조금씩 열리고 있다.

모스크바에서 남한의 기업광고를 전차에서 봤을 땐 충격을 받았습니다. 동구권은 무너지고, 러시아 사람들은 개인의 행복을 추구하며 살아가고 있었습니다. 지금까지 살아온 세상과는 다른 세상이 눈앞에 펼쳐졌습니다. 모스크바 거리를 걸으며 나는 어디서 와서 어디로 가는가, 끝없는 질문을 하곤 했습니다.

모스크바는 황혼이 아름다운 자유스러운 도시였다. 노을은 하늘을 불그레하게 물들이고, 저녁이면 건물들은 부분조명에 은은한 빛에 싸였다. 털모자를 쓴 사람들은 집과도 같은 두툼한 외투를 입고 우주 같은 사람들을 만나러 가거나 공연장으로 바삐 걸음을 옮겼다.

이제는 변화하지 않으면 도태되는 속도의 시대에 살고 있어요. 매일 쏟아지는 디지털 정보의 양은 어마어마하고요. 스스로 무엇을 하며 살 것인가, 목표가 분명해야 합니다. 정체성이란 있는 그대로 자신을 믿고 확신하는 거죠. 또 좋은 사람을 만나면 사회적응도 빨라질 겁니다.

다 자기하기 나름이라는 말을 많이 들었습니다. 결국은 자기와의 싸움이란 말입니다. 저어, 전에 말한 여자 이야기를 해도 되겠습니까?

건축학을 전공하는 여학생 말인가?

예.

상담선생이 미소를 지으며 정완일을 본다. 인간에 대해 애정을 드러낼 때 그가 아주 큰사람으로 느껴진다.

요즘도 도움을 받고 있나요?

예. 요즘은 친구처럼 느껴진단 말입니다. 믿어도 될지 말아야 할지, 망설일 때가 있습니다. 한 번 사기 당한 뒤로 달라붙은 습관입니다.

그 여학생의 핸드폰 번호를 불러봐요.

정완일은 전화번호를 불러주고 난 뒤 자리에서 일어나 밖으로 나온다. 그는 습관적으로 주위를 둘러본 뒤 빠른 걸음으로 걸어간다.

*

모스크바의 겨울은 어슴푸레 날이 밝아오는 것 같다가 오후 다섯 시쯤이면 어두워진다. 사람들은 무얼 골똘히 생각하는 얼굴로 앙상하게 벗은 가로수길을 묵묵히 오간다. 여름은 짧고 어두운 겨울은 길다. 사방은 뿌옇고, 사람들은 연인을 만나러 가거나 오페라나 발레를 보러 가기 위해 바삐 움직였다. 뿌연 잿빛 거리에 얼굴이 눈 같이 흰 여자 아이들이 싱그러운 웃음을 날리며 거리를 빛처럼 환하게 했다. 웃음소리는 자작나무 숲으로 스며들고, 평화로운 땅에서 살고 싶은 바람은 쌓이고 쌓여 얼굴을 불그레하게 물들였다. 길에서 벌어지고 있는 사람들의 이별과 만남을 내려다보고 있는 듯한 가로수, 희미한 파스텔톤 색상의 건물들, 매일 밤 열리는 다양한 문화행사와 인생을 즐기며 살아가고 있는 젊은이들…… 아이들의 웃음소리와 여러 색깔의 건물들과 숲들…… 무딘 감성을 깨뜨려주는 풍경을 보며 넌 어떤 인생을 살기를 바라는가? 하는 삶의 본질적이고 근원적인 의문들이 솟구쳐 오르곤 했다. 그러면 분단된 조국의 운명처럼 흐느끼는 듯한 신음이 새어나왔다.

생애 처음으로 느껴보는 탈출에 대한 열망은 남한에서 온 유학생을 알고 난 뒤부터일 것이다. 눈이 오는 어느 날, 대학구내 식당으로 가고 있는데, 맞은편에서 오고 있던 동양인 남자가 자신을 보고 웃었다. 그의 검은 스웨터 위에 달랑이는 황금빛 십자가가 회색 공간의 발가벗은 갈색 나무와 하얀 눈길과 어울려 눈에 확 띄었다. 바삐 걷는 걸음걸이와 총명한 눈빛을 보고 그가 남한 사람이라는 것을 직감으로 알았다.

그 뒤 어느 흐린 날 교정에서 눈이 또 마주치자, 유학생은 말을 걸어왔다. 러시아문학 전공하고 있는 학생이라고 한국말로 자신을 소개했다. 정완일은 평양에서 온 의학도라고 자신을 소개했다. 자신의 입 밖으로 나간 말도 통역이 필요없는 한국말이었다. 피와 얼이 깃든 말은 벽을 넘어 한순간 둘을 하나로 감아버린 듯했다. 한국유학생은 반가우면서도 뭔가 억제하는 듯한 표정으로 바라보았다. 정완일은 그가 무슨 말을 하고 싶은지 알 듯했다. 자기가 하고 싶은 말을 그도 하고 싶었을 것이다. '우린 한민족예요. 빨리 하나가 되어야죠.' 하는 말이었을 것이다.

그 뒤, 공허한 마음에 무언가를 붙잡으려고 할 땐, 정완일은 이상하게 한국유학생의 입에서 나온 신기하게 느껴지는 한국말 과 십자가 목걸이가 생각났다. 언젠가 크고 작은 이콘으로 싸여 있는 아름다운 정교회에 갔을 때, 강대상 한가운데의 커다란 나 무 십자가가 눈에 확 들어왔다. 어머니가 말한 하눌님이 바로 저 십자가의 주인인 하나님인 것이다. 어머니는 어떻게 저 상징물 의 계시를 알았을까. 고통이 공기 같은 삶 속에서, 직감과 가슴 으로 이어오는 침묵의 언어 속에서 신의 실체를 붙잡은 것일까. 저 나무의 주인이 북쪽도 남쪽도 밝혀주고 있다는 생각이 들면 자유에 대한 탈출의 갈망이 솟구쳤다. 점점 메말라가는 한줌 흙 같은 어머니의 얼굴도 따라다녔다. 남쪽 나라를 더듬으면 북쪽 의 어머니가 걸렸다. 죄의식이 꿈틀거려 가슴이 절망으로 타들 어갔다. 홍수와 가뭄으로 배급이 끝나자 등짐지고 떠나는 사람 들이 늘어났다. 살아남기 위해 낯선 신에게 하늘님! 하고 부르 짖었다. 하늘을 보고 그 누군가를 향해 도와달라고 읊조렸다. 누 군가 하늘에서 엿듣고 있는 듯했다. 어떤 때는 기다란 광채나는 손이 내려와 이끌어주는 듯했다. 그때마다 희망 속에서 꽃향기 같은 바람이 스쳐 지나갔다.

모스크바에 와서야 그 누군가가 하나님이라는 것을 알게 되었다. 탈출에 대한 용기가 생겼다. 같은 말을 쓰고 있는 같은 땅의 남쪽 나라로 가자.

*

연구소에서 조금 일찍 나온 정완일은 종로를 걸어간다. 탑골공원에서 김택호를 만나 모처럼 밥을 먹기로 했다. 거리엔 사람도 많고 차도 많고 상점도 많다. 같은 음식점이 여기도 있고 저기도 있다. 미장원이 여기도 있고 저기도 있고, 찻집이 여기도 있고 저기도 있다. 평양의 생기가 없는 거리, 서울의 시끄러운 거리. 평양의 콘크리트 회색 아파트 일층 좌판대 위의 서너 가지 초라한 물건들. 쓰레기가 넘쳐나는 서울. 어딜 가나 붉은 깃발이 나부끼는 평양. 여긴 암호와 같은 영어상점 간판들이 여기도 저기도 있다.

지금 나는 왜 여기에 있는 것일까. 움츠려드는 마음을 펴고 욕망의 대열 속으로 뚫고 들어가야 한다고 자신을 향해 속삭인다. 남자 어르신 한 분이 신문지와 박스를 가득 실은 수레를 밀며 사람들 속으로 가고 있다. 그의 뒷모습이 북한 사람처럼 무거워 보인다.

어머니는 언제 어느 때 무슨 일이 닥칠지 모른다며 천 조각이나 판자때기나 비닐봉지 하나라도 버리지 않고 작은 골방에 쌓아두었다. 너무 초라해서 어머니의 그런 태도가 싫었다. 지금은 슬픈 여운 속에서 뭐라고 자꾸 말을 걸어오는 듯하다. 어머니는 숨막히는 옥죄는 세월 속에서 꿈을 더듬게 했다. 겨울이 지나면 봄이 오듯이, 죽음이 아니라 바라며 견디게 해주었다. 죄의 뿌리는 어머니를 떠난 것이다. 여기선 혼자 길을 찾아 가능성의 문을 두들겨야 한다. 일어서고 쓰러짐이 다 자신의 선택과 능력의 결과이다.

학원가방을 든 서너 명의 아이들이 지나간다. 아이들은 어른처럼 바쁘다. 하루 일과가 열 시에 끝난다고 하던가. 수령님의 교시를 달달 외우며 단조롭지만 재미있게 살았던 어린시절. 소년단의 붉은 스카프를 하고 친구들과 함께 학교갔다 돌아오는 길, 보통강 가의 버드나무 사이로 어른이 됐을 때 낯선 곳을 자유스럽게 떠돌아다니는 자신의 모습이 어른거렸다. 그 꿈 자락 때문인지, 지금 반쪽 조국의 거리를 쫓기듯 걸어가고 있다.

공원 안엔 나이든 남자들이 여기저기 모여 장기를 두거나 대여섯 명의 사람들이 모여 중절모자를 쓴 남자의 시국연설을 들으며 박수치고 있다. 군데군데 여자들도 보인다. 발가벗은 나무들은 인생 황혼기에 접어든 고독하고 가난한 사람들을 침묵의 너그러운 품으로 감싸고 있다.

정완일은 공원을 한 바퀴 돌고나서 벤치로 가서 앉는다. 어정거리는 할아버지들 사이로 거무스레한 얼굴에 키가 작고 왜소한 젊은 남자가 빠른 걸음으로 오고 있는 모습이 보인다. 배낭을 멘 김택호다.

일자리 구했어?

김택호가 자리에 앉자 정완일이 묻는다. 그는 학교수업이 끝나면 할 수 있는 아르바이트를 찾고 있다.

컴퓨터학원에서는 내레 탈북자여서 안 받겠다 기랬어. 여기온 거이 되레 절망이라고.

여긴 성분을 따지지 않아. 다른 일 더 알아보라고. 여긴 실력만 있으면 일없다고.

둘이 만나면 자연스럽게 북한말이 튀어나온다. 빠른 말의 속도도 느려지고 얼이 빠진 얼굴로 허공을 보며 뭐라 혼잣말하기도 한다. 그도 하나원에서 나온 지 얼마 되지 않아 정착금 중에서 천만 원을 사기당했다. 친절한 중년남자를 몇 번 만났는데, 건강식품 파는 대리점을 동업하자고 해 믿고 돈을 주었는데 그것으로 끝이었다. 자본주의 사회를 배우는 대가치곤 너무 커서 그는 새로운 사람 만나는 것을 꺼리고 있다. 택호를 보면 간신히 수그러진 악몽 같은 붉은 상처가 피어나는 것 같다. 탈출구 없는 세상에서 몸에 배어있는 너덜너덜한 누더기 같은 흔적들이 비웃듯 하나하나 살아나는 것 같다. 북한 사람이 아니라 남한 사람을 사귀어야 하는데, 하는 목마름이 솟구쳐오른다. 여긴 사람을 만나면 말이 통하지 않아 대화에 낄 수가 없다.

요즘 머리 아픈 것은 어때?

김택호가 주위를 둘러보며 묻는다. 그를 만나면 북한 땅의 슬픈 공기를 그대로 옮겨다놓은 것 같다. 남한으로 가려고 할 때 두근거렸던 가슴이 여전히 팔딱팔딱 뛰고 있다.

선생은 아무도 날 따라다니지 않는다고 말해주지만, 나도 모르게 어느 순간 주위를 둘러보게 된단 말이야. 무슨 일을 하든 마음이 둘로 갈라져 있다. 북한 사람으로 남한에 사는 것 같다.

우리도 평범한 인간인디, 어떤 때는 이상한 동물처럼 보더라고. 여긴 한 발짝 한 발짝이 어렵다고. 돈으로 시작해 돈으로 끝나는 곳이야.

김택호의 눈이 젖어있다. 그는 눈물이 많다. 허망한 심정에 누구한테 한마디만 서운한 말을 들으면 뺨에 눈물이 흐른다. 슬픔과 고통에는 눈물이 약이라고 생각하는 것 같다.

우리처럼 처음에 방황하는 사람이 나중엔 더 좋을 수 있대.

무엇이든지 공짜는 없으니까. 박서경은 여전히 좋은 친구야?

박서경은 자기가 좋아서 봉사를 하는 것뿐이야. 여긴 그냥 자기가 살고 싶은 대로 살아가는 세상이라고. 우린 남자와 여자가 만나면 결혼을 생각하는데, 여긴 아주 복잡해. 이성친구가 몇 명이나 있기도 하잖아.

여기 생활이 긴장된단 말이지?

모든 게 너무 복잡하고 어렵다고. 어지러운 간판만 봐도, 숨이 막혀 어디로 숨어버리고 싶다.

여긴 다들 너무 바쁘게 살아. 기러니께니 잘 살겠지만……

나뭇가지 사이로 오후의 따스한 햇살이 비치고 있다. 정완일은 김택호를 만나면 그의 곤한 삶의 그늘 속에 들어가 위로를 받는다. 수령님 우상화의 세계와 자본주의 사회, 불이 꺼진 컴컴한 평양의 밤과 환락의 도시 같은 서울의 밤…… 박제된 새와 같은 굳어진 삶과 비상하는 새와 같은 꿈틀거리는 삶…… 그 두 세계 사이에서 방황하는 자신을 김택호는 따스한 마음으로 지켜봐주고 있다. 주말 저녁이면 술을 사들고 불쑥 집을 찾아오기도 한다. 소주 한 잔에 마른오징어를 고추장에 찍어먹으며 회포를 풀 때 살고자 하는 힘이 꿈틀거리는 것을 느낀다.

얼마 전에 약속 시간이 늦어 모범택시를 탔드랬디. 근데 너무 비쌌어. '모범'자 들어간 것이 좋다고 담당경찰관이 가르쳐 주었는데…… 알고 보니 기래 모범택시는 원래 비싸다고 하잖아.

나도 그런 거이 있어. 택시만 빼고는 다른 것은 '모범'자 들어간 것이 좋대.

우린 우리가 아는 것을 여기선 다 버려야 살 수 있디. 역사도 문화도 정치도 다……

그럼, 돌아가고 싶어?

기래 미쳤어? 여긴 천국이디. 핵무기가 밥 먹여주나. 통일, 통일하면서 잔뜩 일만 시키지 않았드랬어. 속고 살아온 우리가 머저리지. 수령님 두 부자가 이렇게 정신적인 불구로 만들었잖아.

기래도 외로움은 어떻게 할 수 없단 말이야. 기러니께니 우리는 양 체제에 다 살아본 사람들이야. 통일이 되면, 우리 같은 사람이 필요하단 말이야.

난 천사 같은 그 사람을 꼭 한번 만나고 싶은데, 만날 길이 없디.

라오스를 통해 태국으로 가게 해준 그 고마운 사람?

응. 그 사람 때문에 꿈이 현실이 됐디. 어디 가서 연락하라고 하면 하고, 기다리라고 하면 기다리고. 마지막 도착지에서 만나기로 했는데, 못 만났어. 연락할 수도 없고. 꿈에서만 그 사람 얼굴이 가끔 보여. 이 꿈 저 꿈 합쳐 생긴 얼굴에선 빛이 나. 아마 그게 천사의 얼굴인가봐.

여긴 그런 천사들이 많아. 그 사람도 누군가 보낸 후원금으로 목숨걸고 그런 위험한 일을 할 거야.

난 다르게 살고 싶은데, 쉽지가 않아. 지금의 내가 무섭단 말이야. 무슨 일을 저지르고야 말 것 같아.

하늘 보고 도와달라고 해.

삶과 죽음의 경계에서 하루하루를 아슬아슬하게 살아가는 김택호, 자신의 모습을 닮았다. 절망의 어느 순간 죽음이 손짓하면 그 미지의 세계로 몸을 던져버릴 것 같은 유혹, 그 끈질기고 악착 같은 붉은 휴혹이 그림자처럼 따라다닌다.

함흥에서 대학을 나온 김택호는 가난과 사회체제에 대한 절망으로 두만강을 건넜다. 배급으로 살아가는 사회주의 나라에서 1995년 무렵엔 배급이 거의 중단되었다. 사람들은 굶어죽지 않기 위해 십리 길 이 십리 길을 밤이나 낮이나 걸어다닌다. 언제 목숨이 날아갈지 모르는 바람 앞의 촛불 같은 신세로 오다가다 만나면 고양이에 뿔이 날 정도의 기괴한 이야기를 나누다 살기 위해 기약 없이 서로 헤어진다. 벌거벗은 임금님, 임금님 귀는 당나귀 귀! 캄캄한 세상에서, 말은 말을 낳아 빛의 반딧불처럼 날아다닌다. 낙서와 삐라도 날아다닌다. 오랜 억압과 한탄 속에서 자조와 아픔이 낳은 희망의 말들은 날개돋친 듯이 민둥산을 넘어 이리저리 떠다닌다. 먹을 것이 없으면 살기 위해 도둑질도 해가며 어두운 나라의 어두운 그림자가 되어 허망하고 또 허망한 인생을 이어간다. 만가지가 부족해 돈이 될 만한 음식이나 나무, 옥수수 등을 장마당에 팔려고 등짐을 지고 항구를 지나 도시로, 함경남도에서 함경북도로, 함경북도에서 두만강을 건너다 들키면 너도나도 사람의 도리라고 말하는 뇌물을 주고 중국으로 건너가기도 한다. 모두가 자기 방면에서 새 먹이처럼 쪼아먹으며, 자기 등짝도 못 믿으며 살아가고 있는 사람들…… 우상 같았던 수령님 부자가 밥을 먹여줄 수 없다는 슬픈 인식. 가장 큰 그 슬픔은 어느새 분단 역사의 한(恨)이 되어 가슴을 흐른다.

두 사람은 오랜만에 오징어볶음을 먹기로 하고 공원 밖으로 나왔다. 낮과 밤 사이의 사방은 희끄무레하다. 정완일은 누군가 따라오는 것 같아 조금 빨리 걷기 시작한다. 가면을 쓴 듯 회색 사람으로 평양의 궁핍한 거리를 걸었던 그 삶의 흔적이 어딜 가나 따라다닌다. 두만강에 불어대는 거센 회오리바람이 느닷없이 가슴에서 불어대기 시작한다. 종로바닥으로 이 민족의 증인 같은 강물이 흐르고 있는 것 같다. 조금 걸어가자 상점들 사이 작은 약국이 눈에 띈다. 누군가 뒤를 따라오고 있는 듯한 공포감이 솟구치면 약국으로 들어가 수면제를 산다. 정완일은 그 충동을 누르려는 듯 김택호의 손을 꼭 잡고 걷는다.

식사하고 나서 네거리에 이르자 김택호는 학원에서 초급반 영어회화를 듣기 위해 길을 건너고, 정완일은 버스정류장 쪽으로 걸어갔다.

*

인적이 드문 가로수길을 지나 조금 걸어가자 불빛이 환한 상점가가 나온다. 하늘의 둥근 달이 따라오고 있다. 그림자도 바짝 다가와 함께 걷는다. 누가 따라온 것 같아 등뒤가 무겁다. 뒤를 돌아다본다. 컴컴한 어둠이 두팔 벌려 목을 조이는 듯하다. 정완일은 걸음을 멈추고 가방에서 핸드폰을 꺼내 천만 원 빌려준 친구에게 혹시나 하는 마음으로 전화한다. 무엇이든지 포기하지 말라고 읽는 책마다 쓰여 있지 않은가. 역시나 받지 않는다. 끝까지 포기하지 말아야 하는지, 잘 먹고 잘 살라고 포기해야 하는지, 잘 모르겠다. 힘이 빠져 느릿한 걸음으로 걸어가자 탈출구마냥 '등대약국'이 보인다. 약국에 들어가 지쳐보이는 약사에게 불면증인데요. 하고 말하자 몇 마디 물어본 뒤 수면제를 건네준다.

정완일은 현관문 앞에 서서 키보드의 뚜껑을 열고 푸른 바탕의 검은 숫자를 누른다. 삐삐. 소리가 나는데 문이 안 열린다. 이 늦은 시간, 저 안으로 들어갈 수 없다면, 어떻게 하지? 다시 천천히 또박또박 누른다. 여전히 안 열린다. 뭐 하나 쉽게 되는 게 없다. 이번에는 잔뜩 긴장해 다시 누른다. 그때서야 삐릴리, 하는 익숙한 소리가 난다.

캄캄한 아파트 실내로 들어서자, 외로움이 기다렸다는 듯이 와락 밀려든다. 외로움이 눈코 입이 있는 어두운 실체처럼 느껴진다.

불을 켜고 썰렁한 빈방으로 들어가 책상 서랍에 수면제를 던져넣는다. 협회에서 기증한 헌 장롱과 책상과 간이침대가 남의 물건처럼 낯설다. 죽음이 유혹하는 듯한 밤이 무섭다. 좁은 방안을 왔다갔다 하다가 베란다로 나가 어둑한 산의 능선과 교회의 십자가와 희미한 불빛에 싸여 있는 상점가를 홀리듯 본다. 얼마 있으면 온기가 느껴지는 저 풍경조차 캄캄한 어둠 속으로 잠겨버릴 것이다. 다시 방안으로 들어와 왔다갔다한다. 까만 구름떼 같은 지난날의 암담한 기억이 잔인하게 밀려온다. 평양에서 정의(正義)라고 믿었던 것이, 가짜라는 것을 알게 된 그 균열의 틈 사이로 허무가 아가리를 벌리고 집어삼키려 한다. 날카로운 눈초리가 방구석에서 노려보고 있는 것 같다. 컴컴한 형체가 현관에 우뚝 서 있는 것 같다. 허기진 북쪽 삶의 흔적이 끈질기게 따라다닌다. 눈물과 고통과 굶주림과 공포를 견디어낸 세월, 붉은 피와 같은 세월…… 장소는 상처로 기억된다. 뿌리가 뽑혀져버린 나무 같은 인생이 두 손을 허우적거리나 손에 잡히는 것이 없다.

지난날의 인생을 부정해야 어깨를 펴며 살아갈 수 있는데, 잊지 못할 추억은 스스로 버린 조국에 다 있다. 인생의 거짓 뿌리가 그곳에 다 있는데, 잘려진 나무토막에 푸른 싹이 돋아나지 않고 있다. 조선민주주의인민공화국에서 새로운 세상이 오기를 기대하는 그리움은 이상하게 대한민국 서울 방 한 칸의 임대아파트에서 더 진해지고 있다. 새벽에 갑자기 문을 두드리는 소리도 없고, 돈되는 것을 모아 밀매하는 허기진 배를 채우려는 노릇도 하지 않는데, 인터넷과 카드와 핸드폰으로 이어지는 살벌한 개인주의 밀림 속에서 여전히 헤매고 있다. 두 개의 조국에서 다 외톨이가 되어 객처럼 떠돌고 있다. 돈을 벌어들이는 강행군의 예행연습도 없이 현장에 뛰어든 암담함. 수십 가지 주스 중에 어떤 것을 골라야 하는지, 전국은행이 어디에 있는지 몰라 물어봐야 한다. 떠나온 조국은 어디를 가나 만날 수 있는 부자의 초상화와 동상과 그 숱한 구호로 이상한 나라이지만, 남한 역시 자신에게는 이상한 나라이긴 마찬가지다. 두 개의 조국이 닮았다는 느낌은 이런 순간 밀려온다.

이젠 모두가 떠날지라도 그러나 사랑은 계속될 거야
저 별에서 나를 찾아온 그토록 기다리던 이 있네

평양에서처럼 '백만 송이 장미'를 콧노래로 부르며 베란다로 갔다가 방으로 갔다가 부엌으로 들어가 생수를 마신 뒤 다시 어정거린다. 무거운 침묵이 목을 조이는 듯하다. 이 허기, 목마름,

갈증은 어디서부터 밀려오는 것일까. 어디서나 한(恨)의 강물이 가슴에서 흐르고 있다. 그러나 양쪽 다 뭔가 밑에서부터 꿈틀거리는 것이 보인다. 다시 돌아가고 싶지 않은 떠나온 조국, 그 땅의 선동적인 구호의 깃발 아래 보잘 것 없는 미물들이 어둠을 갈기갈기 찢어버릴 것만 같다. 바람 앞의 촛불 같은 인생들이 더 이상 속지 않으려고 하나 둘 광장을 향해 여기저기서 모여드는 환상이 반딧불이처럼 날아다니고 있다.

정완일은 비로소 마음이 차분해져 간이침대 쪽으로 걸음을 옮긴다.

*

정완일은 남대문시장에서 박서경과 함께 산 카키색 반코트를 걸치고 나서, 방바닥 구석진 곳의 충전기에 꽂혀있는 핸드폰을 집어 주머니에 넣는다. 시간을 동강내는 듯한 편리한 핸드폰은 아직도 낯설기만 하다. 현관으로 나와 신발을 신고 나서 직사각형의 붙박이 흐릿한 거울을 본다. 평양의 밤거리를 걸을 때 사람이 살만한 바깥세상을 그리워하던 아득한 눈빛이 자신을 보고 있다. 언뜻 어머니의 얼굴도 스친다.

아파트 현관 입구의 작고 초라한 우편함에는 어느새 우편물이 쌓여있다. 탈북자협회와 무슨 모임에서 보낸 그렇고 그런 내용의 가벼운 것들이다. 모임에 참석할수록 모임에 대한 회의가 고개를 든다. 이 모임 저 모임에 참석할수록 마음 깊은 데서 힘들어, 하는 외마디 비명이 터져나오고 있다. 김택호가 만나고 싶어하는 천사 같은 그런 사람을 그리워하고 있다. 어딜 가야지 목숨걸고 음지에서 생명의 길을 만들어주는 그런 의로운 사람을 만날 수 있을까.

정완일은 아파트촌을 나와 식당과 주점들이 밀집해 있는 골목으로 걸어간다. 큰길보다 이 거리가 지하철역에 가깝다. 사람들은 먹고 또 먹고, 마시고 또 마시니까, 이 많은 음식점들이 영업하고 있을 것이다. 골목 모퉁이를 돌아 얼마쯤 걸어가다, 신문좌판대 앞에 습관처럼 걸음을 멈춘다. '북한의 미사일 발사' 신문의 헤드라인이 머리를 둔기로 한 대 치는 것 같다.

정완일은 덕수궁 앞에서 박서경을 기다린다. 머리를 땋은 세살쯤 돼 보이는 눈이 큰 여자아이가 한 손에 노란 풍선을 들고어머니와 뭐라 말하며 걸어가고 있다. 자신이 잃어버린 것이 무엇인지 살아나게 해주는 모습을 끌려가듯 본다. 어머니 손을 잡고 버드나무가 줄 서 있는 대동강변으로 놀러가곤 했다. 푸른 나뭇가지 사이로 햇살이 비치면 세상은 금빛으로 빛나고 넓은 세상으로 나가고 싶은 푸른 꿈은 고무풍선처럼 공중에 떠다녔다. 이제 그 꿈의 남자는 남쪽 나라의 시끄러운 길에서 길로 떠돌아다니고 있다.

누가 어깨를 친다. 박서경이다.

잘 지냈어요? 오늘 교보문고 갈까요?

네, 좋습니다.

요즘 어떻게 지냈어요?

연구소일 마치면 집으로 빨리 들어옵니다. 술은 혼자서 마시기도 하고 택호랑도 마십니다. 그렇지 않으면 견딜 수가 없단 말입니다.

이상하게 박서경한테는 자신의 구겨진 모습을 있는 그대로 말해버린다.

두 사람은 광화문 쪽으로 걸어간다. 박서경은 고개를 갸우뚱하고 골똘하게 뭔가에 빠져있는 얼굴이다. 박서경이 아름답게 보일 때는 이처럼 자신만의 어떤 생각에 빠져 있을 때다.

무엇이 그렇게 힘드세요?

박서경은 자신의 말을 그냥 흘려보내지 않고 어둠침침한 마음으로 한 발 들여놓으며 말한다.

우린 다른 체제에서 일생을 살다온 사람들입니다. 힘들지 않다고 말하는 사람이 있으면, 그건 거짓말이죠.

마찬가지예요.

뭣이 마찬가지입니까?

우리도 살기가 퍽퍽해요. 고삼까지는 죽어라 공부하고, 대학 들어가서는 취업준비하고.

박서경은 헛헛한 고된 삶을 자연스럽게 털어놓는다. 자신의 망가져가는 모습을 박서경에게서 얼핏 느낄 때가 있다.

여기선 뭐든지 유별나면 힘이 든단 말입니다. 고치려고 무진 장 애쓰고 있단 말입니다.

우리도 그래요.

우린 상처가 낫기도 전에 또 다른 상처가 덧입혀진단 말입니다. 힘들 땐 빨리 남한 사람이 되어야 한다고 생각합네다.

그대로가 좋습네다.

박서경이 웃으며 그의 말투를 흉내낸다. 눈가의 희미한 잔주름과 입가의 표정이 서글퍼 보인다. 꿈과 좌절이 어려있는 민낯에서 자신의 얼굴이 보인다.

서점에 들어가 진열해놓은 책들을 구경하고 나서 입구의 커피숍으로 가 자리에 앉자 박서경이 말한다.

지난주에 상담선생이 전화해 잠깐 만났어요.

선생이 박서경의 핸드폰 번호를 물어본 기억이 난다. 밤이면 악몽에 쫓기며 반사적으로 더듬었던 박서경의 흐린 얼굴이 이제 아침에 막 피려는 꽃봉오리처럼 선명하다.

그랬습니까?

상담선생을 만나고 온 날, 내 인생에서 잃어버린 것들이 무엇인지 생각했습니다.

그게 무엇입니까?

지금까지는 목표를 향해 질주했어요. 이제는 다른 길로도 가보고 싶어요. 자립적으로 새 출발하려고 해요.

무슨 말인지 알 듯 모를 듯합니다. 통일을 말합니까?

자립통일연구소 직원의 말이네요. 수석 연구원이세요?

말단입니다.

칠십여 세월 동안 분단되었다는 것은 이유가 어찌되었든 부끄러운 일이죠.

네, 그렇습니다.

정완일 씨를 만나고 나서는 북쪽과 남쪽이 많이 비슷하다는 생각이 들어요.

여긴 너무 복잡하고 신기한 것이 많습니다. 적응하려고 엄청 애를 씁니다.

여기서 태어난 우리도 적응을 잘 못해요. 한 마디로 나그네, 이방인 같죠.

진실한 사랑할 때만 피어나는 사랑의 장미…… 평양의 어둡고 메마른 거리를 거닐며 '백만 송이 장미'를 허밍으로 부르는 젊은이들. 모스크바 거리를 헤맬 때 신음하며 찾았던 희미한 신. 하늘의 누군가에게 도와달라고 갈망했던 말이 훨훨 날아 남한에 떨어져 싹이 자란 것일까. 정완일은 박서경이 싹이 무성하게 자라는 한 그루 나무처럼 느껴진다.

두 사람은 밖으로 나왔다.

거리는 어둡고, 따스한 창문처럼 느껴지는 차들이 달리고 있다. 어디로 가서 정착하고 싶은 곳이 있다면 바로 이 땅 어디이다. 어딘지 자기를 닮은 이 도시의 이방인 같은 또 한 사람과 함께 계속 어디를 향해 나아가고 있다. ✤

이 가파른 언덕 너머 무엇이 있을까

문학작품에 있어 악의 묘사는 그 치료를 위해 있다고 한다. 마찬가지로 문학이 전란의 참혹함을 그린다면, 이는 평화로운 삶의 소중함을 말하기 위해서다. 육신과 정신의 아픔을 묘사하고 서술하는 소설이 있다면, 그 또한 그와 같은 동통(疼痛)을 넘어서는 인간의 대응을 탐색하기 위해서가 아닐까. 일찍이 톨스토이가 『안나 카레니나』의 서두에 가져다 둔 레토릭, "행복한 사람들은 대개 비슷한 모습으로 행복하지만, 불행한 사람들은 제 각각의 모습으로 불행하다"는, 단지 불행한 사람들을 보여주는 데서 소설의 소임이 끝나지 않는 것임을 암시한다. 비록 바른생활 교과서처럼 모범답안을 명시하지 않는다 할지라도.

이재연의 소설 다섯 편을 공들여 읽으면서, 필자는 문득 톨스토이와 그의 작품세계를 떠올렸다. 슬라브 민족주의, 기독교 박

애주의, 휴머니즘의 인간중심주의를 포괄하고 있는 것이 그 소
설들이다. 소설 가운데 아픔과 슬픔과 외로움이 펼쳐지는 것은
결국 그 엄혹한 단계를 넘어서기 위한 탐색의 수순이 아니겠는
가. 이재연의 소설 속에 등장하는 여러 여자들, 뿌리 뽑힌 삶을
살아가는 여자들의 서사는 그러한 삶 자체가 목표일 수 없다. 작
가가 그처럼 암울한 터널을 지나서 무엇이 예비되어 있다는 답
변을 제시하지 않는다.

우리가 사는 21세기를 일러 새로운 유목민(Nomard)의 시대라
고 일컫는다. '노마드'는 라틴어의 어원을 갖고 있으며 프랑스
의 철학자 질 들뢰즈(1925-1995)가 『차이와 반복』에서 노마디즘
(Nomadism)이란 용어를 쓰면서 비롯되었다. 원래의 유목민은 중
앙아시아나 사하라 등의 건조한 사막지대에서 목축업하면서 물
과 풀을 찾아 옮겨다니며 살던 민족을 지칭했다. 그러나 현대의
유목민은 문명화된 공간에서 디지털 기기를 활용하면서 시간 및
공간의 제약을 받지 않는 사람들을 말한다. 캐나다의 미디어 학
자 마셜 맥루헌(1911-1980)은, 현대인들이 마침내 전자기기를 사
용하는 유목민이 될 것이라고 예언한 바 있다. 이 노마드는 정신
의 자유로움을 선물처럼 갖고 있지만, 그러한 만큼 안정된 정착
의 의식을 갖고 있지 못하다.

근자에 이르러 사회적 삶의 환경이 점점 복잡다단해지고 통합

된 가치관이 유실되는 상황에 이르러, 노마드란 용어의 어의는 보다 부정적인 측면을 강화하는 방향으로 사용되고 있다. 이 작품집에 중심인물로 현현한 네 명의 여자와 한 명의 남자는, 그런 점에서 노마드 곧 현대판 유목민이라 호명하기에 알맞은 자들이다. 작가는 이 노마드적 인물들, 외형과 내면의 상처를 끌어안고 그것을 감당하기 위해 방황하며 안간힘을 다하고 있는 그들을 통해 무엇을 말하고자 했을까. 저 옛날 물과 풀이 있는 초원을 찾아 헤매던 유목민처럼 절박하게, 고양된 정신을 궁구하는 인간의 참 모습을 그리려 하지 않았을까.

「무채색 여자」의 '여자'는 정새나란 이름을 가졌으며 몇 개의 상담전화에 의지해서 자신의 심적 상태를 조절하는 불우한 형편에 있다. 어머니의 꿈에 부응하는 성악가가 되지 못했고, 대학 선배인 박진수와 결혼하여 유학을 갔으나 귀국한 다음 이혼했다. 그 이혼 사유에는 남동생과의 가슴 아픈 관계성이 있다. 끊임없이 자신을 돌아보며 그 내면에 대해 반추하는 곤고한 일상의 주인이다. 그런 만큼 이 소설에는 많은 이야기가 잠복해 있고 많은 사건이 일어나고 있다. 그 모두가 극도로 내면적인, 이를테면 찻잔 속의 태풍인 셈이다.

집 밖 더 넓은 세상으로 나가보도록 하세요. 새로운 삶이 시작될 겁니다.

의사가 한 말이 의미를 띠고 빛나기 시작한다. 나는 니트와 블라우스를 벗어던지고 편한 캐주얼한 옷으로 갈아입는다. 여행가방을 꺼내와 짐을 꾸리기 시작한다. 전화기 플로그도 뽑아버린다. 현관에서 운동화를 신고 밖으로 뛰쳐나간다. 새로운 삶이 시작되는 것은 광야일까, 사막일까. 수평선 너머 태양이 떠오르는 바닷가일까. 흐릿한 기억의 깊은 데서 잊혀진 낱말들이 하나씩 떠오른다.

'나'는 의사의 권유를 받고 여행을 떠나기로 작정한다. 현실 탈출이 현실 극복과 동의어가 될지는 알 수 없으나 소설 전편을 지배하던 어둡고 우울한 분위기를 한 겹 풀어내는 서사적 행보다. 다만 거기까지의 흐름에 비해 그 변화가 좀 급박하기는 하다. 하지만 어떤 의미에 있어서건 이는 하나의 출구다. 그 출구는 사소한 이야기이지만, 경우에 따라 현격한 존재증명의 형용이 될 수도 있다. 모든 작은 일들은 큰일들과 연동되어 있고 또 큰일들은 이윽고 작은 일들 속으로 사라지지 않던가. 여기 이 무채색 여자는 순식간에 극채색 여자가 될 수도 있다. 그의 삶이 갖는 의미가 지속적으로 유동하면서, 일탈의 잠재력을 가진 내포적 차원에 무게 중심을 두고 있기 때문이다.

「흔적」도 '여자'라는 익명의 이름으로 중심인물을 내세웠다. 인테리어 사장이었던 아버지 곁에서 늘 외롭게 보였던 어머니의 딸이다. 군대에 갔다 와서 조금씩 이상해지던 오빠 영우는 전부 갈아엎어라! 하는 마지막 말을 남기고 집을 나가 실종되었다. 여자의 남편 양민호는 스위스 국경도시 바젤에서 일년간의 안식년을 보내고 있는 대학교수다. 교회에서 선교통일부의 팀장인 여자는 몸을 다쳐 목발에 의지해 있다. 모두 제각각으로 불행한 가족 구성원의 모습이다. 여자는 낡은 연립주택인 교수 사택에 산다. 여자에게는 삶의 목표와 방향성이 없다. 그런데 매우 이질적으로 여자의 단조로운 행로에 새로운 불빛 하나가 점등된다. 탈북자 주요한과의 만남이다. 그 주요한이 한국 최초의 자유시 「불놀이」의 시인 주요한과 어떤 의미로 겹쳐져 있는지는 알 수 없지만.

아침 햇살이 거실 깊숙이까지 밀려와 환하다. 오늘은 주요한의 강연이 있는 날이다. 목발이 무거운 사물처럼 보인다. 뜰의 나무들마다 푸른 생기로 꿈틀거려 연둣빛 싹이 곧 돋을 것만 같다. 여자의 몸 구석구석에서도 땅을 밟고자 하는 마음이 치솟아 발이 한 발짝씩 옮겨진다. 주요한의 뒤에는 그와 같은 음지의 사람들이 우리나라 말을 무슨 암호처럼 나지막하게 읊조리며 다가오는 모습이 펼쳐진다. 광대한 땅의 냄새와 여운을 안고 주요한이 다가오고 있다.

고통의 끝까지 가라! 그 너머에 뭔가가 있다!

여자는 지팡이를 짚고 현관을 나선다.

소설의 말미에 있는 이 문면만 보면, 여자와 주요한 사이에 어떤 운명적인 연관성이 있어 보이고 어쩌면 소설적 담론을 새롭게 추동할 사연이 있어 보이기도 한다. 그러나 이 두 사람 사이에는 평범하고 상식적인 교류 이상의 것이 없다. 그것은 여자가 집중하는 대상이 주요한이란 인물이 아니라, 그에게 투영되어 있는 오빠의 영상이기에 그렇다. 아니면 오빠의 영상을 끝까지 붙들고 있는 여자의 내면세계일 수도 있다. 주요한을 만나 말을 걸고 또다시 만나 구체적인 교통에 이르기까지, 여자는 이 강고한 도식을 허물지 못한다. 그렇게 고단한 자의식의 소유자이기에, 고통의 끝까지 가면 그 너머에 뭔가가 있을 것이라는 진술은 그 언표 자체보다 훨씬 더 확장되고 강화되는 의미망의 여운을 남긴다.

「탄생의 시간」은 항암치료를 받고 있는 나제이라는 여자의 투병과 환우들을 중심으로, 특별한 생활 범주의 이야기를 그렸다. 그래서 이 소설은 S병원 암병동의 주사실에서 시작한다. 사정이 그러한 만큼 요양소에서 일어나는 일들은 많은 생각의 깊이를 촉발하고, 그 과정에서 만난 환우들은 모두 제 각각의 무거운 짐을 지고 그것을 감당하는 양상을 보여준다. 제이의 남편 안중식은 보험회사 직원이었는데 팔년 전에 새로운 여자가 생겼다. 남편과의 결별을 포함한 생활의 중압도 그러하지만, 이 작가의 다른 소설들이 대체로 그러하듯이 제이의 가족은 모두 불우한 삶의 길을 걸었다.

지난 수요일 주사실이었다. 주사액이 몸속으로 들어오는 동안 무력감 속에서 검은 바닥으로 떨어지고 있었다. 살과 피와 뼈와 혼이 각기 흩어져 분해되어 떨어진 것 같은 세포들은 살기 위해서 바닥에서 움찔댔다. 죽음과 생명이 맞붙어 싸우고 있었다. 그때였다. 부드러운 손길이 옆구리를 탁 치는 듯했다. '아담아, 네가 어디 있느냐.' 하고 물으시는 그분의 손길처럼 느껴졌다. 산 너머 산에 바다가 있을 거라는 유민의 말이 떠오르면서 싱그러운 바닷바람이 주사실 안을 채웠다. 어느새 영의 바람으로 허리를 감고 점점 높이 올라가고 있는 그의 모습이 어른거렸다. 그의 피가 몸 안으로 들어와 세포 구석구석까지 돌아다니는 듯 이상하게 생기가 돌았다. 더 깊어진 피와 살로, 새로 태어난 듯한 제이는 주사실 밖으로 나왔다. 강렬한 햇빛이 거리를 비추고 있었다. 그녀는 그 빛 속으로 걸어갔다.

이 인용문에 등장하는 유민, 김유민은 병마를 이기지 못하고 죽었다. 더 엄밀하게 말하면 그에게 발병의 원인을 제공한 회사 동료들과의 충돌과 통분을 극복하지 못하고 죽었다.

유민은 제이가 요양소에서 마음을 열고 사랑을 나누던 동료다. 유민의 죽음 앞에서 제이가 급전직하로 추락하지 않고 오히려 영적이고 정신적인 승급의 계기를 발양하는 것은, 우리가 서두에서부터 살펴본 이 작가의 생명 고양의 의지요 곤고한 언덕 너머 평원을 꿈꾸는 자기정립의 방식이다. 그러니 작가 스스로의 글쓰기 행보 또한 곤고하지 않을 수 없다. 그런 연유로 그의 소설들은 자신의 폐부에 맺힌 울혈을 토해내는 일과 다르지 않아 보인다.

「언약의 새」는 하진아라는 여자가 주인공. 역시 몸의 아픔보다 마음의 통증이 훨씬 더 심한 경우다. 그녀의 남편 고이현은 결혼한 지 삼년 만에 다른 여자를 만났다. 이러한 비극적 삶의 구조는 대물림의 형식을 가졌다. 건축자재상하며 재산을 일군 아버지에게 다른 여자가 생기자, 어머니는 내 인생을 살겠다며 아버지처럼 밖으로 나돌았다. 이러한 상황에서 이 작가가 통상적으로 개발하는 출구는 두 가지가 있다. 하나는 자신의 내부에서 각성의 힘을 이끌어내는 것이다. 마치 서영은이 「먼 그대」에서 사막을 건너는 다리의 이미지로 자기 내부의 낙타를 일으켜 세우는 것처럼. 다른 하나는 괄목할 만한 현실적 환경의 변화인데, 여기서는 그것이 평양 방문과 같은 매우 특별한 사안으로 나타난다.

열흘 후에 진아는 가방을 쌌다. 진짜 시인이 되기 위해 손때가 묻은 세 권의 시집을 챙겨 넣었다. 푸른색 새 노트도 한 권 넣었다. 이제 자신이 그의 말에 대한 응답을 기록할 차례이다. 진아는 두만강 건너 저쪽 황폐한 반쪽 땅을 보기 위해 인천공항을 향해 집을 나섰다.

마치 상해임시정부를 찾아가기 위해 북극성을 의지하여 집을 나서는, 복거일 소설 『비명을 찾아서』의 주인공 기노시다 히데요의 포즈와도 같다. 이러한 해결 방안, 이러한 소설적 처방은 진아가 이구인이라는 의사에게 끌리는 마음의 경사나 최영우라는 소그룹 동료에게 느끼는 우호적 감정보다 훨씬 더 박진감이 있다. 그러나 여전히 작가는 서사적 줄거리의 활성화에는 관심이 덜하다. 소설적 행동이 주인공의 넘치는 자의식에 함몰되어 구체적인 사건의 성립으로 나아가지 못한다. 그러기에 두만강을 찾아가는 발길조차 확고한 신념의 소산이기보다 내면적 갈등의 퇴로를 열어주는 방식이 된다.

「떠도는 사람들」은 다섯 작품 가운데 유일하게 남성 주인공을 앞세운 소설이다. 굳이 여성과 남성을 구분하여 말하는 것은, 이 작가에게 여성인물이 그 내면 풍경을 효율적으로 부각시키는데 더 유익해 보이는 까닭에서다. 그 남성은 정완일이라는 이름, 여기 이 도시의 이방인이며 탈북자다. 정완일이 음식점에서 만난 남자들과의 다툼으로 경찰에 불려온 장면에서 소설이 시작된다. 탈북자에 대한 작가의 관심이 사뭇 뜨거운 것은, 어쩌면 보이지 않는 관념적 울타리에 갇혀 있는 그의 소설적 인물들에 견주어 그들이 동병상련의 감정을 촉발하기 때문인지도 모른다.

지난날의 인생을 부정해야 어깨를 펴며 살아갈 수 있는데, 잊지 못할 추억은 스스로 버린 조국에 다 있다. 인생의 거짓 뿌리가 그곳에 다 있는데, 잘려진 나무토막에 푸른 싹이 돋아나지 않고 있다. 조선민주주의인민공화국에서 새로운 세상이 오기를 기대하는 그리움은 이상하게 대한민국 서울 방 한 칸의 임대아파트에서 더 진해지고 있다. 새벽에 갑자기 문을 두드리는 소리도 없고, 돈되는 것을 모아

밀매하는 허기진 배를 채우려는 노릇도 하지 않는데, 인터넷과 카드
와 핸드폰으로 이어지는 살벌한 개인주의 밀림 속에서 여전히 헤매
고 있다. 두 개의 조국에서 다 외톨이가 되어 객처럼 떠돌고 있다.
돈을 벌어들이는 강행군의 예행연습도 없이 현장에 뛰어든 암담함.
수십 가지 주스 중에 어떤 것을 골라야 하는지, 전국은행이 어디에
있는지 몰라 물어봐야 한다. 떠나온 조국은 어디를 가나 만날 수 있
는 부자의 초상화와 동상과 그 숱한 구호로 이상한 나라이지만, 남
한 역시 자신에게는 이상한 나라이긴 마찬가지다. 두 개의 조국이
닮았다는 느낌은 이런 순간 밀려온다.

　　남북한의 역사적 경과 과정을 두고 유사성과 상이성의 근거를
들자면 또 다른 자리의 논의를 필요로 하겠지만, 여기서 두 개의
조국이 서로 닮았다는 느낌은 전적으로 정완일의 심리적 상태에
서 말미암는다. 그렇게 '심리적' 상황이 이 작가의 주요 관심사
이며, 그래서 소설적 이야기의 부피를 형성할 '구체적' 사건은
유발되지 않는다. 그것이 이재연의 소설세계다. 탈북자의 적응
을 돕기 위한 봉사자인 박서경이나 탈북자 김택호의 앞길에도
그러한 '사건'은 여전히 부재한다. 북한에서 모스크바까지 공간
적 배경을 확장하면서도 이러한 소설적 패턴은 그대로 유지된
다. 그렇게 스스로 입지점을 한정하고 특화하면서, 작가는 동시
대적 풍광 속에서 한 작가로서 명념하는 소설의 존재양식이 어
떤 것인가를 선명한 그림으로 펼쳐 보인다.

지금까지 살펴본 이재연의 소설 다섯 편은, 세속적 삶의 가치를 방기하고 그것의 굳센 뿌리를 내던져버린 인물들의 내면 심상과 그 활동 반경을 들추어냈다. 그 가운데 숨어있는 아픔과 슬픔을 무기로 하여, 오히려 그러한 경우의 인간이 당면할 수 있는 여러 간접체험의 형상을 드러내었다. 그의 소설에는 이야기의 재미나 드라마틱한 사건 구조를 견인하는 담화가 없다. 어쩌면 '의식의 흐름'이나 '누보 로망'의 기법을 편의하게 받아들였는지도 모른다. 그 내면의 작용 및 요동과 함께, 탈북자와 남북문제에까지 관심의 영역을 확대한 것은 한편으로는 기이하면서도 다른 한편으로는 좋은 선택이었다는 후감이다.

미국의 시인 월트 휘트먼(1819-1892)이 "추위에 떤 사람만이 태양을 따뜻하게 느끼고 인생의 번민을 통과한 사람만이 생명의 존귀함을 안다"고 했는데, 이재연의 작품세계가 이처럼 극채색의 어둠과 우울과 절망을 둘러쓰고 있으므로 오히려 그 바탕에 강력한 향일(向日) 지향성을 가질 수 있는 것이 아닌가 하는 느낌이다. 그의 '무채색 여자'가 '극채색 여자'가 될 수 있는 비의 또는 함의가 거기에 있다 할 것이다. 우리 소설에 있어 1950년대 전후문학의 대표적인 작가 손창섭이 그러했듯이, 이재연 또한 이렇게 소설적 성과를 적층함으로써 그 소설이 향후에는 보다 햇볕 밝은 땅으로 가벼운 발걸음을 내딛을 수 있었으면 한다. ✻

이춘만

콜라주

무채색 여자

1쇄 발행일 | 2018년 06월 11일

지은이 | 이재연
펴낸이 | 윤영수
펴낸곳 | 문학나무

편집 · 기획실 | 03085 서울 종로구 동숭4나길 28-1 예일하우스 301호
이메일 | mhnmoo@hanmail.net

출판등록 | 제312-2011-000064호 1991. 1. 5.
영업 마케팅부 | 전화 | 02-302-1250, 팩스 | 02-302-1251
ⓒ이재연, 2018

값 15,000원
잘못된 책은 바꾸어 드립니다
지은이와 협의로 인지는 생략합니다
무단 전재 및 복제를 금합니다
ISBN 979-11-5629-071-1 03810